Doris Claudia Mandel

BRAUTSCHAU ZU LAUCHSTÄDT

ZUM BUCH:

Im vorliegenden Band sind zwei Stücke um Episoden aus dem Leben des deutschen Schriftstellers Friedrich Schiller vereinigt. Das erste, »Der Knaster oder Das Göttliche auf Erden«, hat die längste Entstehungsgeschichte. Es war ursprünglich als Vorlage für ein Musical gedacht, das zu Beginn der achtziger Jahre des 20. Jahrhunderts am damaligen Landestheater von Halle an der Saale entstehen sollte, hat aber nach der Absage des Vorhabens im Verlaufe der Zeit begonnen, ein Eigenleben zu führen. Der Text konzentriert sich auf jenen Tag, an dem der Eleve Schiller aus der Stuttgarter Karlsakademie flieht und stellt neben dem Konflikt mit dem aufklärerisch despotischen Herzog jenen mit Schillers Kameraden in den Mittelpunkt. Das zweite Stück unter dem Titel »Brautschau zu Lauchstädt« ist für den Hörfunk oder vergleichbare Medien gedacht und weit nach dem ersten entstanden. Es hat die ménage à trois zwischen Schiller und den Schwestern Lengefeld zum Gegenstand, von der ersten Begegnung der drei bis ins Jahr nach der Hochzeit Schillers. Beide Texte orientieren sich stark an den Tatsachen, soweit sie uns zugänglich sind, verhehlen aber auch nicht die literarische Tradition, die hier und da zu Zitaten führt.

Doris Claudia Mandel

BRAUTSCHAU ZU LAUCHSTÄDT

Ein Theaterbühnenstück
für zwei Schauspielerinnen und sechs Schauspieler
Eine Radiochronik
für drei Sprecherinnen und zwei Sprecher

BoD

Bibliografische Information der Deutschen Nationalbibliothek
Die Deutsche Nationalbibliothek verzeichnet diese Publikation
in der Deutschen Nationalbibliografie; detaillierte bibliografische
Daten sind im Internet über http://dnb.d-nb.de abrufbar.

Doris Claudia Mandel, Brautschau zu Lauchstädt. Zwei Stücke
© 2007 für die Erstauflage sowie die 2. korrigierte Auflage bei der Gal-
genbergschen Literaturkanzlei Halle (Saale)
© 2021 by Doris Claudia Mandel
3., korrigierte Auflage
Alle Rechte vorbehalten
Satz und Umschlaggestaltung: Doris Claudia Mandel
Zum Abbildungsnachweis siehe Anhang
Herstellung und Verlag: BoD - Books on Demand, Norderstedt
Printed in Germany

ISBN 9783752691900

Der Knaster
oder
Das Göttliche auf Erden

Ein Stück für die Bühne in XXVIII Bildern

Schiller   Der Dichter Johann Christoph Friedrich von Schiller (1759 bis 1805). Von 1773 bis 1780 Eleve der Herzoglichen Militärakademie. Nach dem Abschluss seines Medizinstudiums Regimentsmedicus beim Grenadierregiment des Generalfeldzeugmeisters Augé. Wegen eines Schreibverbots und weil ihm untersagt war, Verkehr mit dem Ausland zu pflegen, floh er in der Nacht vom 21. zum 22. September 1782 zunächst nach Mannheim.

Herzog   Herzog Carl Eugen v. Württemberg (1728 bis 1793). Am Hofe des Königs Friedrich II. von Preußen in Berlin erzogen. Regentschaft ab 1744, nachdem er vorzeitig mündig gesprochen worden war. Verschwenderischer Bauherr, kunstsinnig, rabiat und aufgeklärt. In erster Ehe acht Jahre mit Prinzessin Elisabeth Friederike Charlotte von Brandenburg-Bayreuth, einer Nichte des preußischen Königs, verheiratet. Hielt sich danach ein Dutzend Mätressen. Gründete die Herzogliche Militärakademie, um militärischen, politischen, künstlerischen und wissenschaftlichen Nachwuchs heranzubilden. Duldete dort bedeutende Wissenschaftler und Philosophen unterschiedlichster Weltanschauungen. Gleichzeitig kerkerte er Freigeister wie Christian Friedrich Daniel Schubart auf der Festung Hohenasperg ein und drohte Schiller mit einem gleichen Schicksal.

Gräfin   Franziska von Leutrum, geborene von Bernerdin (1748 bis 1811). Zwanzig Jahre jünger als der Herzog. Ursprünglich mit einem begüterten Baron von Leutrum verheiratet, wird sie 1772 geschieden, nachdem der damals vierzigjährige Herzog sie entführt hatte. Da die legitime Gemahlin des Herzogs, wenn auch in getrennter Ehe, noch lebt, eine

Verheiratung der beiden also unmöglich ist, lässt Carl Eugen durch ein Patent des Kaisers Joseph II. Franziska zur Reichsgräfin erheben, wobei sie das alte Wappen der Bombaste von Hohenheim erhält. Man sagt Franziska einen positiven erzieherischen Einfluss auf den Herzog nach. 1785, nach dem Tod der Herzogin, heiraten die beiden morganatisch (zu einer nicht standesgemäßen »Ehe zur linken Hand«). Während aus einer Ehe und sieben Beziehungen des Herzogs mit Mätressen insgesamt zwölf Kinder entstanden sind, bleibt Franziska kinderlos.

Charlotte Bürgerliche Tochter aus einer Liaison des Herzogs (nach seiner Liebschaft mit Franziska Theresia von Bernerdin zum Pernthurm und vor seiner Liaison mit Teresa Bonafoni). Wird als Nichte des Herzogs ausgegeben.

Ludwig Sohn des auf dem Hohenasperg inhaftierten Schriftstellers und Journalisten Christian Friedrich Daniel Schubart. Im Januar 1777 als Zwölfjähriger durch die »Gnade des Herzogs« in der Militärakademie untergekommen. Gegenstand der »fürstlichen Erziehung an Vaters Statt«. Nach Hafterleichterungen für seinen Vater so etwas wie ein Kammerjunge des Herzogs. Genießt eine gewisse Narrenfreiheit oder nimmt sie sich.

Frauenlob Pseudonym von Johann Christoph Friedrich Haug (der Jüngere). Studierte mit seinem Freund Schiller Rechtswissenschaft, Philologie und Philosophie. Sekretär des herzoglichen Kabinetts. Verfasser von Epigrammen und 300 »Hyperbeln auf Wahls ungeheure Nase«.

Grammont Joseph Friedrich. Eleve der Hohen Karlsschule, stammt aus Mömpelgard, ist wegen »Hypochondrie« in ärztlicher Behandlung. Ein Freund Schillers und später Pestalozzis.

Kronenbitter Furierschütze. Bursche Schillers. Als baumlang und von
»groteskem Aussehen« geschildert. Stumme Rolle.

Eleven, Volk Stimmen aus dem Off

ZEIT DER HANDLUNG:
21. September 1782 im württembergischen Stuttgart.

ORTE DER HANDLUNG:
In und vor Schillers Wohnung im Haugschen Hause
Schloss. Eingangshalle sowie Privatzimmer
Lazarett (Bettensaal)
Park und Hofwinkel zwischen den Kasernen
Arrestraum
Marstall

BÜHNENBILD
Überall auf der Szene stehen Schilder mit der Aufschrift: »Das Toback
Rauchen ist verboten. Wer sich dabei betreten lässt, wird unter Abnahme
der Tabackspfeife ausgewiesen und mit einer Strafe von 1 fl belegt.«

KOSTÜME
Charlotte und die Gräfin tragen die ganze Zeit über knallblaue Schuhe,
unabhängig davon, ob sie farblich zur übrigen Kleidung passen.

Präludium Kasernenhof

Frauenlob, Schiller, Kronenbitter.

Frauenlob schaut zu, wie die Soldaten, die nicht zu sehen, nur zu hören sind, zur Trommel Paradieren üben. Man bereitet die militärische Zeremonie für die Ankunft des russischen Großfürsten Paul vor. Schiller eilt, die Arzttasche in der Hand, ins Lazarett. Frauenlob studiert ihn.

Frauenlob: Was unterscheidet uns von dir?
Kurz, ohne jede Phrase:
Aus Geist und Leib bestehen wir,
Du, Freund, aus Geist und Nase.

Unterdessen hastet Schillers Bursche, der Furierschütze Kronenbitter, durch die Szene, immer quer über den Hof und zurück, schleppt mürrisch Bücherstapel von hier nach da, riesige Weinflaschen, Holzkegel samt Kugeln usw.

I Lazarett

Grammont. Später Schiller. Wachhabender (aus dem Off) Zur Zeit mit Ausnahme eines Mannes unbelegt. Grammont rückt einen Stuhl. Er will sich erhängen. Er lässt ein Seil über einen Haken an der Zimmerdecke schwirren, zurrt es fest. Von draußen Pfiffe, Befehle, Marschtritte. Schiller stürmt herzu.

Schiller: Halt! Grammont! Haaalt!!
Er reißt Grammont vom Stuhl. Bei dem Gerangel verliert er eine Dose Kautabak, die er versehentlich mit dem Fuß unter eines der Betten stößt.
Ich hab nicht zugelassen, dass du den Schlaftrunk nimmst. Glaubst du, mit dem Strick ist es was anderes?
Grammont: *(Weint.)* Was pfuschst du mir immer dazwischen?!
Schiller: Ich bin dein Arzt.
Grammont: Ein Stümper bist du!
Schiller: Und dein Freund.
Grammont: Auch da ein Stümper!
Schiller: Geh aufs Krankenrevier!

Grammont: Was soll ich dort?

Schiller: Du bist ... unpässlich.

Grammont: Wen interessiert das?

Schiller: Mich. Ich hab eine Diagnose.

Grammont: Welche diesmal?

Schiller: Was dich quält, ist die Melancholie, sie rührt vom Unterleib her.

Grammont: Nicht von der – Nase?

Schiller: Das ließe sich justieren. Freilich nur im Krankenrevier. Geh hin! Schreib ihnen auf, dass es vom Unterleib kommt! Sag ihnen, dass ich dir gesagt habe, dass es vom Unterleib kommt.

Grammont: Brauchst du wieder mal einen Avis an deinen herzoglichen Vater?

Von fern draußen ein Pfiff.

Wachhabender (*Aus dem Off*):

Schiller, zum Rapport!

Grammont: Wenn ich wenigstens Tabak hätte. Warum hast du mir alles weggenommen?

Schiller: Weil es deine Melancholie noch viel schlimmer machen würde. Hier, trink, das wird dir guttun.

Er entstöpselt eine Taschenflasche.

Grammont: Vorgestern hast du behauptet, Tabak wäre Medizin!

Schiller: Nicht für dich.

Grammont: Du rauchst doch auch. Und schnupfst. Und kaust. (*Trinkt. Ekelt sich.*)

Schiller: Das ist was anderes. Ich bin ein gefestigter Charakter.

Grammont: Wenn ich hier rauskäme, wäre ich auch einer. Dann ginge es mir besser. Schlechter als hier drinnen kann es mir nicht gehen, nirgendwo auf der Welt.

Vom Flur draußen erneut der Pfiff.

Grammont: (*Wirft sich aufs Bett.*) Ich muss kotzen.

Schiller: Das kommt vom Brechsteinwein.

Grammont: Vom w a s ?

Schiller: Drei Gran in vier Unzen heißen Wassers aufgelöst. Wenn du schon nicht aufs Krankenrevier willst, dann probier ein Letztes. Das Teinacher Bad! (*Grammont übergibt sich.*) Das erfrischendste Klima, die sattesten Mineralien, die pläsierlichste Gesellschaft ... (*Grammont übergibt sich.*) Ich verspreche dir: Wenn auch das nicht anschlagen sollte, dann, dann ...
Energischer Pfiff vom Flur draußen.

Wachhabender (*Aus dem Off*):
Schiller! Sofort!

Schiller: Ich muss los!

II Park

Charlotte, Gräfin. Später Frauenlob.
Die beiden Frauen beim Spazierengehen, Zeitung lesend und das Gedicht zitierend.
Frauenlob beobachtet und kommentiert die Szene.

Charlotte: »Deine Blicke, wenn sie Liebe lächeln, ...

Gräfin: ... Könnten Leben durch den Marmor fächeln, ...

Charlotte: ... Felsenadern Pulse leih'n; ...

Gräfin: ... Träume werden um mich her zu Wesen, ...

Charlotte: ... Kann ich nur in deinen Augen lesen: ...

Beide: ... Laura, Laura mein!« –

Charlotte: Die NACHRICHTEN ZUM NUTZEN UND VERGNÜGEN steigen empor aus den Niederungen. Mit schlüpfrigen Oden.

Gräfin: Der Herzog schimpft die Gazette »deutsche Suppe«. Er liest sie nicht. Eine der wenigen Gescheitheiten, die er sich leistet.

Charlotte: Kennt Ihr den Dichter?

Gräfin: Flüchtig – ein ehemaliger Zögling unserer Akademie.

Charlotte: Aus dem theologischen Kurs?

Gräfin: Regimentsarzt.

Charlotte: (*begeistert*) Arzt?

Gräfin:	Echauffiere dich nicht! Er ist kein Ibn Sina.
Charlotte:	Kein wer?
Gräfin:	Avicenna.
Charlotte:	*(Guckt.)*
Gräfin:	Schon gut. Man munkelt, sein medizinisches Wissen stamme aus einem einzigen Apothekeralmanach, und der sei zwanzig Jahre alt. Wahrscheinlich ein Lehrbuch für Viehärzte. Er mache Pferdekuren mit den Grenadieren, heißt es. Vorige Woche erst soll der Flügelmann meines Gemahls einen Esslöffel voll Ipekakuanha heruntergewürgt haben müssen. Der arme Kerl habe sich hinterher gekrümmt wie ein Regenwurm. Zwar sei er am nächsten Tag wieder hergestellt gewesen, aber nur, weil er nichts bei sich behalten konnte außer seiner Muskete.
Charlotte:	Was, um Gottes Willen, ist das: I-pe-kak-uan-ha?
Gräfin:	Das Pulver der Brechwurz. Schillers Lieblingsarznei. Er streut sie nach dem Prinzip Zufall.
Charlotte:	Und das Mädchen?
Gräfin:	Welches Mädchen?
Charlotte:	Das aus dem Gedicht. Laura.
Gräfin:	Schiller bewohnt ein Zimmer im Erdgeschoss des Haugschen Hauses, Hauptstätter Gasse, neben dem Glockengießer. Zur Untermiete bei der Witwe eines Regimentsquartiermeisters, der Vischerin.
Charlotte:	L a u r a Vischer?
Gräfin:	Ach was, Kind! »Laura«, das ist doch nur der Tarnname, den ihr der Dichter verpasst hat. Er nenne sie nach den Sonetten Petrarcas so, lässt er verbreiten. Ich denke eher, er tobt eine fatale Vorliebe fürs Bürgerliche aus. Die Lauras kommen in Mode. Die Arismenen haben ausgedient.
Charlotte:	Wo ist der Unterschied?
Gräfin:	Im Blickwinkel. Heutzutage glauben die Herren, ein schönes Weibsbild müsse das Gesicht einer Engländerin haben, die Brüste einer Deutschen und den Hintern einer

Italienerin. Die Vischerin allerdings hat weder das eine, noch das andere. Sie ist seit zweieinhalb Jahren Witwe. Man rühmt ihr blaue Augen und gewisse Kenntnisse im Klavierspiel nach. Sie sei wohl auch ein gutmütiges Seelchen. Was das bedeutet, kannst du dir denken.

Charlotte: Nein, woher?

Gräfin: Ach, Kind! Wenn uns die Männer gutmütig nennen, dann halten sie uns weder für geistreich, noch für hübsch. Aber ohne wenigstens eines von beidem zu sein, kommen wir schlecht durch. Unter diesem Aspekt ist die Vischerin keine Frau von Welt. Außerdem soll sie die dreißig längst überschritten haben.

Charlotte: Da schlag eine lang hin!

Gräfin: Gemach, gemach. Für Urteile über die Abträglichkeit des Alters bist du noch nicht beritten genug.

Charlotte: Und dennoch: Diese Frau ist geadelt: eine Ode nur für sie ..., von so trauriger Kraft ...

Gräfin: Weil sie überspannt ist. Alles, was überspannt ist, hat Kraft. Wie ein Bogen, von dem der Pfeil noch nicht abgefeuert. Und weil der Pfeil noch nicht abgefeuert, wirkt die Kraft der Überspanntheit so traurig.

Charlotte: Bitte?

Gräfin: Versuchen wir's mal so: Auf deinen Dichter hat die Be-schreibung einer Landschaft stets mehr Eindruck ge-macht, als ihr Anblick in der Natur selbst. Den Gesang der Nachtigall lernte er zuerst aus den Büchern lieben. (*Charlotte guckt.*) Schon gut. Ich meine – Kind, sieh mal: Diese handgeschnitzte Sinnlichkeit, in platonischen Schwulst eingewickelt, das ist … Begreifst du?

Charlotte: Doch, doch.

Gräfin: Lassen wir's.

Charlotte: Muss er nicht ein großartiger Mensch sein?

Gräfin: Der Bibliothekarius Petersen findet, Schiller sei ein wenig verbogen. Hätte eine seltsame Vorliebe für kratzende Weine, stinkenden Schnupftabak und garstige Weiber. Oder für kratzenden Schnupftabak, garstige Weine und stinkende Weiber? – Gleichwohl.

Charlotte: Aber doch wohl Seelentiefe?

Gräfin: Vor allem ein leeres Geldsäckel.

Charlotte: Ihr wollt ihn mir mies machen!

Gräfin: Seine Schulden sind ein Faktum. Sehshundert Gulden.

Frauenlob: Schwer drückt ein voller Beutel,
schwerer – ein leerer.

Gräfin: Die Eleven loben, Schillers Sprache sei affektvoll. Ich finde, der Affekt ist von der Natur, dass seine Stimme durch sämtliche Register kreischt wie eine verrostete Gartentür. Die Eleven loben, seine Mimik sei beweglich. Ich finde, die Beweglichkeit ist von der Natur, dass er seine Visage verrenkt wie ein Kutschwagen den Bock, wenn ihm die Deichsel bricht. Und so 'ne Nase! Die Eleven sagen, sie sei adlergleich. In Wirklichkeit ist sie der reinste Papageienschnabel.

Frauenlob: Von der Geburt hat mir die Base
Des Accoucheurs erzählt:
Zwei Tage lang kam seine Nase,
Am dritten er zur Welt.

Gräfin: Dazu die kleinen Augen, rot umrändert, die Haare, genau so rot, als wie beim Leibhaftigen leibhaftig. Dieser Schlaks misst sechs Fuß, drei Zoll in der Höhe! Und denk dir nur, was er in der Paradeuniform für Figur macht: eingepresst in diesen engen, preußischen Schnitt. Der Hut ist so winzig, dass er kaum den Kopfwirbel bedeckt. Dann der lange, dicke Zopf. Sein Hals, nicht weniger lang als der Zopf, in eine rosshärene Binde gezwängt wie in eine Garotte. Die

15

	Gamaschen fortwährend mit Schuhwichse bekleckert, weil ihm, wie er selber sagt, diese vulgären Mätzchen der Putzerei am ... am ... na, du weißt schon ... Der Filz, den sie unter den Gamaschen tragen, macht seine Waden so stramm, dass sie dicker sind als die Oberschenkel.

Charlotte: Nein!

Gräfin: Wenn ich's doch sage. Oben sind die knappen Hosen, die pressen ..., die pressen alles zusammen. Wenn Schiller sich in seiner Uniform fortbewegen soll, so vermag er nicht, die Knie bis zum Anschlag durchzubiegen und stakst herum wie ein Storch. Wie ein Storch. So:
Sie ahmt ihn nach.

Charlotte: So viel Kenntnis des Details?

Gräfin Wie, wenn es der Gegenstand verdiente? Immerhin ist diese Ode fehlerfrei!

Charlotte: Aber, sagtet Ihr nicht, überspannt?

Gräfin: Nichtsdestotrotz fehlerfrei.

Charlotte: Dann wäre der Dichter also d o c h ein großartiger Mensch?

Gräfin: Ein Mensch, mein Gott, ja, sicher. Aber auch ein Mann? Oder doch gerade. Oder, wenn man so will ..., tja, Kind, weißt du ... Was hat das eine eigentlich mit dem anderen zu tun?

III Hofwinkel bei den Kasernen

Schiller, Ludwig.

Abends. Schiller mit Büchern unterm Arm.

Schiller: *(Er kramt in seinen Taschen und verliert dabei ein Buch ums andere.)* Ludwig? Bist du's?

Ludwig: Wer sonst?

Schiller: Hast du wenigstens Tabak dabei? Meinen muss ich irgendwo verschludert haben.

Ludwig:	Nimm Staub!
Schiller	(*Schnupft widerwillig Staub vom Fußboden*):
Ludwig:	Ich hatte gehofft, du wärst längst fertig.
Schiller:	Womit?
Ludwig:	(*empört*) Womit? Mit Packen, Alter! Heut früh Schlag zehn sollte alles parat stehn. Vorhin, als ich sie holen will, deine Koffer, was seh' ich?, die blanke Diele, nichts ist gerichtet, Kronenbitter hat keine Ahnung von nichts. Müssen wir dir diese Arbeit auch noch abnehmen?
Schiller:	Ich war beschäftigt.
Ludwig:	Wegen des Idioten im Lazarett, der vor lauter Wichserei trübsinnig geworden ist?
Schiller:	Ich wollte gerade anfangen mit packen, da sind mir die »Physiognomischen Fragmente« von Lavater unter die … na, Nase … gekommen, die mussten erst beantwortet sein.
Ludwig:	(*Er zieht eines der Bücher hervor.*) Diese hier? (*Liest, während er blättert.*) »Ohne zarte Beugungen, kleine Brüche, merkbare Schweifungen, gibt es keine geistig-große Nase – Sehr abwärts sinkende Nasen sind nie wahrhaft gut, oder edel. Immer sinnen sie erdwärts, sind verschlossen, kalt. – Hast du eine lange, hohe Stirn, so mache nie Freundschaft mit einem beynahe kugelrunden Kopf.« – Verstehe. Das musste natürlich erst beantwortet sein. Mann, eine Chance wie heute kriegen wir nie wieder. Das Fest. Die Menschenmassen. Der Trubel. Am Abend die Hirschhatz. Die Fluchtlinie wäre ideal gedeckt. Aber du – abwärts sinkende Nasen. Wir können dir einen Vorsprung verschaffen. Das Gelage zieht sich fünf Stunden hin. Bevor es zu Ende ist, bist du in Sicherheit.
Schiller:	Fünf Stunden sind ein Witz. Bis zur Grenze brauchen wir zehn oder zwölf.
Ludwig:	Das haben wir doch schon hundertmal durchgekaut …
Schiller:	Die Sache ist mir zu kitzlig.
Ludwig:	Aha. Weißt du, was man sich erzählt? Freund Schiller, das

zweite Jahr an der Akademie unter Oberaufseher Nieß aus der Klasse der Chargierten. Nieß mit seinem besonderen esprit de detail, einer Betriebsamkeit ohnegleichen. Jedes Fältchen, jedes Fleckchen musste vor ihm kapitulieren und sich zu erkennen geben. Schiller bekannt für seine Unreinlichkeit. Und nun dieser ungelockte Kopf voll Papilloten, mit diesem enorm langen, falschen Zopf. Nieß rotzt ihn an: Schweinepelz (hat er vom Herzog), Schlamperei schlimmste Sabotage im Heer. Wehe, Durchlaucht kriegt spitz! Eines Tages Defilee. Parade von geringem Grade, zwar mit gewöhnlichem Anzug, aber vier Papilloten an jeder Seite in zwei Etagen. In Höhe des Herzogs scheißt sich Schiller in die Hosen!

Schiller: Hundsfott! (*Tobt, außer sich vor Wut.*) Ich bin von feinerem Stoff als Ihr alle zusammen!

IV Schillers Zimmer im Haugschen Haus

Frauenlob und Kronenbitter
Ein großer Tisch, zwei Bänke, an der Wand eine schmale Garderobe mit Hosen.
Kronenbitter ordnet in einer Ecke einen Stapel mit Büchern des »Räuber«-Drucks.
In einer anderen Ecke räumt er Kartoffeln, schmutzige Teller und Weinflaschen,
darunter etliche Dreibätzner, beiseite. Zwischendurch trinkt er aus den Flaschen
und übt mit den Kartoffeln Zielwerfen.

Frauenlob: (*Er nimmt eines der Bücher, hält es hoch, liest den Titel.*) DIE
             RÄUBER. (*Er schiebt sich das Buch unters Wams.*) Wenn ich
             jemanden für eine gute Kopfarbeit brauche, Kronenbitter,
             dann wähle ich, so seltsam das klingen mag, immer einen
             Mann mit einer langen Nase – vorausgesetzt, er besitzt die
             nötige Bildung. Natürlich kein Weib, so lang dessen Nase
             auch sein möge. Ein Weib mit einer langen Nase erweist
             sich zumeist als jähzornig und wankelmütig. Hingegen ist
             der Atem eines Mannes mit einer langen Nase kühn und

frei, und sein Hirn wie sein Herz und seine Lunge sind kalt und klar wie ein Gebirgssee. In meiner jahrelang währenden Menschenbeobachtung habe ich herausgefunden – und zwar in allen Konstellationen so gut wie unveränderlich –, dass eine lange Nase und ein guter Kopf untrennbar miteinander verbunden sind. Vorausgesetzt, es handelt sich nicht um ein trichorhino-phalangeales Syndrom. Problematisch wird es allerdings, wenn es gilt, eine gute Kopfarbeit zu vermeiden, sich aber ein Mann mit einer langen Nase in meiner Nähe bewegt. Wie verfahre ich in einem solchen Fall? Es dürfte kaum praktikabel sein, ihm die Nase abzuschneiden, so dass eine Stumpfnase daraus wird wie bei einem Affen und sich derselbe Mann, eben noch brillant, zum Dumpfen, Ungestümen und Verlogenen wandelt. Weniger auffällig wäre, gleich den ganzen Mann zu beseitigen, samt Nase. Das aber verbietet der Katechismus. Weißt du übrigens, Kronenbitter, was der Herzog deinem Regimentsmedicus angedroht hat? Noch ein Misserfolg, und er könne sehen, wo er bleibt.

V Lazarett

Schiller, Gramont.

Schiller sucht Grammont, findet ihn aber nicht.

Schiller: Grammont? *(Er irrt umher, sucht seine Dose Tabak, wirft dabei allerlei Krimskrams von Betten und Konsolen.)* Mach keinen Quatsch! Wir können über alles reden. Aber jetzt. Morgen ist es zu spät. *(Setzt sich erschöpft auf eine Pritsche.)* Ich flehe dich an! Du musst unbedingt ins Krankenrevier. Oder beim Herzog den Aufenthalt im Teinacher Bad beantragen. Oder, noch besser, beides. Erst ins Krankenrevier, danach zur Kur. *(Er sucht unter den Pritschen.)* Melde dich unbedingt heute noch! Morgen bin ich vielleicht schon fort.

Ein Geräusch. Schiller entdeckt Grammont. Er zieht ihn hervor.
Die beiden balgen sich.

Grammont: Feine Beichte! Erst holst du mich zurück in dieses Scheiß-
leben und dann lässt du mich sitzen.

Schiller: Hast du nicht meinen Tabak gesehen?

Grammont: Das Maul reißt du auf wie ein Löwe, aber in Wirklichkeit
bist du feige wie ein Quakfrosch im Tümpel.

Schiller: Die Lage hat sich geändert.

Grammont: Für mich nicht.

Schiller: Alle meine Freunde warnen mich. Wenn ich hierbleibe,
sperrt man mich ein, auf der Festung. Ich glaub's zwar
nicht. Aber wer weiß. Zumindest sind das keine rosigen
Aussichten.

Grammont: Quak, quak! Weswegen sollte man so was tun?

Schiller: Wegen meines ... den Tabak hast du nicht gesehen? Wegen
meines Stücks. *(Grammont lacht.)* Lach nicht! Ich kenne
einen, mit dem hat man's genauso gemacht, ein Journalist.

Grammont: Schubart? Noch so einer. Quak, quak.

Schiller: Früher sei er ein Kerl wie ein Baum gewesen, heißt es. Nichts
und niemandem als der Wahrheit verpflichtet. Ein deutscher
Voltaire. Er hat unsere Akademie eine Sklavenplantage
genannt und als der Herzog zu diplomatischen Gesprächen
nach London reiste in seiner Zeitung spekuliert, der Regent
von Württemberg wolle England Truppen überlassen, in
einer Stärke von dreitausend Mann. Damit war ein streng
gehütetes Staatsgeheimnis gelüftet. *(Grammont lacht.)* Carl
Eugen ließ ihn im Alten Turm in den Kerker werfen, ohne Anklage, ohne Prozess. Der Herzog stand mit seiner
Konkubine an einem der Fenster im Hauptgebäude, um
sich an dem Anblick zu ergötzen. Schubart ging gleich für
dreihundertsiebenundsiebzig Tage in Isolation. Am Anfang
lag die arme Sau auf Stroh, das feucht war wie der Fels
ringsum. Sein Schlafrock verfaulte ihm am Leib. Erst im
zweiten Jahr durfte er den Gottesdienst besuchen. Dann

dauerte es ein weiteres Vierteljahr, bis man ihm gnädigst gestattete, wieder mit Menschen zu sprechen – und zwar mit seinen Bewachern. Die größte Gunstbezeigung war, als man ihm zuletzt neben der Bibel ein zweites Buch zu lesen gab, die »Klagen oder Nachtgedanken über Leben, Tod und Unsterblichkeit«, das, wie drücke ich mich aus?, Erbauungsbuch eines Engländers. »Wem man mit eiskalter Hand ins Herz greift, und es ihm quetscht, dass blutige Tropfen in beiden Augenwinkeln hängen, dem ist's nicht banger, als mir war«, das sagte mir Schubart einmal.

Grammont: Sagte dir Schubart? Er? Wann?

Schiller: Einmal. Als ich bei ihm war.

Grammont: Du? Nicht mal seine Frau darf zu ihm. Aber du?

Schiller: Warum nicht? Vor fast einem Jahr, im November.

Grammont: Wie bist du da hinein gekommen?

Schiller: Er hatte mich eingeladen.

Grammont: Zum Kaffeeklatsch, quak, quak!

Schiller: Er hatte von meiner Tragödie Wind bekommen und davon, dass mir eine Erzählung von ihm als Vorlage dazu gedient hat, aus der »Geschichte des menschlichen Herzens«. Ich steige also hinauf zur Festung, der neue Kommandant lässt sich schmieren. Nun rate mal, wen ich antreffe! Schubart schon, das stimmt. Aber denselben Haudegen und Schürzenjäger, der mir die gesetzlosen Tatmenschen so schmackhaft machte? Jenen unvergleichlichen Federfuchser? Nein. Stattdessen steht mir ein versteinertes Fossil vis-a-vis, das mir unter einem Sturzbach heißer Tränen um den Hals sinkt. Mit erhobener Schwurhand beteuert er: Alltäglich danke er Gott auf Knien für die Gnade, die seine Durchlaucht, der Herzog, ihm hat angedeihen lassen, als er ihn einsperrte. In der Einsamkeit seines Verlieses wäre er zur Ruhe gelangt und zu höherer Einsicht. Der Oberst Rieger seligen Angedenkens und der Dekan Zilling haben ganze Arbeit geleistet. »Meine Zeit«, so ließ sich Schubart herab, zu mir zu sprechen,»neigt sich dem Ende entgegen. Mein Werk, unvollendet und«, sprach er huldvoll,»durch Maßlosigkeit verdorben, geht in den Besitz der Jüngeren über«. Ja – wie, frag ich dich, Grammont, geht ein Werk in Besitz über? Muss es alleine bei dem Versuch nicht zwangsläufig zertrümmert werden? *(Grammont lacht.)* In die Zellenwand ist ein Eisenring eingelassen, an den soll der Delinquent gekettet werden im Fall der Fälle. Tagein, tagaus die Bedrohung. Einer seiner Mitgefangenen sitzt schon seit achtundzwanzig Jahren im Turm. Der vermeintliche Missetäter, zwischen Efeu, Fledermäusen und Käuzchen, zählt seine Pulsschläge, seine Atemzüge, ununterbrochen memoriert er alles, was er je gelernt hat. Ein kleiner Eisenring, unscheinbar, in einer Zellenwand. Das reicht. Vielleicht hast du Recht, Grammont, und wir sind feige Frösche im Tümpel.

Grammont: Nicht wir. Du! Quak, quak! Und ein ganz verlogenes Individuum! Quak, quak! Und kein Tabak, dass du's weißt, hier nicht, er ist nämlich verboten, und ich tue nichts Verbotenes, quak, quak!

VI Ankleidezimmer des Herzogs

Herzog, Ludwig.

Ludwig: Das Parfüm, Eure Durchlaucht. *(Er verspritzt es aus einem Flakon.)* Moschus. Direkt aus Frankreich. Gehört zu den Odores hircini. *(Der Herzog unverständig.)* Zu den Bocksgerüchen.

Herzog: Um des Himmels Willen! Geh sparsam damit um!

Ludwig: Stimmt, zu viel davon stinkt. Im Gegensatz zum Geld.

Herzog: Schon wieder so eine Anspielung?

Ludwig: Würd' ich mir nie erlauben.

Herzog: Also, raus damit, was tuschelt man?

Ludwig:	Es geht um die fünfzigtausend.
Herzog:	Jeder Depp weiß, dass immer alles teurer wird.
Ludwig:	Gleich um fünfzigtausend Gulden im Jahr?
Herzog:	Die steigenden Kosten.
Ludwig:	Welche, wenn mir die Frage gestattet ist?
Herzog:	Was geht dich das an?!
Ludwig:	Ich bin Steuerzahler.
Herzog:	Das wüsst' ich. — Es ist für wohltätige Zwecke.
Ludwig:	Genau daran erhitzen sich die Gemüter.
Herzog:	Wie denn, jetzt auch schon, wenn sich ein Fürst großmütig zeigt? Was für eine Welt!
Ludwig:	Man stößt sich an dem Zufall.
Herzog:	Der wäre?
Ludwig:	Dass das Feuerwerk von heute Abend justament fünfzigtausend Gulden kostet.
Herzog:	Ich kann nichts für die Preise, die machen andere. Im übrigen wird es bei diesem Zuschuss nicht bleiben, insgesamt gesehen. Zusätzlich muss ich, so in etwa, hunderttausend beschaffen, am besten noch mehr.
Ludwig:	Ich weiß, es geht mich nichts an. Aber wofür?
Herzog:	Zum Kauf von Gütern bei Hohenheim.
Ludwig:	Aha, für die Frau Gräfin.
Herzog:	Das ist doch nun eine wirklich unbedeutende Summe, findest du nicht? Trotzdem wollte sie mir der Ausschuss beim besten Willen nicht zubilligen.
Ludwig:	Beim schlechtesten Willen.
Herzog:	Ich drohe also, nun doch diese österreichische Prinzessin zu heiraten, diese ..., diese Dingsda. Ich denk mir so, spekulativ, dass dem Ausschuss deren Nase nicht passen könnte. Weil sie katholisch ist. Prompt bewilligt man mir vierzigtausend Gulden Leibrente. Aber, ich bitte dich: vierzigtausend! War davon je die Rede gewesen? Ich erhöhe meine Forderung postwendend auf fünfzigtausend nebst einem Vorschuss von hundertfünfzigtausend. Da

ningelt der Ausschuss schon wieder rum. Zu meinem größten Bedauern kann ich nun nicht mehr warten mit dem Heiraten. Mich saugt's förmlich hinab ins eheliche Bett der Katholikin. Da kommt der Ausschuss gehörig ins Schwitzen.

Ludwig: Das verriecht sich.

Herzog: Qu'est-ce qu'il y a?

Ludwig: Ich meine: das Parfüm. Ihr habt mit einer Hand gewedelt, als wär's euch lästig.

Herzog: So. Jedenfalls wird meine Forderung endlich erfüllt. Nicht auszudenken, wenn ich hätte Ernst machen müssen. Noch bevor sie Luft schnappen und sich besinnen können, eröffne ich diesen Kleinkrämern, dass ich mir meine liebe Franziska zur linken Hand antrauen lassen will. Ich verlange sechzigtausend Gulden für die Versicherungsurkunde. Was nun? Einerseits kann keiner meine Fränzel leiden, andererseits sind alle froh, um den Katholizismus herumgekommen zu sein. Jene Opfer, die man der eigenen Religion in den verflossenen Jahren gebracht zu haben würde glauben dürfen ..., also: das alles wäre nicht vergebens gewesen. Man überschreibt mir die läppischen fünfzigtausend per anno, also die Leibrente, und das Restliche noch dazu und verrechnet alles unter der Rubrik AUF BESONDERE DEKRETE. Stimmt ja auch. Sollte bei der nächsten Rechnungsabhör oder überhaupt jemals jemandem aufstoßen, wer der wirkliche Empfänger des Geldes gewesen ist, so kann man ihm doch zumindest Patriotismus nicht absprechen.

Ludwig: Hurra!

Herzog: Da! Sag ich's nicht? Immer das letzte Wort!

VII Schillers Stube im Haugschen Haus

Schiller, Charlotte.

Draußen vor der Tür auf dem Stiegenabsatz. Schiller, Pfeife im Mund, fluchend, weil er den Schlüssel nicht findet. Kurzentschlossen tritt er die Tür ein. Krachend zerspringt das Schloss, die Tür schlägt auf und gegen die Wand. Drinnen Charlotte, die erschreckt aufschreit. Am Boden Dutzende leere Weinlaschen.

Schiller: Alte Drecksau! (*Bemerkt Charlotte*) Und Ihr?

Charlotte: Was »Und ich«?

Schiller: Wie seid Ihr hereingekommen?

Charlotte: (*Hält sich die Nase zu*) Durchs Fenster jedenfalls nicht. Das stand mindestens schon zwei Jahre nicht offen.

Schiller: Auch das noch! Eine Ulknudel!

Charlotte: (*Sie ist nicht in der Lage, den Blick von ihm zu wenden*) Seine Wirtin war so freundlich.

Schiller: Da kann man geteilter Meinung sein.

Charlotte: Sie ist doch wohl Seine W i r t i n?

Schiller: Wenn Ihr die Vischerin meint, ja.

Charlotte: Wieso dann geteilter Meinung?

Schiller: Sie ist nicht freundlich.

Charlotte: Sie sagte, ich dürfe hier warten.

Schiller: So ganz ohne Begleitung? Auf wen?

Charlotte: Auf Ihn.

Schiller: (*sieht sich um*) Auf mich? Warum?

Charlotte: Ich wollt' Ihn sehn.

Schiller: Starrt Ihr mich deshalb an wie eine römische Statue? (*Er kramt nach dem Schlüssel.*)

Charlotte: Mein Gott, was hat Er für eine riesige Nase! (*Hält sich nun auch noch den Mund zu*)

Schiller: Die hab ich mir selber zurechtgebogen. Erst war sie klitzeklein. Dann habe ich so lange an ihr gezupft und gezogen, bis sie einen Sattel bekam.

Charlotte: Hat Er wegen der ewigen Zupferei keine Hand frei, dass Er seine Tür mit den Füßen öffnen muss?

Schiller: Mein Schlüssel ist weg. Habt Ihr ihn gefunden?

Charlotte: Aber es war doch verriegelt.

Schiller: Na und?

Charlotte: Von außen. Hier drinnen kann der Schlüssel also nicht sein.

Schiller: Wie das?

Charlotte: Ha! Weil verriegelt war, von außen. Dazu braucht's den Schlüssel. Und zwar von außen.

Schiller: Ei Blitz! Habt Ihr ihn d r a u ß e n gefunden?

Charlotte: Ich habe nicht danach gesucht.

Schiller: Warum nicht?

Charlotte: Weil ich nicht ... Ist das die Möglichkeit?!

Schiller: Man kann einen Schlüssel draußen fallen lassen und dann aus Versehen mit dem Fuß durch den Türschlitz stupsen. Oder mit Absicht. Mit einer Tabakdose geht das nicht, das weiß ich.

Charlotte: *(verstört)* Eigentlich bin ich zu was ganz anderem hier.

Schiller: Nämlich?

Charlotte: Ihn zu sprechen. *(Sie nimmt sich nebenbei wie zufällig eines der »Räuber«-Bücher.)*

Schiller: Das habt Ihr soeben getan. Adieu!

Charlotte: Wie?

Schiller: Hört Ihr schwer? *(Will Charlotte das Buch abjagen.)*

Charlotte: Er schickt mich fort?

Schiller: Hierbehalten darf ich Euch nicht.

Charlotte: Aber ich bin Sein Gast.

Schiller: Ein ungebetener.

Charlotte: Und ein Frauenzimmer von Stand.

Schiller: Wer alleine in der Stube eines fremden Mannes auf einen fremden Mann wartet, ist womöglich ein Frauenzimmer, aber ganz bestimmt keines von Stand. Wie dem auch sei – die Pflicht beruft mich ab.

Charlotte: Gerad' erst ist Er vom Dienst heimgekehrt.

Schiller: Der Herzog will Visite machen. Einen Selbstmörder inspizieren, außer der Zeit. Ich also nichts wie her, meine

Bücher einsacken. Ohne die bin ich blind. Da – der Schlüssel weg. D i e s Hindernis war am leichtesten zu beseitigen. Jetzt harrt ein höheres meiner. Ich hab's eilig. Und wenn ich's eilig habe, blick ich durch die Dinge wie durch Thüringer Glas. *(Er entwendet Charlotte das Buch, wirft es in die Ecke und schiebt das Mädchen zur Tür hinaus.)*

VIII Park

Volk. Später Charlotte, Frauenlob.
Unsichtbare Spaziergänger singen leise ein Lied:

Knaster ist mein Element!
Dieser kann an trüben Tagen
Meine Feinde niederschlagen,
Die man Gram und Sorgen nennt.

Knaster ist mein Morgenstern,
Der mich aus den Federn treibet
Und mein erstes Frühstück bleibet.
Nüchtern rauch ich gar zu gern.

Knaster ist mein Medikus.
Ich darf keine Pillen brauchen,
Wenn ich von dem vielen Rauchen
In die Hosen niesen muss.

Charlotte mit Frauenlob bei einem konspirativen Treff.

Charlotte: Haben Sie's mit?
Frauenlob: *(Holt das Buch hervor.)* Mir ist nicht wohl dabei.
Charlotte: So geht's den meisten Verrätern. Sie sind doch selbst ein Dichter. Was meinen Sie, lohnt sich das Risiko?
Frauenlob: Sagen wir mal so:

Gelingt's, die irre Maus zu fah'n,
So kostet es ihr Leben.
Kühn fraß sie meinen Klopstock an,
Und Schiller stand daneben.

Charlotte: Da haben Sie aber keine sehr hohe Meinung.

Frauenlob: (*Reicht ihr das Buch*) Kein Verleger wollte das Manuskript freiwillig haben. Schiller sah sich genötigt nachzuhelfen. Das macht selten einen guten Eindruck unter den Kollegen.

Charlotte: Nachzuhelfen? Womit?

Frauenlob: Dreimal dürfen Sie raten.

Charlotte: Mit Geld?

Frauenlob: Mit Glasperlen nicht!

Charlotte: Von seinem Gehalt kann er sich kaum seine tägliche Flasche Wein leisten.

Frauenlob: Also gut: Ich war's, der geblecht hat. Ein Freundschaftsdienst.

Charlotte: Wie soll ich das verstehen? Es ist immerhin das Buch eines Konkurrenten und ein verdächtiges obendrein.

Frauenlob: Nun wollen wir mal nicht übertreiben.

Charlotte: Trotzdem. Was steckt dahinter? Rache?

Frauenlob: Wäre 'ne komische Methode.

Charlotte: Nicht unbedingt. Schon vergessen? (*Zitiert auswendig*):
»Herr Schiller kaprizierte sich
In einem Epigramm auf mich;
Und meine Rache für den Spuk?:
Ich gab sein Epigramm in Druck.«

Frauenlob: Kompliment, Sie kennen sich aus in meinen bescheidenen Werken. Ich will Schillern keinen Schaden zufügen. Vielmehr verhält es sich so, dass Schiller mir – und nicht nur mir – Schaden zufügt, alleine dadurch dass sein Stück als Buch veröffentlicht ist. Ich beginne, mein Engagement zu bedauern.

Charlotte: So schlimm?

Frauenlob: Für das, was Freund Schiller sich hat einfallen lassen und das zu verhindern wir nicht fähig waren, werden wir gleich zweimal bestraft werden, so viel steht fest, einmal wegen unerlaubter politischer Aktivitäten, das andere Mal wegen des Verbrechens gegen die schöngeistige Literatur. Zweimal Galgen.

Charlotte: Ich sehe schon, Sie können ihn nicht riechen.

Frauenlob: Was sonst ließe sich zu diesem Machwerk sagen? Stellen Sie sich zwei Brüder vor. Der eine ist das getreue Abbild Schillers. Er heißt Franz und beschwert sich über die Bürde, die ihm die Natur mit einer Lappländersnase aufgeladen habe. Dieser hässliche Vogel lungert daheim im Fränkischen herum und neidet seinem Bruder namens Karl das Lotterleben, das er als Student in Leipzig führt. Weil er an Papas Fleischtöpfe will, denunziert Franz seinen Bruder Karl beim Vater. Ohne auch nur einen Augenblick der Besinnung enterbt der alte Graf den Studenten. Statt sich nun mit rechtmäßigen Mitteln zu wehren, stellt Karl, kein Mensch weiß warum, eine Räuberbande zusammen, deren Hauptmann er wird. Mordend und marodierend zieht er durchs Land. Als er eines Tages nach Franken zurückkehrt, erfährt er, dass Franz ihren Vater in einem Turm gefangen hält, aus welchen Gründen auch immer. Er schickt einen seiner Leute los, der die Kanaille aufspürt. Stehenden Fußes erdrosselt sich Franz, fragen Sie mich nicht, warum. Daraufhin segnet auch Karls Abgesandter das Zeitliche, indem er sich erschießt, weil er seinen Auftrag, Franz lebendig auszuliefern, nicht hat erfüllen können. Als der Vater, soeben aus dem Kerker befreit, hört, dass sein verlorener Sohn ein Räuberhauptmann und Mörder ist, stirbt er vor Gram an einem asthmatischen Anfall. Die frühere große Liebe Karls, irgendwas Cousinisches, will trotz allem bei ihrem Räuber bleiben. Doch da wird der Hauptmann von seinen Genossen an den Schwur erinnert, einander niemals zu verlassen, und zum Aufbruch gedrängt. Die verschmähte Geliebte bittet, von Karls Hand sterben zu dürfen, und dankt ihm, als er ihr den Dolch in die Brust stößt.

Charlotte: Ist es die Möglichkeit!

Frauenlob: Ich hab es zuerst auch nicht glauben wollen. Doch dann – schwarz auf weiß. Ein Wunder, dass einer übrig bleibt.

Charlotte: Das ist beinahe wie in den Mordliedern aus Reutlingen.

Frauenlob: Jedenfalls habe ich noch nie so viele Leichen zwischen zwei Buchdeckel gepresst gesehen. Wenn Sie mich fragen, eine schwache Geschichte. Räuber würden bei mir überhaupt nie vorkommen. Wir leben in einem Fürstentum mit einer wohlorganisierten Polizei. Spitzbuben wie diese wären bei uns binnen zweier, dreier Stunden verhaftet.

Charlotte: Um so weniger will ich daran glauben, dass die Sache für den Autor gefährlich werden könnte. Geraubt und gemordet wird überall, nun gut, vielleicht nicht so amüsant wie bei Schillern.

Frauenlob: Es ist nicht das Rauben und Morden.

Charlotte: Was sonst?

Frauenlob: Das Rauchen. Glauben Sie mir! Die Räuber paffen Tabak, was das Zeug hält. Kauen und schnupfen auch, das ganze Register hoch und runter.

Charlotte: O jemine!

Frauenlob: Dann diese Anspielungen. Lesen Sie selbst. Eine der zwar nur drei, vier Stellen, die aber haben's in sich. (*Er zeigt sie ihr.*)

Charlotte: (*Liest.*) »Der lohe Lichtfunke Prometheus' ist ausgebrannt, dafür nimmt man jetzt die Flamme von Bärlappenmehl – Theaterfeuer, das keine Pfeife Tabak anzündet.«

Frauenlob: Oder hier, einer der Räuber, als er einen beäugt, der statt seiner gehenkt worden ist. (*Blättert.*)

Charlotte. (*Liest.*) »Ich musste nachher eine derbe Prise Toback in die Nase reiben, als ich am Galgen vorbeispazierte, und unterdessen, dass ich hange, schleich ich mich ganz sachte aus den Schlingen und deute der superklugen Gerechtigkeit hinterrücks Eselsohren, dass's zum Erbarmen ist.« Aber, ich bitte Sie, das ist doch vaterlandsverräterisch!

Frauenlob: Meine Rede! Allerdings wäre es mir lieb, wenn wir mit diesem Begriff so sparsam wie möglich hantierten.

Charlotte: Sie stecken ganz schön in der Tinte, was?

Frauenlob: Mit fünfzig Gulden Pi mal Daumen.

Charlotte: Die hatten Sie in der Portokasse?

Frauenlob: Ich musste bei einem Darleiher Bürgschaft leisten — und dann diese Miese Qualität, das Papier eingeschlossen. Seit einem Jahr mach' ich dem Schiller die Hölle heiß. Er soll wenigstens meine Auslagen begleichen. Nur fürchte ich, das wird ihm nicht gelingen bei der Flickschusterei, die sein Trauerspiel inzwischen darstellt. Ein Änderungsverlangen am anderen. Erst der Freiherr von Dalberg, der Intendant des Theaters, dann sein Verleger, der Hofkammerrat Schwan, der ihm seine Wünsche gemeinsam mit den ersten sieben Druckbogen schickte.

Charlotte: Aus Gründen der Orthographie?

Frauenlob: Aus Gründen der politischen Opportunität und weil das Mannheimer Publikum einen Geschmack hat, einen besonderen. Es beharrt darauf, dass die Grenzen, die durch Anstand und Schicklichkeit gezogen sind, von wem auch immer, unverletzlich bleiben. Dalberg hasst jede Form von vergröberndem Natürlichkeitskrampf auf der Bühne. Er fragte, ob es den geringsten Grad von Wahrscheinlichkeit gebe, dass sich ein solches Schicksal wie das der Brüder Moor unter unseren politischen Umständen überhaupt zutragen könne und beantwortete seine Frage gleich selbst mit nein. In unsrer heutigen Tracht würde es zur Fabel werden und damit unwahr. Also musste Schiller die Handlung ins Mittelalter zurückverlegen, um dem Stück die Reißzähne auszubrechen. Schiller gab zu bedenken, alle Charaktere seien viel zu aufgeklärt, zu modern angelegt, als dass sie ins Mittelalter passen könnten, abgesehen davon, dass die nachträglich hineingestopften Szenen die blutgierigsten Verbrecher in sittsame Mitglieder unseres Gemeinwesens verwandeln. Dennoch machte er am Ende zähneknirschend die Konzession. Er wollte aufgeführt werden. Jetzt merkt den Widerspruch sogar der letzte Trottel.

Charlotte: Was schert Sie das, wenn sich das Buch nicht verkauft?

Frauenlob: Zwar ist man bei Hof mehr mit den Singspielen und Opern von Jomelli beschäftigt und ein paar französischen Komödien, aber es reichte aus, wenn nur ein Einziger das Buch läse.

Charlotte: Der SCHINDER? (*Frauenlob stellt sich ahnungslos.*) Sagen Sie bloß, das wissen sie nicht! Schiller soll verkündet haben, er wolle ein Buch machen, das durch den SCHINDER unbedingt verbrannt werden müsse. Wen meinte er?

Frauenlob: Einen, dem schon die Ausschüsse der Landschaften zu viel sind, die er mitregieren lassen muss.

Charlotte: Aber ob der überhaupt je etwas liest außer Rechnungen? Und ob ihn papierne Männer, die mit Schnupftabak in der Nase unter dem Galgen die Justiz verspotten, ernstlich erzürnen?

Frauenlob: Als hilfreich könnte sich erweisen, dass es zu Schillers Buch nur eine einzige Kritik gibt, und die ist ein Verriss.

Charlotte: Von Ihnen?

Frauenlob: Von Schiller selbst, unter Pseudonym. Man hätte aus dem Stoff drei Romane machen können, heißt es da, und jeder hätte mehr Wirkung getan als dieser eine.

Charlotte: Warum haut er sich selbst in die Pfanne?

Frauenlob: Er wollte prüfen, ob ihn seine Freunde in Schutz nehmen.

Charlotte: Und? Nahmen sie?

Frauenlob: J e m a n d hatte den unglücklichen Einfall, dem Kritiker recht zu geben. Seitdem sprechen Schiller und ich kein Wort mehr miteinander.

Frauenlob mit großer Geste ab.

Die Gräfin schleicht sich von der Seite heran. Charlotte holt das Buch hinter ihrem Rücken hervor und übergibt es der Gräfin, die es nun ihrerseits versteckt. So recht überzeugt von ihrem Tun scheint Charlotte nicht mehr zu sein. Sie macht Anstalten, sich das Buch zurückzuerobern, aber die Gräfin wehrt sie ab.

IX Lazarett

Frauenlob, Grammont, Herzog, Schiller.
Türenschlagende Diensteifrigkeit. Frauenlob hat ein transportables Pult umgeschnallt.

Frauenlob: (*ruft*) Visite! Alles, was Beine hat, raus!

Grammont: Sire!

> *Er lässt sich von der Pritsche herab auf die Hände fallen. Auf allen Vieren rutscht er dem Pulk entgegen.*

Herzog: (*zu Schiller*) Wie hält sich unser Patient?

Grammont: Herzogliche Durchlaucht, Euch aufs Feurigste meinen Dank!

Herzog: Grund?

Grammont: Höchstdieselben haben meinen irrigen Wunsch, aus dem Dienst zu kommen, modifiziert, wenn nicht gar vereitelt. Einen Wunsch, von dem ich jetzt einsehe, dass er mich, wenn ich ihn erfüllt bekommen hätte, unglücklich würde gemacht haben.

Herzog: Wann soll das gewesen sein?

Grammont: Beim jüngsten collegium archiatrale.

Schiller: Es sei mir als dem Arzt, der ihn behandelt, ein Widerspruch gestattet.

Herzog: Na los, wenn sich's nicht vermeiden lässt.

Schiller: Durchaus noch nicht besiegt ist die verderbte Melancholie. Sie steckt tief in den Säften. Ich schreib' sie einem grimmen Zustand zu des Unterleibs.

Herzog: Wie das? Er ist doch sonst geneigt, das meiste aus der … Nase herzuleiten.

Schiller: Melancholie ist hypochondrisch träge.
Ihr fällt der arme Leidende zum Opfer
bei Sympathie von Unterleib und Seele.
Sie ist die Krankheit kreuzgescheiter Geister
und tiefempfindender Gemüter auch.

Herzog: Die meine nicht, das kann ich Ihm versichern.

Schiller: Die Schwärmerei für Pietismus schien
den Grund gelegt zum nachgefolgten Übel.

Grammont: Bist du verrückt? Was treibst du da?

Schiller: Sie machte unsern schwächlichen Patienten
empfindsam gegen jeden Gegenstand
von Tugend oder hies'ger Religion,
und bald verwirrte sie ihm die Begriffe.
Metaphysik studiert zu haben, hieß nur,
dass ihm die Wahrheit selbst verdächtig ward,
und der die Religion einst übertrieben –
durch Skepsis in den Grübeleien rüttelt
er nun an ihrer Pfeiler festem Stand.

Herzog: Drauf folgten Fehler im Verdaugeschäfte?

Schiller: Jawohl. Und oftmals sprach er mir, er wäre
kein Mensch, er könne denken nicht und sähe
nicht ein, warum er leben bleiben sollte,
wo er doch gänzlich ohne Absicht lebe.

Frauenlob: Was hat dieser Sprücheklopfer Gellert schon für begabte
Kerle versaut!

Schiller: Er schrieb's dem dem Würgegriff von außen zu,
weshalb es ihn verlangte, diesem Außen,
das heißt: dem Außen h i e r, ganz zu entflieh'n.
Hinaus aufs Land, den wunden Geist zu sänft'gen,
zog's ihn, dort frische Sinneskraft zu sammeln
für die Erforschung der geahnten Wahrheit.
Bald warf er sich mit heiklem Ungestüm,
die dem Charakter eigen, auf den Wunsch.
Doch Hindernisse, die er traf, bewirkten,

dass die Melancholie ihn stärker plagte
als je zuvor, bis den Entschluss er fasste,
wenn schon er Freiheit nicht erlangen könne,
sein Leben abzukürzen, das ihn quälte.

Frauenlob: (*zu Grammont*)
Sein Wahnsinn war ihm hinderlich,
Dies Erdenleben abzukürzen.
Er wollte vor lauter Verwirrung sich
In alle Brunnen gleichzeitig stürzen.

Herzog: Kusch! Ich weiß genug! Ich werde den Fall an meinen Leibarzt Elwert übergeben.

Herzog ab.

Grammont: (*entsetzt*) Was hast du angerichtet?

Schiller: Ich habe einen Krankenbericht gegeben.

Grammont: Du hast meine Weltanschauung seziert!

Schiller: Unsere Weltanschauungen sind unsere Krankenberichte.

Jetzt lässt sich Schiller auf alle Viere fallen. Er sucht wieder die Dose Kautaback, findet die Reste des Stricks, nimmt sie und steckt sie ein.

X Marstall

Ludwig, Frauenlob.

Pferdeboxen. Mistgabeln. Ludwig verrichtet die üblichen Stallarbeiten. Frauenlob tänzelt um ihn herum wie ein Füllen.

Ludwig: Was Neues?

Frauenlob: Das Spektakulum war schon auf der Bühne.

Ludwig: Jetzt wird's eng!

Frauenlob: Der Herzog hat davon erfahren. Keine große Kunst, wenn Schiller die alte Wolzogen nach Mannheim mitnimmt, das Klatschmaul. Er weiß nur noch nicht, worum es geht in der Tragödie. Ich bitte dich inständig, sieh seiner Nichte auf die Finger. Die ist imstande und reißt uns alle rein.

Ludwig:	Sagten Sie nicht, der Text sei miserabel?
Frauenlob:	Sagte ich. Aber das Volk ist nicht immer meiner Meinung. Zur Uraufführung war man von sonstwoher gekommen. Aus Heidelberg, Mainz, Speyer. Zu Ross und zu Wagen. Schon nachmittags halb eins, viereinhalb Stunden vor Beginn der Vorstellung, warteten die ersten im Parkett. Abends war das Theater knackevoll. Eben wegen der Gerüchte über irgendetwas Absonderliches, das geschehen sollte. Das Volk wie immer mit einem gewissen Hang zur Sensation. Aber dann: drei Akte lang gähnende Langeweile, kein Mucks, und man muss wissen: Das Stück dauert länger als fünf Stunden. Das Volk, auch wie immer, entsetzt darüber, wie wenig übrig bleibt, wenn sich die Sensation dann wirklich einstellt. Aber! Aber!! Als dieser Schauspieler, ein Mann namens Iffland, augenrollend seinen hässlichen Bruder, den Denunzianten, entwickelte, gegen Ende zu immer zorniger – Beifall. Erst ein Lüftchen, bald ein frischer Wind. Dann ein Orkan. Und als er wie in Seelenangst ausrief: »Richtet einer über den Sternen? Nein! Nein!«, um dann bei dem »Ja! Ja!«, das er mit Zitterstimme hervorpresste, ersterbend, die Lampe in der Hand, die sein bleiches Geistergesicht beleuchtete, zusammenzusinken, folgte eine Raserei wie im Hundezwinger. Das Volk, wie immer, von sich selber mitgerissen.
Ludwig:	Weil ein Komödiant mit den Augen rollte?
Frauenlob:	Sagen wir's so: Unsere braven Bürger sind es gewöhnt, ihren Geist an der frommen Onanie eines Gellert zu wetzen. Man ergötzt sich an Charlottens Reise von Memel nach Sachsen. Die Erzählungen von Wieland hält man für das Äußerste, was sich die Poesie in der Schilderung des Sittlichen erlauben dürfe. Da könnte ein schnupfender Räuber schon auffallen.

XI Schillers Wohnstube und die Diele davor

Schiller, Ludwig, Charlotte.

Drinnen knetet der Dichter an einem lyrischen Text, den er »unter Stampfen und Stöhnen hervorbringt«. Draußen vor der Tür Ludwig und Charlotte.

Ludwig:	(*Die Arme ausbreitend*) Keinen Schritt weiter! Fritz dichtet!
Charlotte:	Welch weltbewegendes Ereignis!
Schiller:	»Weh! Entblättert seh' ich deine Rosen liegen,
	bleich erstorben deinen süßen Mund,
	deiner Wangen wallendes Rund
	werden rauhe Tabaksdämpfe pflügen ...«
Ludwig:	Neuerdings widmet er seine Gedichte einer gewissen Laura, die keine Sau kennt.
Charlotte:	Das bin ich!
Ludwig:	(*skeptisch*) An dem hier sitzt er schon drei Tage. Es ist lang wie ein Lindwurm.
Schiller:	(*Er uft.*) Melancholie.
Ludwig:	Meine Rede.
Charlotte:	(*zu Ludwig*) Stell dir vor: Schiller kommt aus dem Roten Ochsen, wo er ein ganzes Maß Weißwein heruntergestürzt und Schinken mit Salat verschlungen und mit Kegeln um sich geworfen hat. Ich passe unseren Pechvogel an der Tür ab, um ihm ein paar mitfühlende Worte wegen des Schlüssels zukommen zu lassen, ihm sogar auseinanderzuposamentieren, wie meine fatale Handlung zustande gekommen ist, ihn also – nicht ganz ohne Weitblick – meiner Anteilnahme zu versichern, denn immerhin, ich meine ..., da ... Wie dem auch sei, er sagt ..., was hat er gleich gesagt?
Schiller:	Hat es Euch so sehr beleidigt, einem mittelmäßigen Manne nachgestiegen zu sein, dass Ihr ihn so schnell wieder loswerden wolltet?
Charlotte:	Ich ihn, sagt er! Ich war, das kann ich mit Fuge und Recht ..., also ich kann behaupten, erschlagen, oder doch so gut

	wie. Nie und nimmer hätte ich dem Schiller eine solche Bezichtigung zugetraut. Jedenfalls nicht, nach seinen Gedichten zu urteilen.
Schiller:	Ruhe da draußen!

»Düstrer Jahre Nebelschein
wird der Jugend Silberquelle trüben;
dann wird Laura – Laura nicht mehr lieben,
Laura nicht mehr liebenswürdig sein.«

Charlotte:	Logischerweise fiel mir so rasch nichts Einfältigeres auf die Zunge als: Ich mache mich nicht lustig über Ihn. Als ich diesen Satz mich sprechen hörte, glaubte ich selber nicht, dass er von mir abstammen könne. Vor allem: Meine Beteuerung lieferte ihr Gegenstück gleich mit: Ich gestand, dass es immerhin hätte möglich sein können. Schlimmer! Indem ich so flott bei der Hand war mit einer derartig glättenden Versöhnlerei, bekannte ich mich zu einer Schuld, denn warum sonst sollte ich auf den Gedanken verfallen, einem noch nicht getätigten Angriff zuvorzukommen?
Schiller:	»Glühst du, Laura? Schwillt die stolze Brust?

Lern' es, Mädchen, dieser Trank der Lust,
dieser Kelch, woraus mir Gottheit düftet –
Laura – ist vergiftet!«

Charlotte:	Und schon waren wir an dem Punkt angelangt, von dem ich noch kurz zuvor gehofft hatte, dass wir ihn in wenigen Wochen erreichen würden. Ob es die Eile war, die diesen Menschen verwirrte oder mich unvorsichtig werden ließ: Ich setzte mich mit ihm nieder und schwieg ihn an. Hätte ich geredet, wäre Schiller womöglich auf die Idee verfallen, den Umstand, dass ich neben ihm saß, für nicht ungewöhnlich zu halten, aber eben auf die besondere Weise, in der er immer etwas für nicht ungewöhnlich hält, in dieser unerschütterlich geistesabwesenden Art. So aber sah sich Schiller gezwungen, seinerseits zu schweigen, und das macht er ja wirklich großartig. Sein Schweigen hat so

etwas Voluminöses, dass davon die ganze Luft ringsum erfüllt ist und die Pappeln aufhören, mit ihren Blättern zu zappeln.

Schiller: »Lern' es, Mädchen, dieser Trank der Lust,
dieser Kelch, woraus mir Gottheit düftet –
Laura – ist vergiftet!«
(*skandierend*) Unglückselig, die es wagen, die es ... wagen, – Götterfunken aus dem Staub ... zu ... schlagen ...

Charlotte: Plötzlich aber – und ich kann mein Entsetzen nicht annähernd genau wiedergeben, plötzlich zuckt es ihm durch den hochgeschätzten Korpus, als hätte ihn ein Blitz steilgestellt, und er gerät in solch brausende Bewegungen, vor allem bei den Armen, in solch heftige Verrenkungen, vor allem bei den unteren Extremitäten, dass mir himmelangst und bange wird, mein Dichter könnte in eine Art rasende Tollwut verfallen sein und mir mit einem unkontrollierten Streich seines Ellenbogens in die Visage langen. Springt auf, schnauft und stampft gottsjämmerlich, und als er endlich zu sprechen, nein: zu brüllen anhebt, vernehme ich das da und erkenne die Ursache für alles Übel: Der Mensch d i c h t e t ! Mein Gott, denke ich, was ist die Literatur anstrengend! Da stapft er auch schon um den Stein herum, auf dem ich mich ablud, vorsichtshalber, nun aber war ich schon halb auf dem Sprunge, weil's mir gruselig wurde, und er... (*sie kichert*) fabriziert ein Gedicht, indem er's (*sie lacht*) laut im Rhythmus vor sich her keucht: (*skandierend*) GLÜHST du, LAUra, SCHWILLT die STOLze BRUST?/LERN' es, MÄDchen, DIEser TRANK der LUST,/ DIEser KELCH, woRAUS mir GOTTheit DÜFtet –/ LAUra – IST verGÜFtet! (*Sie prustet vor Lachen.*) Und das m i r in dem Augenblick, wo ich diesen Menschen dahin bringen wollte, endlich ..., mit mir endlich ..., äh – ja. Also »vergiftet«. Meine Wangen zerfallen. Wie finde ich das? Düstrer Jahre Nebelschein – na, holla! Und mein

	Mund bleich erstorben. So dammich bin ich nicht, dass ich denk, ich hätt die ewige Jugend. Aber ich bitt', muss er mich ausgerechnet in diesem Augenblick, nicht wahr, ausgerechnet, wenn …? Er hat es dann wohl auch eingesehen und mir gar nicht mehr die Hand gereicht und sich hier drinnen eingeschlossen.
Ludwig:	Verzeiht, wenn ich Euch korrigiere. Natürlich handelt es sich um ein Liebesgedicht. Das schon. Aber doch eher im Sinne einer Abhandlung über die Liebe schlechthin, über die mythisch-mystische Liebe in Welt und Individuum. Ein quasi platon'sches Harmonie-Sympathie-Liebe-Komplott in der Musik der Himmelskörper, der menschlichen Leiber, der instrumentalen Töne. Schließlich gilt nur ein einziges Gesetz für die Körper- und Geisteswelt: die Gravitation, die Anziehungskraft, die Entwicklung nach Gott zu. Das ist DIE LIEBE. Das GÖTTLICHE AUF ERDEN. Zugegeben, das Ganze bleibt ein Probier- und Spielstück. Zu meinem großen Bedauern will dem Schiller der Nachweis jener Sphärenharmonie am Beispiel einer wirklichen Existenz, nennen wir sie Laura …
Charlotte:	Oder Charlotte.
Ludwig:	Oder Charlotte nicht gelingen. Es ist ein Graus. In den letzten Strophen kriegt er immer die Kurve nicht. Dann steckt er unversehens mitten in der Geschlechtlichkeit. Und dann weiß er nicht, was er damit anstellen soll.

XII Schloss. Boudoir der Gräfin

Diener, Gräfin, Frauenlob.

Die Diener scheuern den Fußboden.

Diener:	Den hohen Herrscher würdig zu empfangen, ist unsrem Volke dringlichstes Verlangen. Der teure Gast verheißt uns reichlich Segen – wir fegen, wir fegen.

Das Land ist sauber, die Paläste funkeln,
man hört von Ruhe und von Ordnung munkeln.
Die braven Bürger zahlen pünktlich Steuern
– und scheuern, und scheuern.

Mit scheinbar weißer Weste zeigt die Krone,
daß sich bei ihr die Geldanlage lohne.
Es schwitzt die Schar von nimmermüden Dienern
– beim Wienern, beim Wienern.

Diener ab.

Gräfin: Ist noch kein Pikeur da, der die Rückkunft meldet?

Frauenlob: Die Rückkunft wessen?

Gräfin: Des Herzogs, wessen sonst?

Frauenlob: Aus Mannheim?

Gräfin: Was haben Sie neuerdings nur immer mit Mannheim?

Frauenlob: *(die Frage wegwischend)* Bedauerlicherweise nein, erlauchte
Gräfin, aber man sieht Fackelträger postiert nach dem
Schloss hinauf. Soweit mir bekannt ist, revidiert Durch-
laucht die Treiberlinie zur großen Jagd. Sie umfasst mehrere
Meilen und kann wegen des durchweichten Terrains nicht
beritten werden. Die Inspektion zu Fuß – daraus erklärt
sich die Verspätung von Serenissimus auf natürliche Weise
Außerdem haben Hochdieselben allerlei Arrangements von
Empfangsfeierlichkeiten auf der Landstraße im Werke.
Jubelnder Plebs und neunzigtausend Lampen.

Gräfin: Das ist mir nicht unbekannt. Danke.

Frauenlob: Immerhin erwarten wir einundneunzig Gäste. Zweiund-
dreißig Fürsten und neunundfünfzig Grafen.

Gräfin: Ich sagte: Danke!

Frauenlob: Dazu dreihunderteinundfünfzig sonstige Adlige, auch
welche aus Mannheim.

Gräfin: *(indem sie Frauenlob scharf mustert)* Sie sind ein mathematisches
Genie und immer schnell bei der Hand.

Frauenlob:	Serenissimus wissen Rechtzeitigkeit zu schätzen. Zu-spätkommen drücke den Charakter nieder.
Gräfin:	So man einen hat. (*Frauenlob stellt sich ahnungslos.*) Ich sage nur: Bopserwäldchen. (*Frauenlob stellt sich ahnungslos.*) Die Nichte des ..., also Charlotte erwähnte es im Zusammenhang mit einer Verschwörung, kann das sein?
Frauenlob:	Kruzifix! Muss die denn immer alles durcheinander schmeißen?!
Gräfin:	Glauben Sie wirklich, Sie könnten etwas geheim halten, zumal vor mir? Man will beobachtet haben, wie Schiller Sie und ein paar andere über die Weinsteige in das Bopserwäldchen lockte.
Frauenlob:	Wann soll das gewesen sen?
Gräfin:	Eines frühen Sonntagmorgens im Mai. Sogar der Hauptmann von der Militärschule sei dabei gewesen, dann aber abgehängt worden.
Frauenlob:	Almählich dammert's.
Gräfin:	Was suchtet Ihr dort?
Frauenlob:	Wenn's mir nur einfiele.
Gräfin:	Immerhin eine nicht genehmigte Versammlung.
Frauenlob:	Kann ich mir nicht vorstellen.
Gräfin:	Dann doch ein Komplott?
Frauenlob:	Nie im Leben! Wir sind bloß ein harmloser Freundeskreis und unternehmen gelegentlich Ausflüge zur Erbauung.
Gräfin:	Nicht zu Raub und Verschwörung?
Frauenlob:	Ach, woher! Das einzig Verwerfliche, das uns vorzuwerfen wäre – wir sind ... Raucher. Da muss es zwischen uns und Ihrem, Pardon, Spitzel einen Übermittlungsfehler gegeben haben. Ich erinnere mich jetzt wieder, was vorgefallen war.
Gräfin:	Ach was!
Frauenlob:	Wir wollten unser Geruchsempfinden schulen und studierten den Duft der frischen Waldkräuter. Ebenso, mehr nebenbei, verschiedene Gemische. Kautabak mit dem und jenem, mit faulenden Äpfeln, was einen ätherischen Ein-

	druck hinterlässt, mit Jasmin, was mehr balsamisch wirkt, mit Honig, was fruchtig zu nennen ich mich nicht enthalten kann, und mit anderen Ingredienzen. Dergleichen lässt sich auf dem Militärgelände schlecht bewerkstelligen.
Gräfin:	Korrekt wäre: Es ist euch dort strengstens verboten.
Frauenlob:	Das Rauchen, ja. Beim Kauen weiß es schon keiner mehr so genau. Vielleicht das Ausspucken. Aber das Ausprobieren …
Gräfin:	Diesbezüglich scheint es eine Gesetzeslücke zu geben.
Frauenlob:	Es wäre bedauerlich, wenn ich unfreiwillig dazu beitrüge, dass sie geschlossen wird.
Gräfin:	Was, wenn doch?
Frauenlob:	Dann müsste ich mir überlegen, die Gründungsidee unseres Freundeskreises doch noch umzusetzen.
Gräfin:	Ich höre.
Frauenlob:	In einem Ernstfall wie einem solchen beabsichtigten wir, die geschlechtsreifen Männer aus den Kasernen zu sammeln und sie auf eine Südseeinsel zu verschiffen.
Gräfin:	Was hofftet Ihr, dort zu finden?
Frauenlob:	Die Freiheit.
Gräfin:	(*indem sie dem Wort nachschmeckt*) Eine Republik nach römischem Vorbild stand nicht zur Debatte?
Frauenlob:	Nicht vordergründig.
Gräfin:	Aber doch irgendwie?
Frauenlob:	(*zögerlich*) Was die Jugend eben so herbeisehnt.
Gräfin:	Ohne Eiertanz!
Frauenlob:	(*schnauft*) Abschaffung der Polizey. Abschaffung jeglichen privaten Eigentums. Abschaffung des Erbrechts. Vor allem Abschaffung sämtlicher Examina.
Gräfin:	Und, wie ich annehme, aller Frauen.
Frauenlob:	Ein Schwachpunkt in unserer Theorie, zugegeben.
Gräfin:	Warum habt ihr das Ganze abgeblasen?
Frauenlob:	Es war keine Insel frei.
Gräfin:	Haben Sie mal nachgesehen, ob sich daran inzwischen etwas geändert hat? (*Frauenlob stellt sich wieder ahnungslos.*) Wäre das

nichts was für unseren Schiller, solch ein einsames Eiland?
Oder eine Tabakplantage in Amerika?

XIII Hofwinkel neben den Kasernen

Charlotte. Später Schiller, Ludwig.
Im Off Exerzierübungen. Charlotte und die Männer an unterschiedlichen Plätzen.

Charlotte: *(Sie singt.)*
Ich stand auf hohem Berge
und schaut' ins tiefe Tal,
ein Schifflein sah ich schwimmen,
darin drei Grafen warn.

Der jüngste von den dreien,
der in dem Schifflein saß,
bot mir einmal zu trinken
feil Wein aus seinem Glas.

»Ach Mädchen, du wärst schön gnug,
wärst nur ein wenig reich.
Fürwahr, ich wollt dich nehmen,
sähn wir einander gleich.«

»Ei, bin ich schon nicht reich gnug,
bin ich doch rein und fromm.
Ich werd die Zeit erwarten,
bis meinesgleichen kommt.«

Schiller liest Ludwig einen seiner Bittbriefe vor.

Schiller   »Eure Exzellenz scheinen weniger Schwierigkeit zu haben,
mich bei sich einzustellen, als mehr in dem Verfahren, mich
von hier wegzubekommen. Das erstere steht ohnehin ganz

in Ihrem Ermessen, aber bei der Entscheidung über das zweite könnte Ihnen vielleicht folgende Idee hilfreich sein. Hier bei uns in Stuttgart ist, im Großen und Ganzen, das Fach der Mediziner so sehr überbesetzt, dass man sich freut, wenn durch die Erledigung einer Stelle Platz für einen anderen geschaffen wird. Natürlich will sich der Herzog nicht gern Vorschriften machen lassen. So käme es darauf an, den Anschein zu erwecken, als geschähe alles ganz nach seinem Ratschluss und gereiche ihm zur Ehre. Eure Exzellenz würden seine Eitelkeit ungemein kitzeln, wenn Sie in den Brief, den Sie ihm in meiner Angelegenheit schreiben, einfließen ließen, dass Ihr mich für eines seiner Geschöpfe haltet, vielleicht nebenbei für eines seiner wertvollsten, das durch ihn gebildet und in seiner Akademie erzogen worden ist. Das heißt, es müsste seiner Erziehungsanstalt quasi das Hauptkompliment gemacht werden, als würden deren Produkte von den Kennern in aller Welt geschätzt und gesucht.« (*zu Ludwig*) Was sagst du?

Ludwig:	Seit Mittag haben die Wachen Kugeln geladen.
Schiller:	Man will dem Großherzog mit einer Salve schmeicheln.
Ludwig:	Traumtänzer. So ein Gemeiner, wenn ihm was in die Quere kommt, feuert ab, da fragt er nicht erst seinen Leutnant. Aber wir werden keinen Anlass geben. Streichers Wagen steht für heute Abend neun Uhr bereit. Bei den Insassen der Kutschen werden die Pässe nicht kontrolliert. Am Ludwigsburger Tor hält das Regiment Wimpffen Wache, denen sind wir fremd. Zur Sicherheit ein falscher Pass für dich. Dein Freund, der Leutnant Kapff, kommandiert die Schlosswache. Er lässt dir Freiheit nach dem Bogengange hin – allerdings wird er heute noch abgelöst. Du musst dich sputen!
Schiller:	Ihr wollt mich loswerden.
Ludwig:	Allmählich reicht's, Freundchen!

XIV Schloss. Eingangshalle

Herzog, Gräfin, Ludwig.

Der Herzog kehrt vom Ausritt zurück. Draußen: Regen. Er schüttelt das Wasser ab. Drinnen die Gräfin. Dazu Ludwig, mit weißen Handschuhen und einem beschrifteten Schild um den Hals.

Herzog: Sauwetter das! Bin müde wie ein Jagdhund. Das Bauernvolk am Trüben See stellt sich an, als hätte es Zeitlebens noch nie Hirsche zusammengetrieben. Einer beschwert sich und geifert: Ja, dass ich mehr jagen ließe als früher, das wäre zwar ein Segen, die Hirschplage hätte bereits überhand genommen gehabt, die Tiere wären bis zu den Katen vorgedrungen gewesen im Winter und hätten in ihrer Not das Stroh vom Dach gefressen; aber nun, man stelle sich vor!, nun würden die herzoglichen Jäger weit mehr Schaden anrichten mit ihren Pferden und Hunden, indem sie die Felder zertrampelten und alles um und um wühlten, sodass kein Halm mehr übrig bliebe. Nicht zu glauben!

Gräfin: Was habt Ihr mit dem Mann gemacht?

Herzog: Ihm zugesichert, die Angelegenheit zu überprüfen.

Gräfin: In seinem Sinne?

Herzog: Meine Fresse, was bist du so garstig? Was soll das heißen: »In seinem Sinne«? In dem Sinne, dass ich prüfen lasse, inwieweit das Zertrampeln der Felder bei den Jagden unumgänglich ist.

Gräfin: Kulant, das kann ich nicht anders sagen.

Herzog: Wir brauchen sechstausend Stück Vieh! Ludwig, nimm mir den Dreispitz ab! *(Lärm von draußen.)* Doch nicht schon unsre Gäste?

Ludwig: Sire, es ist la Meute, die Herren Hunde mit den Hundejungen, die nach der Treiberlinie hinauf ihr … Dingsbums beginnen.

Herzog: Ihr Avancement?

Ludwig: Das war's, was ich meinte.

Herzog:	Erst jetzt?
Ludwig:	Der Hundemaitre sagt, vom Tag her wäre es bis jetzt zu schwül gewesen für die empfindlichen Nasen der Herren Hunde, er müsste seine Künstler schonen.
Herzog:	Blitzgescheit! Wenn alle so viel Verstand entwickelten, wo stünden wir heute!
Ludwig:	Im gelobten Land.
Herzog:	Na sag', was hast du da?
Ludwig:	Ein Schild, allergnädigster Landesvater.
Herzog:	Nun werd nicht spitzfindig!
Ludwig:	Ihr geruhtet heute Morgen, mich bestrafen zu wollen. Ich sollte Euch erinnern, sobald ihr Muße dafür fändet.
Herzog:	Hm. (*Liest.*) »Des Morgens erwischt, wie Er sich durch die Reinigungsmagd Kaffee hat machen lassen und der ein Hemd dafor gegeben«. O ha! Zu blöd! Warum lässt du dich erwischen?! Was machen wir'n da? Ein Backenstreich wäre wohl die angemessene Bestrafung, was, Fränzel?
Gräfin:	Angemessen – je nachdem.
Herzog:	Was soll denn das nun wieder heißen: je nachdem? In den Frauenzimmern kenne sich einer aus! Also gut, Ludwig, je nachdem, du hast Schwein. Heute ist ein besonderer Tag. Machen wir's so: Wie würdest du mit dir verfahren, wenn du jetzt an meiner Stelle wärst?
Ludwig:	Dann würd' ich sagen: »Komm, Fränzel, lassen wir den dummen Jungen steh'n!«
Herzog:	(*Lacht.*) À la bonne heur! Na dann, komm, Fränzel, lassen wir ihn steh'n!

Ludwig ab.

Gräfin und Herzog gehen weiter. Nach einer Weile:

Gräfin:	Habt Ihr mittlerweile das Buch gelesen, das besagte ?
Herzog:	Verschlungen.
Gräfin:	In so kurzer Frist?
Herzog:	Langsamer ging's nicht.

Gräfin:	Euer Urteil?
Herzog:	Erst du!
Gräfin:	Als ob Euer Urteil nicht schon feststünde.
Herzog:	Also gut: Ich nenne es rünstig.
Gräfin:	Pardon?
Herzog:	Jede Nase, von der ich dort zu lesen kriege, erweckt in mir den Verdacht, dass sie schnupfe. Fortwährend musste ich an den armen Cromwell denken, der zur Hinrichtung geführt wird, wie da die Soldaten den König, der ernst und gefasst in steinerner Ruhe zum Richtplatz schreitet, mit Kautoback bespeien, während sie auf den Weg, den er zurückzulegen hat, vor ihn hin zerbrochene Pfeifen werfen.
Gräfin:	Davon steht nichts in dem Buch.
Herzog:	Ich imaginiere das. Er setzt seinem Stück einen Spruch des ehrwürdigen Hippocrates' voran. Was die Medikamente nicht heilen, heilt das Eisen. Was das Eisen nicht heilt, heilt das Feuer.
Gräfin	In der Tat, man spürt, wie der Teig in dem Dichterkopf sauer gärt. Da ist nichts fertig. Das entschuldigt einiges, wenn nicht alles. Heiliges steht neben Profanem, schwäbische Zoten neben Klopstock-Seraphik.
Herzog:	Was soll das sein: Klopstock-Seraphik?!
Gräfin:	Metaphorische Ausflüge in die wirkliche Literatur ...
Herzog:	»Meta-« was?
Gräfin:	Schiller hängt einer Idee an. Zugegeben, sie ist abstrus, und er will uns von ihr nicht überzeugen, wie es andere tun, sondern er will sie uns einhämmern, mit allem Ungestüm.
Herzog:	Diese Idee wäre welche, meine kleine Philosophin?
Gräfin:	Die Nerven-Geister-Theorie.
Herzog:	Ich werd' wahnsinnig!
Gräfin:	Schillers Räuberhauptmann, müsst Ihr wissen, ist für den Autor ein medizinischer Schulfall. Ein seelenkundliches Studienobjekt. Uns, die wir's noch immer nicht kapiert haben, will der Dichter klarmachen: So wirkt die Nerven-

Geister-Theorie. Er hat sie erfunden, und jetzt muss er sich dranhalten, uns zu beweisen, dass sie stimmt. Seine Behauptung: Winzige stoffliche Ursachen lösen gewaltige seelische Erschütterungen aus. Also zum Beispiel bewirkt der Neid des einen Bruders auf den anderen, dass aus dem einen ein Mörder und Räuber wird. Und im weiteren machen gewaltige seelische Erschütterungen die winzigen stofflichen Ursachen vergessen. Also zum Beispiel macht das Morden und Rauben vergessen, worin es begründet ist.

Herzog:	Im Neid?
Gräfin:	Bravo!
Herzog:	Mein Gott, woher hast du denn dieses Kauderwelsch?
Gräfin:	Von ihm selbst. Ich hatte das Glück, seine Theorie erläutert zu bekommen.
Herzog:	Oder das Unglück.
Gräfin:	Am Beispiel Grammonts.
Herzog:	Des Selbstmörders?
Gräfin:	Dass er zum Selbstmörder geworden ist, bestätigt nach Schillers Auffassung Schillers Auffassung.
Herzog:	Donnerwetter, der Zunder ist los! Und ich verstehe keine Silbe!
Gräfin:	Weil Euch in künstlerischen Dingen Eure Hofmaler zu beraten pflegen.
Herzog:	Und nicht schlecht! Das Schlimmste ist, dass mein verseschmiedender Regimentsmedicus ...
Gräfin:	Der Text steht in Prosa!
Herzog:	Ja doch! Jedenfalls polemisiert er in die verkehrte Richtung
Gräfin:	Inwiefern?
Herzog:	Im zweiten Akt. Einer aus der Räuberbande berichtet von seinem nächtlichen Überfall auf ein Cäcilienkloster. Die Kumpane loben ihn und möchten Henkers doch wissen, was für Hexereien er braucht, um alles Lumpengesindel auf Gottes Erdboden anzuziehen wie ein Magnet Stahl und Eisen. Da antwortet er, es brauche keine Hexerei,

sondern Kopf müsse man haben. Ein gewisses praktisches Judizium, das man freilich nicht in der Gerste frisst. Einen honetten Mann könne man aus jedem Weidenstotzen formen, aber zu einem Spitzbuben brauche es Grütz, auch gehöre dazu ein eigenes Nationalgenie, ein gewisses, ein Spitzbubenklima, und er rät allen, ins Graubünder Land zu reisen, das sei das Athen der heutigen Gauner.

Gräfin: Was stört Euch daran?

Herzog: Die Adresse, mein Herz. Mein unersetzlicher Frauenlob hat mir hinterbracht, ein gewisser Wredow aus Westfalen, früher Hofmeister in Chur, hätte in den Hamburgischen Adreß-Comptoire-Nachrichten einen Brief veröffentlicht, ein Pamphlet, mit dem er für die Ehre Graubündens fechten zu müssen glaubt. Ein Doktor Amstein zu Zizers protestiert seinerseits. Hat übrigens in Tübingen studiert, der gute Mann, und mir angelegentlich eine Lobesrede gehalten. Damit wird's wohl nun vorbei sein. Der Doktor steht einer Bündnerischen ÖKONOMISCHEN GESELLSCHAFT vor. Und das, während ich Verhandlungen mit der Schweiz führe, um die Fruchtsperre aufzuheben, den dortigen Markt zurückzugewinnen. Sicher, wenn mir nicht daran gelegen wäre, mein Schweizervieh zu erhalten in den Hohenheimer Ställen, nicht wahr, Fränzel, in d e i n e n Hohenheimer Ställen, unser Obst, unseren Wein hinter den Alpen profitabel loszuschlagen, dann würde ich auf alle die literarischen Kinkerlitzchen scheißen, dann dürfte der – wie? – prosaische Regimentsmedicus meinetwegen in meiner Politik herumpfuschen, so viel er lustig wäre, ich wüsste doch: seine Brunftschreie blieben unerlauscht. So aber: Sollen meine Graubündner Geschäftspartner denken, dass auch ich sie für Spitzbuben und Gauner halte, bloß weil ich zu Hause gegen die Verbreitung der Diffamation nicht resolut genug zu Felde ziehe? Bei den Schulden, die uns niederdrücken? Meine Nichte Dorothea wird die künftige

Kaiserin aller Reußen sein. Man nennt sie schon Maria Feodorowna. Bis nach Petersburg wird sie den zweifelhaften Ruf unserer Dichtkunst tragen. Einer jeden unserer Künste, auch der Staatskunst! Und den noch zweifelhafteren Ruf, dass bei uns die Dichter die Politik machen. Nie im Leben! Wenigstens diese Szene muss er streichen, der Schmierfink, wenn nicht gleich alles. Den Schiller will ich Mores lehren! Magst du der Hatz zusehen?

Gräfin: Ihr macht mir Angst.

Herzog: Dummerchen. Ich meine die Parforcejagd. Vorausgesetzt, sie säuft uns nicht ab im Regen. Sechstausend Hirsche. Wir jagen sie eine Anhöhe hinauf und zwingen sie, sich von dort in den See zu stürzen. Umso bequemer kann man sie vom Lusthaus her erlegen.

Gräfin: Abschlachten.

Herzog: Fränzel!

Gräfin: Ihr wisst, ich hasse das.

Herzog: Ein Gesellschaftsereignis allerersten Ranges. Ich muss dem Großfürsten Paul was bieten.

Gräfin: Was soll ich dabei?

Herzog: Alles, bloß nicht schießen, hoffentlich. Ebenbürtig machen kann ich dich nicht so hoppla hopp, aber zeigen, dass du gesetzlich die Gattin meiner Wahl bist, das kann ich. Dass ich Respekt verlange für mein Gesetz und meine Wahl. Ich habe dich von der Baronesse zur Reichsgräfin gemacht. Kaiser Joseph hat dir den Titel Hoch- und Wohlgeboren verliehen. Nun möchte ich, dass man in dir nicht mehr die Ehebrecherin sieht. Dass du wieder am Abendmahl teilnehmen darfst.

Gräfin: Ich werde mich ekeln.

Herzog: Du wirst den Ekel herunterwürgen.

Gräfin: Ich werde vor Wut schreien.

Herzog: Du wirst den Schrei in Lachen ummünzen.

Gräfin: Ich werd' in Ohnmacht sinken.

Herzog: Als ob du glücklich überwältigt wärst.

XV Marstall

Ludwig, Charlotte.
Ludwig sattelt ein Pferd ab, schleppt zwischendurch schwer an Sitz und Zaumzeug.
Charlotte schleicht spähend herbei.

Charlotte: Na endlich! Wer kann damit rechnen, dich *hier* zu finden?

Ludwig: Ich bin überall, wo der Herzog seinen durchläuchtigsten Mist hinterlässt. Was gibt's?

Charlotte: Ich will ...

Ludwig: Das wäre ganz was Neues.

Charlotte: Wenn du nur spottest, geh' ich gleich wieder.

Ludwig: Schon gut.

Charlotte: Ich will wem unter die Arme greifen.

Ludwig: W e m bestimmten?

Charlotte: Einem Mann.

Ludwig: Was soll ich dabei? Die Lampe halten?

Charlotte: Deinen Einfluss geltend machen, beim Herzog.

Ludwig: Einfluss? Ich? (*Er betrachtet ausgiebig Charlottes blaue Schuhe.*) Da wüsst' ich eine, deren, naja, Wort mehr gilt.

Charlotte: Was starrst du dabei so gierig auf meine Schuhe?

Ludwig: Ich wundere mich.

Charlotte: Worüber?

Ludwig: Normalerweise tragen bei Hofe nur jene Damen blaue Schuhe, die in der Gunst des Herzogs stehen; den anderen ist es verboten. Ihr seid die Nichte des Serenissimus ...

Charlotte: Ein Zufall. Blau ist so selten nun auch wieder nicht. (*Sie zieht die Schuhe aus, die sie fortan in der Hand hält.*)

Ludwig: Also, wer ist's, für den ich meinen Kopf hinhalten soll?

Charlotte: Du kennst ihn gut. Alleweil steckt ihr Eure Nasen zusammen, dass mir die Eifersucht den Rücken hoch krabbelt.

Ludwig: Ach ... der. Und ich glaubte, es ginge um einen Mann.

Charlotte: Warum sollte er keiner sein?

Ludwig: Weil er jede zweite Nacht ins Bett pinkelt.

Charlotte: Das ist ekelhaft!

Ludwig:	Find' ich auch.
Charlotte:	Ich meine: Was Du alles erfindest, das ist ekelhaft.
Ludwig:	Ich gehöre zum Gefolge, ich muss nichts erfinden.
Charlotte:	Du wirst mir also eine harmlose Bitte ausschlagen, du Hasenherz?
Ludwig:	O, o, das tut weh, so weh!
Charlotte:	Hasenherz! Hasenherz!
Ludwig:	Vor ein paar Jahren hat man meinen Vater, von Bayern aus, hierher verschleppt und in die Festung geworfen. Dort sitzt er immer noch.
Charlotte:	Was hat er ausgefressen?
Ludwig:	Zeitungsartikel geschrieben.
Charlotte:	Wie der meine?
Ludwig:	Das würd' ich jetzt nicht so formulieren. Sie, Fräulein, hat die Vorliebe des Herzogs für seine Nichten hierher gebracht, oder für das, was er außer der zukünftigen Kaiserin aller Reußen für seine Nichten auszugeben beliebt.
Charlotte:	Ich darf doch wohl bitten!
Ludwig:	Mich seine Idee von der fürstlichen Erziehung an Vaters Statt. Der Alte im Knast, der Sohn in der Besserungsanstalt namens Fürstenhof. Karl Eugen hält mich als eine Attraktion, wie er sich vor Jahren einen Schweizer Riesen gehalten hat, der fast acht Fuß hoch war.
Charlotte:	Dann hast du einen triftigen Grund, der Gerechtigkeit nachzuhelfen.
Ludwig:	Lassen Sie die Hände von Schiller!
Charlotte:	War von dem die Rede?
Ludwig:	Ich habe ihn vor Jahren kennengelernt in einer der öffentlichen Prüfungen an der Akademie, im Fach Medizin, wo er bei einer Disputation als Opponent gegen einen der Professoren antrat. Er sprach über die Schweizer. Wenn sie Tabak rauchen, sagte er, benützten sie statt der Pfeifen das Horn eines Ochsen, bohrten ein kleines Loch und setzten dort hinein ein Geschirr, in das die Füllung wenigstens

zweier Tobackspfeifen passe. Das Horn selbst füllten sie mit Wasser. So versüßten sie den Rauch des Tobacks. Dann zündeten sie das Kraut an und zögen nicht mehr als zwei oder drei Mal. Noch im selben Moment sei es aufgebraucht. Das gebe einen so dicken Qualm, dass er als Wolke ihr Gesicht umnebele. Schiller will sie einen nach dem andern an die fünf bis sechs Mal hintereinander auf diese Weise Toback trinken gesehen haben. Sobald der eine sein Teil ausgeraucht, übergebe er sein Horn dem nächsten und plumpse besinnungslos zu Boden wie ein Mehlsack, nicht anders, als ob ihn der Tod ereilt hätte. So bleibe er eine Viertelstunde lang liegen, alle Viere von sich gestreckt, unempfänglich für äußere Reize. Lasse die Wirkung des Tobacks nach, erhöbe er sich scheinbar erfrischt und fröhlich und fange an, die Asche herauszustreichen. Die Schweizer beeideten, nichts auf der Welt wäre besser geeignet, das Gehirn zu reinigen.

Charlotte: Was lehrt uns das?

Ludwig: Schiller ist ein eingefleischter Akademist. Gewöhnt an den Männerbund, ihm allein verpflichtet. Was wunder bei einem Mann, der – wie sage ich's? –, der, als er ... heranreifte, ein einziges Mal pro Jahr Frauenzimmer zu Gesicht bekam, oben auf der Empore, wenn sich am Tag der öffentlichen Prüfungen die Gräfin und die Verwandten der Probanden und die Zicklein von der Mädchenschule zeigten. Ehrlich: Außer ein paar Sprüngen mit Soldatenweibern, auch en compagnie, kenn' ich keine Ausschweifung von Schiller, jedenfalls nicht in diese Richtung.

Charlotte wütend ab.

(noch Ludwig):

Ä Weibersterbe is ka Verderbe,
doch wenn d' Gäul verrecke, des is ä Schrecke!

XVI Schloss. Privatraum

Herzog, Frauenlob. Später Schiller.
Frauenlob hat ein tragbares Schreibpult umgeschnallt.

Herzog: Folgendes Generalreskript: Anweisung an die Stadtgerichte, dort, wo es angezeigt ist, auf Vergleiche hinzuwirken. Außerdem dürfen rechtsgelehrte Advokaten bei Sachen unter fünfzig Gulden die Prozesse nicht mehr schriftlich führen. Weg mit dem Papierkram! Vermeiden Sie beim Abfassen des Textes Ihre üblichen Alldieweilen und Sintemalen.

Frauenlob: Je sais. Serenissimus wissen die Schlichtheit der deutschen Ausdrucksweise zu schätzen.

Herzog: Setzen Sie zum Schluss einen patriotischen Schnörkel drunter. Das Ganze muss von unserem schwatzhaftesten Kanzlisten erledigt werden. Ich wünsche, dass der Großfürst noch heute von diesem Erlass erfährt.

Frauenlob: Zu Befehl. Eure Durchlaucht?

Herzog: Was noch?

Frauenlob: Eine Beobachtung.

Herzog: Bloß nicht wieder so was Halbgewalktes.

Frauenlob: Keine Bange. Was ich Euch sage, sage ich Euch, damit Ihr mir sagt, was ich Euch nicht sage.

Herzog: (*Ihm steht eine Weile der Mund offen.*) Dann aber flott! Und ohne Pirouetten. Ich muss noch rasch diesen potentiellen Selbstmörder mit der Nerven-Geister-Theorie visitieren und danach raus, die Treiberlinie ordnen.

Frauenlob: Es ist der Festungskommandant. Der benimmt sich nicht, wie es ihm gebührte, sondern eher wie der Intendant eines Lustspielhauses, wie ein Jünger der Thaleia.

Herzog: Thaleia? Keine aus Ludwigsburg.

Frauenlob: Entblödet sich nicht, einige ausgesuchte Eleven zu den Gefangenen zu führen, darunter namentlich bekannte.

Herzog: Ich weiß schon. Der Betreffende hat die Festungsfreiheit, die sogenannte.

Frauenlob: Außerdem betätigt sich Schubart als Dichter. Ihr erlaubt?:
»Die ihr am goldnen Quelle
der sichern Jugend weilt,
denkt doch an die Forelle;
seht ihr Gefahr, so eilt!
Meist fehlt ihr nur aus Mangel
der Klugheit. Mädchen seht
Verführer mit der Angel! -
Sonst blutet ihr zu spät.«
– So in dem Stil.

Herzog: Ich erlaube nicht. Das mit dem Turmdichter habe ich
eingefädelt. Schubert soll seine Gedichte zum Druck
vorbereiten. Zwei Drittel der Einnahmen gehören mir.
Den Rest kann er behalten. Kommen Sie mir also nicht mit
solchem Firlefanz. Was steckt wirklich dahinter? (*Frauenlob
stellt sich ahnungslos.*) Eine kleine Denunziation zum Beispiel?
Ich sage Ihnen gleich, das kann ich gar nicht leiden. Wir
hatten hier mal eine Denunziation im Zusammenhang mit
der Festung und ihrem damaligen Kommandanten, dem
alten Rieger, Gott hab ihn selig. Vor fünfundzwanzig Jahren
hat mich unser Oberst aus dem Schlamassel geholt. Dafür
haben alle Kommandanten auf immer Kredit.

Frauenlob: Pardon, wovon sprecht Ihr?

Herzog: Von den Subsidienverträgen. Frankreich wartete auf die
versprochenen Truppen.

Frauenlob: Ah! Sechstausend Mann.

Herzog: Bis dahin konnte ich denen keine müde Vogelscheuche
liefern. Da verschafft mir der Rieger mit drei Aushebungen
auf einen Schlag zweitausendsiebenhundert Soldaten.

Frauenlob: Das ist bekannt.

Herzog: Pünktlichst dank seiner stieß unser Kreiskontingent zum
österreichischen Heer in Schlesien. (*Frauenlob tritt von
einem Bein aufs andere.*) Was ist los? Erschlagen von den
Facta?

Frauenlob:	Durchlaucht gestatten einen Einwand: Nach der Schlacht um Leuthen soll die Zahl Derer Gefallenen um das Vierfache niedriger gewesen sein als die Zahl Derer Deserteure.
Herzog:	Meiner w a s? Sind Sie lebensmüde?
Frauenlob:	Was wahr ist, muss wahr bleiben.
Herzog:	Wo haben Sie denn diesen Quatsch her?
Frauenlob:	Aus den ... aus den ...
Herzog:	Mit der Wahrheit ist das so eine Sache. Dem Rieger zum Beispiel, diesem verdienstvollen Mann, wollte jemand ans Leder. Für einen einzigen Moment hat sich mein Kommandant schwach gezeigt, als er sich von Montmartin, meinem Premierminister, hat anschwärzen lassen, auch noch mit so etwas Dämlichem wie gefälschten Briefen an den Prinzen Friedrich Eugen. Aber wir haben nachgewiesen, dass Rieger zu keiner Zeit mit den Preußen konspiriert hat.
Frauenlob:	Vier Jahre danach. So lange hat die Gerechtigkeit gebraucht, sich Bahn zu brechen. Aber fürs erste habt Ihr dem Rieger die Orden von der Brust gerissen, auf dem Paradeplatz, vor dem versammelten Plebs, und dann habt Ihr ihn auf den Hohentwiel verfrachtet, wo er die vollen vier Jahre absaß bis zum Ausbruch der Gerechtigkeit. Montmartin blieb im Amt.
Herzog:	Aber zu guter Letzt war er General, der Rieger. Darum – Vorsicht mit Verleumdungen jedweder Couleur, sie schlagen zurück, meist in beide Richtungen. Verstanden?
Frauenlob:	Ganz ohne Dolmetsch.
Herzog:	Überdies hoffe ich, mein Herr Secretaire gerät selbst nie in Gefahr, sich einmal denunzieren zu lassen.
Frauenlob:	Ich beuge vor.
Herzog:	Das tät mich interessieren.
Frauenlob:	Die Denunziationen, die gegen mich laufen, mach ich selbst öffentlich, noch bevor es die anderen tun.
Herzog:	Nicht schlecht! Aber am Hohenasperg wird nicht vorgebeugt, verstanden? Da bin ich kitzlig. Und jetzt schicken Sie mir den Schiller rein!

Frauenlob holt ihn. Schiller hält in der Hand eine Tabakspfeife, die er im Verlauf des Gesprächs versteckt. Frauenlob protokolliert mit. Der Herzog lässt das »Räuber«-Buch auf die Schreibtischplatte knallen.

Herzog: Bislang gefiel es mir vorauszusetzen, Er hätte eine hübsche Dichtung zur allgemeinen Zerstreuung verzapft, bei der die Damen auf den Chaiselongues Tränen der Rührung in ihre Wedeltücher vergießen. Wie damals, als er zum Geburtstag der Reichsgräfin dieses niedliche Stück – wie hieß es noch?

Schiller: »Der Rummel«.

Herzog: Oder das wunderschöne Leichencarmen vom Mai für Seinen Taufpaten, den Herrn Generalmajor Rieger …

Frauenlob: Taufpaten?

Herzog: Wussten Sie das nicht?

Schiller: »Sollen Klagen um die Leiche hallen,
                    Klagen um den großen Mann? …«

Herzog: Genau! Bei so was hätte Er bleiben sollen. Jetzt aber bringt mir meine …, bringt mir …, bringt mir jemand dieses Buch. Und was schreibt Er da? Und lässt es auch noch drucken? (*Er zitiert:*) »Ich soll meinen Leib pressen in eine Schnürbrust und meinen Willen schnüren in Gesetz. Das Gesetz hat zum Schneckengang verdorben, was Adlerflug geworden wäre. Das Gesetz hat noch keinen großen Mann gebildet, aber die Freiheit brütet Kolosse und Extremitäten aus. Sie verpalisadieren sich ins Bauchfell eines Tyrannen, hofieren der Laune seines Magens und lassen sich klemmen von seinen Winden.«

Schiller: Mit Verlaub, das sage nicht ich, sondern meine Hauptfigur.

Herzog: Zumindest hat Er es ihr vorgedacht, Seiner Hauptfigur, nicht wahr? Also? Wie soll ich das verstehen dürfen? Als einen direkten Angriff auf Recht und Ordnung?

Schiller: Um Gottes Willen nein! GESETZ, das meint ER anders.

Herzog: Dacht ich's mir. Offensichtlich muss ich mir immer erst die Definition mitliefern lassen, damit ich das Deutsche verstehen kann. Auch so eine conception à la mode. Oder doch nur der Versuch, sich hinter einer Figur zu verschanzen?

Schiller: Der nämliche spricht eigentlich vom Toback.

Herzog: Ach was!

Schiller: Es ist doch so: Weil alles ird'sche Wesen Rauch ist, gehört die Tobackspfeife zu unserer Natur. Indem ich sie anzünde, die ernste Pfeife eines ernsthaften Mannes, behaupte ich meine Freiheit. Das Gesetz, das mir dies verbieten will, verdirbt zum Bodennebel, was in Ringen von Rauch als Wolke in den Himmel gestiegen wäre. Noch nie hat das Gesetz ein Gehirn gereinigt, aber die Freiheit öffnet die Hirnkästen und lüftet sie.

Herzog: Warum werde ich das dumme Gefühl nicht los, dass Er mich auf den Arm nehmen will? Nun mal Tacheles! Was ist das mit dem Gesetz? – Ohne den Tobacknebel!

Schiller: GESETZ, als Weltstoff leidend, schließlich hemmend,
ist nur der Ordnung Larve, nur Korsett.
Die FREIHEIT schwingt sich auf zum Allerhöchsten,
verströmt das ICH in einem lebhaft Ganzen:
Zuletzt ist eine jede TAT gesetzlos.

Herzog: Auch die meinen?

Schiller: Eine jede.

Herzog: Und der Weltstoff?

Schiller: Ist die unbegrenzte Körpermasse
stofflicher Welt und regt uns an zum Handeln,
um Stoff und Geist auf immer zu versöhnen.
Die nicht getane TAT macht Weltstoff leiden.

Herzog: Jetzt wird's ganz verrückt. In den geheimen Genossenschaften – ja, ja, ich kenne sie alle – war Er besonders tateifrig bei der Sache, wenn es darum ging, Verfehlungen gegen den esprit de corps zu bestrafen, egal, ob im Bopserwäldchen oder sonstwo. Dann hat Er jedesmal freiwillig darauf verzichtet, das Präsidium zu führen, weil Er viel lieber als Vollstrecker aufgetreten ist. Die Schläge auszuteilen, ließ Er sich nicht nehmen. Mit der Rute. Mit dem Stock. Leugnen zwecklos. Und eins ist sicher: Die GESETZE dieser geheimen Genossenschaften standen denen meiner Akademie in nichts nach. Nie soll die Öffentlichkeit einen Büttel sein Amt mit so reinem moralischem Grimm ausüben gesehen haben wie Ihn.

Schiller: Wie ich schon sagte: Stoff und Geist zu einen,
bedarf's der TAT, den Weltstoff zu befreien.

Herzog: Auf Kosten welcher GESETZE?

Schiller: Nun, aller, weil – falls nicht – die These falsch wär'.

Herzog: Ich hatte, als ich meine militärische Pflanzschule gründete, Veranlassung, die Fehler meiner Vorgänger in puncto Freizügigkeit nicht zu wiederholen. In Pisa prüfte ich die Anstalt, in der hundertzwanzig junge Russen erzogen wurden. Wer beschreibt meine Verwunderung darüber, dass man sich nicht die geringste Mühe gab, vor denen die Geheimnisse der Landesverfassung zu verbergen. In Neapel besichtigte ich eine Erziehungsanstalt für Söhne des niederen Adels und der Bürgerschaft. Die zeichnete sich durch eine lahmarschige Beaufsichtigung der Sitten aus. Weiter sah ich dort eine miserable Anstalt für Weiber und eine Seemannsschule; letztere stank vor Dreck und war in der Züchtigung erbittert. An der Militärschule zu Paris hatte ich Lärm, Wanzen und allgemeine Blödheit zu tadeln, in London die Haufen menschlicher Exkremente inmitten des Westminsterkollegs. In Cambridge bekamen diejenigen Schüler, die nachts heimlich aus den Kollegien entwischten, um in die zahlreichen Wirtshäuser oder Bordelle zu schleichen, lediglich eine lateinische Strafarbeit aufgebrummt. Die Bengel dort waren in puncto Latein die gebildetsten Eleven, die mir je über den Weg gelaufen sind. In summa: Auf soldatische Disziplin wollte, konnte und durfte ich an meiner eigenen Schule nie und nimmer verzichten, und ich werde es auch in Zukunft nicht tun. Das braucht, natürlich, GESETZE. Was sonst? Ich zahle zwei Drittel der anfallenden Kosten für die Akademie aus meinem Privatsäckel. Ja, da staunt Er. Die Landschaft fordert: Die Akademie ist durch keinerlei Geldmittel gesichert, also schafft sie ab, dann können wir Ersparnisse erzielen. Die Landschaft scheint überhaupt nur noch zu diesem einen Zwecke zusammenzukommen: um Ersparnisse zu erzielen. Ich aber sage: Das wäre der Niedergang unserer Wissenschaften und unseres Militärs. Darum halte ich die Akademie mit allen Kräften hoch, gegen den Widerstand. Darf ich dafür als Gegenleistung nicht Loyalität verlangen?

Schiller: Man sagt: Ein jeder Zögling eurer Schule,
vom Leben draußen gänzlich abgeschnitten,
sei durch das Studium, das Uniforme
des Militärs vollkommen unbeleckt
vom Sinn und der Verschiedenheit der Stände.
Wo immer euer Zögling hingelange,
verachte er den alten Kastengeist.
Und wer profunder Bildung halber aufsteigt,
wird in des Staates hohe Ämter tragen
den Grundsatz eines Weltenbürgertums.

Herzog: Eines was?

Schiller: Des Weltenbürgertums. Er kennt nicht Rang
noch Amt und ist ein autonomer Geist.

Herzog: Das reicht! Frauenlob, sorgen Sie dafür, dass sich dieser ulkige Mensch unverzüglich auf der Hauptwache meldet und seinen Dingsda abgibt, seinen Degen. Auch sämtliche Tabaksdosen. Vierzehn Tage Arrest! Keine Stunde weniger! Nach den Feiern werd' ich mich weiter kümmern. Und dass Er's weiß: Kassation kann auch heißen Festung, kapiert?

XVII Lazarett

Grammont auf dem Bett.

Grammont: Der Mensch sei ein Mittelwesen zwischen Engel und Vieh, sagt Schiller. Nicht bloß Vieh wenigstens, wir haben ein Lachen. Aber bloß Engel gleichwohl nicht, wir haben einen Unterleib. Wohin mit den engelichen Plänen? Den viehischen Trieben? Das ist noch das Schlimmste, dass ich sogar das Vergnügen nicht lange genießen kann, ohne mir Schmerzen einzufangen. Das, was ihr Tag nennt, heiße ich eine ingenieur-technische Konstruktion. Wie beim Mittagessen die Zöglinge ernsthaft, in zwei Kolonnen, die Adeligen zur Rechten und die Bürgerlichen zur Linken, in den Saal defilieren, mit einem »Linksum« und einem »Rechtsum« Front gegen den Tisch machen, klatschend zum Gebet die Hände falten, nach dem Gebet, wieder nach Tempo, ihre Stühle ergreifen und sie mit so schnellem und gleichmäßigem Geräusch rücken, um sich, zackzack, daraufzusetzn, als wenn ein Bataillon das Gewehr abfeuerte, und schließlich nach Befehl im selben Tempo mit dem Löffel in die Suppe fahren. Allabendlich entlässt mich der Zeiger der Uhr mit der Gewissheit, eben in diesem Augenblick schon eine überscharfe Erinnerung zu haben an das, was morgen kommt. Alles bewegt sich, schreitet aber nicht fort. Und bewegt sich doch. Im ingenieur-technischen Kreisschluss. Wer sich da in der Mitte einzurichten weiß, ist fein raus, der hat von den Umständen nichts zu be-fürchten, denn: sie sind seinesgleichen, Mittelwesen, mittelnde in der Mitte. Du bist fein raus, Schiller. Dich ficht das Engeliche nicht an, nicht das Viehische. Dich duckt nicht die Fleischlichkeit, nicht die Sittlichkeit. Du verzweifelst nicht an Natur und Geist. Du wandelst in der Mitten, im toten Auge des Orkans. Aber auf diesem meinem Buckel habe ich dich einmal weggeschleppt, nach einem Besäufnis beim Regimentsgeneral, bis in dein Logis. Und nun lieg ich da, blöde angeglotzt aus hundertachtundvierzig Augen, die mir das Fleisch von den Knochen schälen, so wie der Minutenzeiger der Uhr die Scheibe Zeit portioniert.

XVIII Arreststube

Frauenlob, Charlotte, Schiller

Frauenlob als Schließer.

Frauenlob: Er steckt die Nase aus dem Haus.
Da hält ein Wagen an.
»Heh!«, ruft der trunk'ne Fuhrmann aus:
»Den Schlagbaum aufgetan!«

Charlotte schleicht herbei und betrachtet durch das vergitterte Fenster den gefangenen Schiller wie einen Affen.

Charlotte: Das hat Er nun davon!
Schiller: Was habe ich wovon?
Charlotte: Den Arrest. Von dem blöden Toback.
Schiller: Sie wissen nicht, was Sie reden.
Charlotte: Ich kann Serenissimus sehr wohl verstehen, dass er Ihn aus dem Verkehr zieht. Ich finde es schockierend, wenn jemand Rauch aus seinem Mund in Rachen, Nasen und Augen anderer bläst oder gar, wenn man dergleichen über sich ergehen lassen muss. Die Nase als Schornstein, na, ich weiß ja nicht. Aber noch viel mehr ekelt mich der Schnupftoback. Er nimmt doch Schnupftoback? Das sehe ich gleich. Der macht hässliche Nasen, o Entschuldigung, und die Schnupfer reden durch die Nase und stinken abscheulich. Er redet auch ein bisschen durch die Nase, Schiller. Ist Ihm das schon aufgefallen? Ich bin bei Hof

Männern begegnet, die den süßesten Atem der Welt vor sich her trugen. Kaum hatten sie sich jedoch dem Toback ergeben, sind sie binnen sechs Monden stinkend geworden wie die Böcke.

Schiller: Wenn Sie Böcke nicht riechen können, muss das nicht an den Böcken liegen.

Charlotte: Charmant!

Schiller: Was für Zeiten, als man noch Jungfrauen nach Virginia schickte und pro Kopf hundertfünfzig Pfund Toback kassierte oder, besser gesagt, pro Mö ...!

Charlotte: Untersteh' Er sich!

Schiller: Einer wie ich, der dichtet, muss notwendigerweise viel Toback trinken.

Charlotte: Das ist das erste, was ich höre.

Schiller: Damit die Geister nicht verloren gehen. Oder damit sie wiedererweckt werden, wenn sie anfangen, zu langsam umzulaufen und der Verstand beginnt, schwierige Sachverhalte nicht mehr zu erfassen. So wie jetzt. Nach dem Genuss von Toback findet alles klar und deutlich seinen Weg zum Geist und er kann überlegen, abwägen und es gründlich beurteilen. Zwanzig Stück an einem Tag zu rauchen, aus meiner holländischen Tonpfeife, ist dafür nicht zu viel. Wenn ich mit Hartleibigkeit incommodiert bin, rauche ich zum Tee oder Kaffee eine Pfeife Toback, und dann kann ich drauf warten.

Charlotte: Igittigitt.

Schiller: Einmal, als mir der Mund verbrannt war, musste Kronenbitter eine ganze Nacht hindurch eine Pfeife nach der anderen rauchen und sich so setzen, dass ich wenigstens den Dampf davon einatmen konnte.

Charlotte: Und heute? Hat Er schon?

Schiller: Da bringen Sie mich auf was. Sind Sie so lieb und holen mir vom Haugschen Haus meine Tobacksdose? Die mit dem marokkanischen!

Charlotte: Bin ich Seine Zofe?

Schiller: Wollen Sie mir helfen, oder mich bloß totquasseln?

Charlotte: Woran erkenn' ich, was marokkanisch ist und was chinesisch?

Schiller: Bringen Sie mir von dem, das am meisten verbraucht ist.

Charlotte ab.

Frauenlob: Der Wundernase Proviant zu schicken,
Genügen kaum vier Schnupftobacksfabriken.

XIX Schloss. Privat-Appartement

Herzog, Frauenlob.

Herzog: Jahre um Jahre werden mit dem Tobacktrinken verplempert, von dem Geld, das da in die Luft pufft, ganz zu schweigen. Wie die hysterischen Weiber, wenn sie auf eine ihrer Untugenden fixiert sind, kennen die Raucher nur noch diese eine einzige Sorge: wie sie am schnellsten und am gründlichsten ihre Nasen wieder in den Rauch stecken können. Ich wette, die Anlagen so mancher jungen Edelmannes verflüchtigen sich mit dem Tobackrauch ins Nichts. Sollen wir da tatenlos zusehen? Am Besten wäre es, alle Raucher in die indianische Barbarei zu deportieren. Dort könnten sie sich ohne unseren Verdruss zusammen mit den trunkenen Ärzten vollsaufen. Oder man sollte ihnen, wie Zar Michael Feodoro in Russland vorgeschlagen hat, die Nase abschneiden. Überhaupt ein verständiges Volk, diese Russen.

Frauenlob: Und wärst du bis zum fernsten Ort,
zur kleinsten Hütte durchgedrungen,
was hilft es dir, du triffst auch dort
Tabak und Rauch und böse Zungen.

Herzog: Meine Rede! Das ist doch wohl nicht etwa von Ihm?

Frauenlob: Leider nein. Von Goethe.

Herzog: Welcher Goethe?

Frauenlob: Der Euch vor zweieinhalb Jahren seine Aufwartung machte und nach den Flusskrebsen zum Nachtisch diese ekelhafte schwarze Brottorte wünschte. Mit Zimt.

Herzog: Ich entsinne mich! Unvergleichlich! Dass so einer dazu in der Lage ist, solche kreuzgescheiten Verse zu schmieden ...?!

[Nachfolgend sollte das, was in den einzelnen Bildern geschieht (Vor dem Haugschen Hause, Im Haugschen Haus, Lazarett, Arreststube, Torwache von fern, Schloss), MÖGLICHST *gleichzeitig auf der Szene zu sehen sein.]*

XX Vor dem Haugschen Hause

Charlotte, Gräfin.

Die beiden gehen spazieren.

Charlotte: Habt Ihr mit dem Herzog gesprochen? Ich frage, weil der arme Schiller im Arrest sitzt. Kommt das nun, weil Ihr etwas unternommen habt, oder kommt das, weil Ihr nichts unternommen habt? Und wenn Ihr etwas unternommen habt – in welche Richtung? Und wenn nicht – warum?

Gräfin: Serenissmus gaben Audienz. Da durfte ich nicht stören.

Charlotte: Zwei Tage lang?

Gräfin: Ich säte unterdessen im Dörfle Salat.

Charlotte: Verstehe kein Wort.

Die Gräfin bleibt stehen.

Gräfin: Einmal wollte mich Carl Eugen damit erfreuen, dass er einige Zimmer über Nacht neu tapezieren ließ. Als ich spät abends zu Bett gegangen war, gab er Anweisung, im angrenzenden Zimmer den Fußboden dicht mit Teppichen zu belegen. Die Arbeitsleute mussten Selband-Schuhe überstreifen, damit sie mich nicht weckten. Kein einziger Nagel durfte in die Wand geschlagen werden. Alles hatten die Tapezierer mit Schrauben festzudrehen ...

Charlotte: Ihr seid also nicht vorstellig geworden?

Gräfin: O doch.

Charlotte: Wie denn nun?! Ich... Was ist dabei herausgekommen?

Gräfin: Eine Anordnung für die Festtafel, speziell das Konfekt, das die Göttin Diana in einem Triumphwagen zeigen soll, der mit acht Löwen bespannt ist und einem Tempel entgegenfährt, mit lauter Jagdtrophäen im Gepäck.

Charlotte: Mehr nicht?

Gräfin: Ich finde, das ist eine ganze Menge. Weißt du, wie es Carl Eugen angestellt hat, mich an sich zu binden? Er bestallte meinen damaligen Gatten, den Baron von Leutrum, zum Reise-Marschall mit Maitre-Rang. Dreihundert Gulden Besoldung, Fourage für zwei Pferde und sechstausend Gulden zur Schuldentilgung als Dreingabe. Erzwang auf diese Weise unsere Anwesenheit an der Marschalltafel bei Hofe. Da war ich dann halt immer ... greifbar. Niemand kann sich darüber beschweren, dass Carl Eugen meinen Gatten – also: meinen Gemahl, den Baron, schlecht behandelt hätte. Mich ebenso wenig.

Charlotte: Befürchtet Ihr nicht, dass Euer bisschen Glück zerplatzen könnte wie eine Seifenblase?

Gräfin: Warum sollte es?

Charlotte: Weil der Herzog seine Werber nicht nur nach Rekruten schickt. Wie ich vernommen habe, sollen sie ihm auch Mädchen einfangen. Sie nennen es »in Requisition setzen«.

Gräfin: Davon will ich nichts hören!

Charlotte: Wenn so eine schwanger wird, kriegt sie fünfzig Gulden, »semel pro semper«, einmal für immer. Fürchtet Ihr nicht, eines Tages wegen so einer Semelprosemper ausgemustert zu werden? Wegen einer, die Kinder kriegen kann?

Gräfin: Impertinent!

XXI Lazarett

Grammont

Der Patient auf allen Vieren. Er sucht den Strick, der von Schiller entwendet worden ist. Schließlich findet er das Päckchen Kautabak, das Schiller am Morgen verloren hat und vollführt einen veitsähnlichen Freudentanz. Er nimmt von dem Tabak und steckt ihn beseligt in den Mund.

XXII Vor dem Haugschen Hause

Charlotte

Es ist abgeschlossen. Charlotte probiert erst, wie Schiller die Tür einzutreten, lässt es dann aber. Es regnet.

Charlotte: Ich werde mir die Schwindsucht holen. (*Sie kauert sich schauernd zusammen.*) Dann werd' ich fiebern. Dann werd' ich Schillern umhalsen und ihn anstecken. Dann wird auch er fiebern. Dann werden wir gemeinsam sterben. So! Aber dann wird er immer noch schöner aussehen als ich. Wenn ich es richtig beobachtet habe, ist er dabei, seine Leberflecke und Sommersprossen zu verlieren. (*Sie sieht sich um.*) Und ich? Was wird aus mir? Bin ich wirklich so unbedeutend, dass ich niemanden kümmere? (*Sie niest.*) Da haben wir's! Die Männer machen hohe Politik, und unsereins holt sich den Schnupfen.

XXIII Lazarett

Grammont

Grammont: (*Er mustert das Kautabakpäckchen.*) Das ist grotesk. Meistens verraten dich die, denen du vertraust. Die, denen du nicht vertraust, verraten dich selten, weil sie wissen, dass du eh nichts von ihnen erwartest. Am Schluss hast du niemanden mehr, den du umarmen wolltest. Sogar deine Freunde bist du los, weil du die, die dich noch nicht verraten haben, beargwöhnst. Dann bist du einsam. Und musst dir überlegen, ob es nicht besser gewesen wäre, von vornherein alles ganz konsequent zu handhaben, wenn am Schluss sowieso bloß die Einsamkeit übrigbleibt.

XXIV Arreststube

Kronenbitter, Ludwig, Frauenlob, Schiller
Kronenbitter und Ludwig schleppen zwei Pistolen an. Sie tuscheln mit Frauenlob, der immer noch als Schließer fungiert. Der lässt Ludwig passieren, während Kronenbitter draußen Schmiere steht.

Schiller:	Na, endlich! Wo bleibt ihr denn? Ich hab schon befürchtet, dass ich hier vermodern muss.
Ludwig:	Hast du noch alle Tassen im Schrank? Erst bringst du uns in diese Scheißlage, und dann müssen wir uns von dir auch noch antreiben lassen? Ich erinnere daran, dass der Herr Dichter beliebte, Verse zu schmieden, während wir um sein Leben hetzten. Ist das 'ne gerechte Welt?
Schiller:	Gibt es eine andere? Und überhaupt: Wer kann damit rechnen, dass mich der Alte wirklich einbuchtet?
Ludwig:	Offensichtlich gehörst du zu denen, die gestorben sein müssen, um zu glauben, dass sie sterblich sind. Hier! Ein Paar Pistolen.
	Er wirft sie auf den Tisch.
Schiller:	Kein Toback?
Ludwig:	Für solche Kinkerlitzchen hab ich nicht die Nerven.
Frauenlob:	Es wär' ein kräft'ges Schnupfen und dann Niesen Bekömmlicher als mit Pistolen schießen.
Ludwig:	Die eine hat noch einen ganzen Abzugshahn, dafür aber keinen Feuerstein, die solltest du nachher in den Koffer legen. Die andere, die mit dem zerbrochenen Schloss, geb' ich dir in den Wagen.

Schiller:	Meinetwegen.
Ludwig:	(*Schiller nachäffend*) Meinetwegen! Meinetwegen! Übrigens, Herr Secretaire, geladen sind sie beide nicht.
Frauenlob:	Das gäbe was.
Ludwig:	Das Gewand, das bürgerliche, wohin?
Schiller:	Egal.
Ludwig:	Ich denk, der denkt, er denkt. Kerl, es ist fast zehn Uhr abends!
Schiller:	Hab ich noch Geld?
Ludwig:	Dreiundzwanzig Gulden. Streicher besitzt, glaub' ich, noch achtundzwanzig. Weit kommt ihr damit nicht. Der Alte hat am Ludwigsburger Tor dein eignes Regiment aufziehen lassen. Wir müssen also zum Eßlinger Tor hinaus. Streichers Wagen ist dorthin bestellt. Dein Kumpel lädt nur noch rasch sein Klavier auf. Unsere Leute sind postiert. Du gehst vor. Wir kümmern uns um dein Gepäck.

Schiller und Ludwig machen Anstalten, den Arrestraum zu verlassen.

Frauenlob:	Hej, ich will nicht der Dumme sein!

Er bietet freiwillig seine Handgelenke her. Ludwig zieht das Seil aus Schillers Hosentasche und fesselt Frauenlob.

XXV Vor dem Haugschen Hause

Ludwig, Kronenbitter, Charlotte
Ludwig und Kronenbitter hasten in Richtung des Haugschen Hauses. Sie schleichen sich hinter Charlottes Rücken vorbei, verschwinden in Schillers Wohnung und kehren, bepackt mit Kisten und Kästen, zurück. Da erst bemerkt Charlotte die beiden. Sie stellt sich ihnen in den Weg, weil sie nun auch in die Wohnung möchte wegen des marokkanischen Tabaks. Ludwig, genervt, stößt sie beiseite. Erniedrigt bleibt sie liegen. Ludwig und Kronenbitter wanken, bepackt wie die Lastesel, ab.

XXVI Außerhalb der Szene (im Off)

Stimmen eines Wachhabendem und Schillers
Eine Droschke fährt ab. An der Torwache von ferne:

Wache: Halt! Unteroffizier raus! Wer sind die Herren?
Schiller: (*vor Angst stotternd*) Doktor Ritter und Doktor Wolf.
Wachhe: Wohin?
Schiller: (*wie oben*) Beide nach Eßlingen.

Kurze Pause. Das Scheppern der Handleuchtenaufhängung.

Wachhe: Passieren!

Wagentür. Sich entfernende Fahrgeräusche. Regen.

XXVII Schloss. Großer Festsaal

Gräfin, Herzog, Frauenlob, Bedienstete
Die Gräfin und der Herzog Arm in Arm, im Aufbruch zum Großen Saal. Der Zugang dorthin führt durch ein 300 Meter langes, durch tausende von Kerzen erhelltes Treibhaus mit Orangen- und Zitronenhainen, aus einem Weinberg kommen Winzerinnen und verteilten Früchte. Über der Festtafel schweben die Götter des Olymp in silbernen Kostümen auf mechanischen Wolken herab. Die Gräfin nimmt dem Secretaire die Handfesseln ab.

Herzog: Ich könnte die Kavallerie hinterherjagen.
Frauenlob: Zweifelsohne.
Gräfin: (*zu Frauenlob*) Würden Sie die Kavallerie hinterherjagen?
Frauenlob: Nicht so knapp vor einem Feuerwerk.
Herzog: Korrekt. Das wäre ein Eingeständnis von Schwäche. Machen Sie mir doch mal ein Exposé, Frauenlob.
Frauenlob: Zu welchem Zweck, Sire?
Herzog: Prüfen Sie die Wahrscheinlichkeit des Schadens, den es bei unseren Landeskindern anrichten könnte, wenn wir Schillers Tragödie von den Rauchern ...

Gräfin:	Den Räubern, mein Gebieter!
Herzog:	Wenn wir sie in Ludwigsburg aufführen ließen.
Gräfin:	Was versprecht Ihr Euch davon?
Herzog:	Ein einst geächteter Dichter, nicht länger geächtet, ist nur noch ein Dichter, sonst nichts.
Frauenlob:	Brillant! Wie mir Schiller zwischen zwei Epigrammen anvertraute, plant er die Fortsetzung seiner Räuberpistole. Zweiter Teil: »Die Braut in Trauer«.
Herzog:	Komme ich drin vor?
Frauenlob:	Kein Gedanke. Sein Held lebt nun irgendwo im Neblichten, dem tödlichen Schicksal entronnen. Getröstet hat er Unglückliche, ausgeschüttet Schätze, aufgerichtet Hütten und so weiter. Rührend sorgt er sich darum, seine Tochter unter die Haube zu bringen. Einem Grafen will er sie antrauen.
Herzog:	Wahrhaftig? Oder ist das wieder nur eine Seiner Gaunereien?
Frauenlob:	Ich schwöre!
	Laut wurde Schillers Tod beweint
	Von unsern Schieferdeckern allen,
	Denn ihnen schrieb der Menschenfreund,
	Ein Trostlied beim Herunterfallen.
Herzog:	Was ich sage: Ein jeder ist hinzubiegen.

Man geht hinaus, die Gäste zu empfangen, deren Nahen sich ankündigt.

XXVIII Lazarett

Grammont. Später Kronenbitter
Lazarett. Das Tabakpäckchen ist leer. Grammon wirft es fort. Er übergibt sich
wieder, doch diesmal erbricht er Blut. Dann rückt er erneut einen Stuhl zurecht. Er
sucht immer noch das Seil, findet es aber nicht. In Ermangelung desselben zerreißt
er ein Bettlaken, knüpft es aber nicht zu einem Strang zusammen, sondern wickelt
es sich fest als Bandage über Nase und Mund und erstickt qualvoll. Währenddem
aus dem Off der Gesang von Soldaten:

Jetzt sind wir alle hier,
zum Losen müssen wir.
Man kann sich schon denken,
wie's einen tut kränken,
wenn er da verspielen tut.
O du unschuldiges Blut!

Am Rathaus gehn wir vor,
's red't keiner nicht ein Wort.
Wir liegen und schlafen,
's will keiner erwachen.
Bis man uns erschießen tut.
O du unschuldiges Blut!

Jetzt gehn wir über'n Rhein,
kehr'n schwerlich wiedrum heim.
Herzliebste tut weinen,
sie weint um den einen,
den sie nun verlieren tut.
O du unschuldiges Blut!

Kronenbitter räumt im Lazarett auf. Er richtet die Betten, fegt die Stube und zieht den Leichnam nach draußen. Dann beginnt das Feuerwerk.

ENDE DES STÜCKS

Für das Stück fanden Texte folgender Autoren Verwendung:
Heinrich Laube (aus seinem Schauspiel »Die Karlsschüler«),
Andreas Streicher (aus seinen Erinnerungen »Schillers Flucht von
Stuttgart und Aufenthalt in Mannheim von 1782 – 1785«)
Friedrich Schiller (aus seinen Briefen und Stücken),
Jahrbücher zu Herzog Carl Eugen v. Württemberg,
Johann Christoph Friedrich Haug (Epigramme und Hyperbeln)
Napoleon Bonaparte (nach M. G. Saphir [Hg.]): Conversationslexikon
für Geist, Witz und Humor)
Eberhard Kretschmar (»Schiller. Sein Leben in Selbstzeugnissen, Briefen
und Berichten«),
Eike Middell (Friedrich Schiller. Leben und Werk),
Ernst Müller (»Der junge Schiller«)
Fritz Grünbaum (Rundfunksketch aus dem Jahre 1932)
und anderer.

Henning weist in seinem Werk »Der Geruch« darauf hin, dass Schiller
in seinen Texten zehnmal mehr geruchliche Attribute verwendete, als
seine Zeitgenossen.

Grammonts Selbstmord ist eine Erfindung der Autorin für dieses
Stück. In Wirklichkeit unterzog sich Schiller nach Ablehnung seiner
medizinischen Dissertation zur »Philosophie der Physiologie«, die er
1779 eingereicht hatte, gemeinsam mit den Mitschülern seines Kurses
»einer praktischen Weiterqualifikation an den Stuttgarter Hospitälern«,
wodurch ihm und den anderen eine »formelle Gleichstellung mit den
Universitätsabsolventen« garantiert werden sollte. Aus dieser Zeit
stammen Schillers medizinische Zeugnisse. Sie entstanden während »der
Überwachung der Kranken auf der Spitalstation der Militärakademie. Im
Zeitraum vom 26. Juni bis 31. Juli verfasste Schiller acht Krankenberichte
über das Befinden des Kommilitonen Joseph Friedrich Grammont.
Der bereits 1771 in die Karlsschule aufgenommene Schüler war nach
dem Tod des Vaters 1779 in eine schwere seelische Krise geraten, die
sich im Auftreten von körperlichen Symptomen wie Kopfschmerz,

Appetitmangel und Verdauungsleiden sowie eines zunehmenden Leistungsabfalls und Suizidgedanken äußerte. Die Ärzte ordneten eine ununterbrochene Bewachung an, mit der die fortgeschrittenen Studenten betraut wurden. In seinen Berichten stützte sich der junge Mediziner auf die für damalige Verhältnisse moderne Diagnostik: die Krankheitsursachen aus dem komplexen Zusammenspiel von Körper und Seele abzuleiten, wobei Unklarheit darüber herrscht, welche der beiden Bereiche die erste Quelle des Übels sei. Die skeptischen Grübeleien des Patienten bilden dabei die seelischen Voraussetzungen für die körperliche Zerrüttung, die sich in Form von Krämpfen, Unterleibsschmerzen und Schlaflosigkeit äußerten. Diese physischen Symptome verstärken die seelische Labilität des Patienten. Zu ihrer Überwindung ist ein stabiler körperlicher Zustand erforderlich.

Deckten sich Schillers Theorien zumindest im Ansatz mit denen der Karlsschulärzte, so zog er sich deren Unmut und vor allem den des Herzogs durch die Benennung der eigentlichen Ursache der Melancholie zu. Der Patient leide unter dem strikten Reglement des militärischen Gefüges, das an der Karlsschule gängig war. Grammont selbst hatte Schiller gegenüber offenbart, dass ihm alles ›zuwider‹ sei, ›zu einförmig, um ihn zu zerstreuen‹, er brauche Freiheiten.

Der Herzog wertete Schillers Ausführungen als Affront gegen seine Disziplinierungspraxis und reagierte mit entsprechenden Maßnahmen. Ab Mitte Juli wurde Schiller von dem Patienten ferngehalten, um einen vermuteten Fluchtplan der beiden zu vereiteln. Ein halbes Jahr später wurde Grammont aufgrund der Sorge, es könnten sich potenzielle Nachahmer finden, aus der Akademie entlassen. Im Kreis seiner Familie besserte sich seine Situation. Demnach konnte sich Schiller in seinem Therapievorschlag, Heilung der ›umweltbedingten‹ Depression nur durch Entfernung aus dem Milieu der Akademie, bestätigt fühlen.« (…)

»Im Stuttgarter Grenadierregiment Augé, bestehend aus 420 – hauptsächlich alten und invaliden – Soldaten trat« Schiller »seinen Dienst als Amtsarzt an. Zu seinen Aufgaben gehörten die Überwachung des Spitals, Hygienekontrolle, diagnostische Untersuchung und Rezeptausstellung. Wegen der Monotonie seiner Arbeit, des dürftigen

Gehalts sowie der bedrückenden Atmosphäre in den Militärspitälern und Krankenstuben wuchs seine Unzufriedenheit. Hinzu kam das Wissen, dass sein Examen nur von geringem Wert war. Zur Anerkennung der medizinischen Promotion und damit der Möglichkeit, als Arzt in Württemberg zu praktizieren, bedurfte es noch einer weiteren Prüfung – abzulegen an der Tübinger Universität.«

(Die Zitate nach: Krämer, Sandra, Friedrich Schiller: Ein Arzt auf Abwegen. In: Deutsches Ärzteblatt 102, Ausgabe 22 vom 03. 06. 2005, Seite A-1572/B-1319/C-1244)

Mit den blauen Schuhen Charlottes und der Gräfin hat es eine besondere Bewandtnis: In einem Hofbericht von 1765 wird ein neues »Hofceremoniel« bekanntgegeben, vermöge dessen allen Frauenzimmern, die nicht in der Gunst des Herzogs standen, untersagt wurde, blaue Schuhe zu tragen, und im Gegenteil all denen, »die sowol jetzo als auch künftig würdigen würden, ihm ihre Ehre aufopfern zu dürfen, bei der höchsten Ungnade anbefohlen, niemals ohne dieses Unterscheidungszeichen zu erscheinen.« *(Nach: http://www.schloss-ludwigsburg.de/de/schloss-ludwigsburg/Anekdoten/233195.html)*

Ich stand auf hohem Berge

Aus Dreieichenstein bei Frankfurt am Main
1771 von J. W. v. Goethe im Elsaß aufgezeichnet

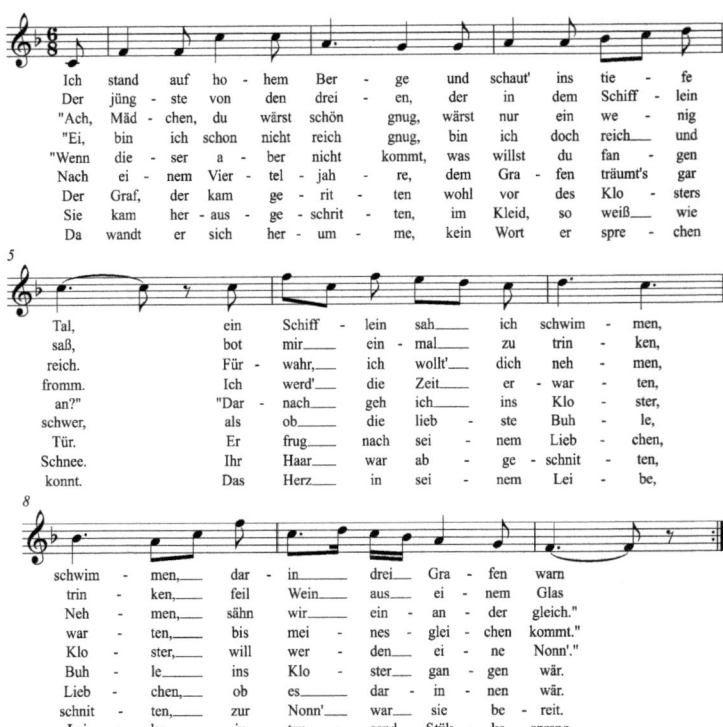

Ich	stand	auf	ho -	hem	Ber	-	ge	und	schaut'	ins	tie -	fe
Der	jüng -	ste	von	den	drei	-	en,	der	in	dem	Schiff -	lein
"Ach,	Mäd -	chen,	du	wärst	schön		gnug,	wärst	nur	ein	we -	nig
"Ei,	bin	ich	schon	nicht	reich		gnug,	bin	ich	doch	reich	und
"Wenn	die -	ser	a -	ber	nicht		kommt,	was	willst	du	fan -	gen
Nach	ei -	nem	Vier -	tel -	jah	-	re,	dem	Gra -	fen	träumt's	gar
Der	Graf,	der	kam	ge -	rit	-	ten	wohl	vor	des	Klo -	sters
Sie	kam	her - aus -	ge - schrit	-	ten,		im	Kleid,	so	weiß	wie
Da	wandt	er	sich	her - um -	me,		kein	Wort	er	spre -	chen

Tal,		ein	Schiff -	lein	sah	ich	schwim -	men,
saß,		bot	mir	ein -	mal	zu	trin -	ken,
reich.		Für -	wahr,	ich	wollt'	dich	neh -	men,
fromm.		Ich	werd'	die	Zeit	er -	war -	ten,
an?"		"Dar -	nach	geh	ich	ins	Klo -	ster,
schwer,		als	ob	die	lieb -	ste	Buh -	le,
Tür.		Er	frug	nach	sei -	nem	Lieb -	chen,
Schnee.		Ihr	Haar	war	ab -	ge - schnit	-	ten,
konnt.		Das	Herz	in	sei -	nem	Lei -	be,

schwim -	men,	dar -	in	drei	Gra -	fen	warn
trin -	ken,	feil	Wein	aus	ei -	nem	Glas
Neh -	men,	sähn	wir	ein -	an -	der	gleich."
war -	ten,	bis	mei -	nes -	glei -	chen	kommt."
Klo -	ster,	will	wer -	den	ei -	ne	Nonn'."
Buh -	le	ins	Klo -	ster	gan -	gen	wär.
Lieb -	chen,	ob	es	dar -	in -	nen	wär.
schnit -	ten,	zur	Nonn'	war	sie	be -	reit.
Lei -	be,	in	tau -	send	Stük -	ke	sprang.

Die Ursprünge dieser Ballade, die übrigens von Karl Marx in
die Volksliedersammlung für seine Braut aufgenommen worden
ist, reichen bis 1544 in die Niederlande zurück, allerdings
bei abgewandeltem Text und unterschiedlichen Melodien.

Es redt keiner ein Wort

Rekrutenabschiedslied aus Elsaß-Lothringen, verm. 18.Jh.
aus der Sammlung Comte Puymaigre, Chants populaire
recueillis dans le pays Messin (Metz et Paris 1865)

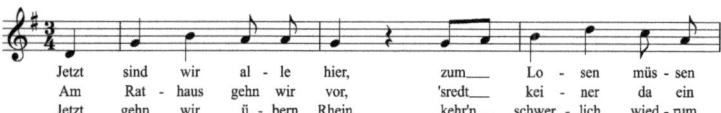

Jetzt sind wir al - le hier, zum___ Lo - sen müs - sen
Am Rat - haus gehn wir vor, 'sredt___ kei - ner da ein
Jetzt gehn wir ü - bern Rhein, kehr'n__ schwer - lich wied - rum

wir. Man kann___ sich schon___ den - ken, wie's
Wort. Wir lie - gen und___ schla - fen, 'stut
heim. Herz - lieb - ste tut___ wei - nen, wann

ei - nen tut___ krän - ken, wenn er da ver - spie - len
kei - ner er - wa - chen. Bis man uns er - schie - ßen
ich von ihr tu___ schei - den. Her - ze - lieb - ste, wei - ne

tut. O, du un - schul - di - ges Blut!
tut. O, du un - schul - di - ges Blut!
nicht, denn von dir ab - scheid ich nicht!

Brautschau zu Lauchstädt

Eine Radiochronik
für drei Sprecherinnen und zwei Sprecher
in XCII Szenen

PERSONEN

SCHILLER: Der berühmte Dichter und Professor für Philosophie an der Universität Jena, wo er aber zunächst Geschichte lehrt, übers erste Jahr unbesoldet. Schiller pflegt auch im Hochdeutschen leicht zu schwäbeln.

CHARLOTTE: Die »kleine Maus« Charlotte Luise Antoinette von Lengefeld, spätere Frau des Dichters. Ihre Mutter gab ihr den Spitznamen »Dezenz«. Patenkind der Hofdame Charlotte Albertine Ernestine Freifrau von Stein, die mit etlichen bissigen Kommentaren dafür sorgte, dass die Lengefeld von den meisten Nachgeborenen als duldsam und anpassungswillig unterschätzt wurde.

KÖRNER: Schillers Freund Christian Gottfried Körner. Oberkonsistorialrat, später Oberappellationsgerichtsrat in Dresden. Ihm verdankt Schiller die Bekanntschaft mit seinem Verleger Göschen. Knapp zwei Jahre lang wohnte Schiller auf dem Körnerschen Weinberg in Loschwitz bei Dresden. Anlässlich seiner Hochzeit widmete er seinem Freund und dessen Ehefrau die freimaurerische »Ode an die Freude«. Auch im Hochdeutschen pflegt Körner leicht zu sächseln.

CAROLINE: Die selbstbewusste Sophie Caroline Auguste von Beulwitz, geborene von Lengefeld, ältere Schwester Charlottes, verheiratet mit dem Hofrat Friedrich Wilhelm von Beulwitz, von dem sie sich später scheiden lassen wird, um Wilhelm von Wolzogen zu ehelichen. Sie ist selbst Schriftstellerin und veröffentlicht in Schillers »Horen« unter einem Pseudonym ihren Roman »Agnes von Lilien«.

CHRONISTIN: Das enzyklopädische Gedächtnis. Neutral.

I

Raum innen. Charlotte spielt Klavier. Ihr ist der Dilletantismus anzuhören.

Caroline: *(Lacht lauthals.)*
Charlotte: Was hast du nur immer, Caroline?

Sie beendet das Klavierspiel.

Caroline: Ich stelle philosophische Studien an.
Charlotte: Worüber?
Caroline: Über die Männer, wie sie die Welt umstürzen und sich dann im Trümmerhaufen nicht mehr zurechtfinden.
Charlotte: Deinen Herrn Hofrat betreffend, den Bär?
Caroline: Auch den, liebes Schwesterlein.

Chronistin: Rudolstadt, im beginnenden Winter 1787. Ein geräumiges Anwesen über zwei Etagen, in der besten Lage der Residenz.

Charlotte: Sind denn für dich alle Männer nur zum Lachen?
Caroline: Nicht immer alle und alle nicht immer. Aber es gibt eine Tendenz.
Charlotte: Dem kann ich nicht beipflichten.
Caroline: Was Wunder! Der Ossian vernebelt dir die Urteilskraft.

Chronistin: Friederike Sophie Caroline Auguste von Beulwitz, geborene von Lengefeld, genannt Line. Sie lebt vom Vermögen ihres Gemahls und nennt den Rudolstädter Hof einen Ort, an dem sich die Albernheiten überschlagen.

Charlotte: Du weißt eben nicht, was Liebeskummer ist.

Chronistin: Charlotte Luise Antoinette von Lengefeld, genannt Lolo, dreiundzwanzig Jahre alt, folglich vier Jahre jünger als ihre

	Schwester. Wenn sie beobachtet, wie vor der Stadtkirche Wäsche auf die Leine gezogen wird, seufzt sie, man sei in Rudolstadt fünfzig Jahre zurück in allem. Sie will fort.
Caroline:	Wo soll er denn herkommen, mein Liebeskummer? Du lädst dir doch den, den ich haben könnte, gleich mit auf die Schultern.
Charlotte:	Du übertreibst.
Caroline:	Seit einer halben Stunde spielst du mit diesem ausgestopften Reiher herum.
Charlotte:	Ein Geschenk des Herzogs.
Caroline:	Das geschmackloseste, das mir je begegnet ist.
Charlotte:	Findest du?
Caroline:	Warum wohl hat ihm der Herzog eine Kapitänsuniform angezogen?
Charlotte:	Du wirst mich gleich aufklären, wie immer.
Caroline:	Eine Anspielung auf deinen schottischen Captain. Was heißt »Reiher« auf Englisch?
Charlotte:	»Heron«.
Caroline:	Wie heißt dein Angebeteter?
Charlotte:	(*kleinlaut*) Heron.
Caroline:	Was macht er gerade?
Charlotte:	Du glaubst, er hat mich sitzen lassen.
Caroline:	Hat er?
Charlotte:	Er schreibt mir nicht mehr. Wenn er mir etwas mitteilen will aus Ostindien, was selten genug vorkommt, schickt er's dem Major Knebel. Vielleicht hofft er, dass mich auf diese Weise seine Briefe nicht erreichen, weil Knebel sie zerreißt, aus Eifersucht, dann hätte er immer noch die Rechtfertigung, sie abgeschickt zu haben. Aber nein, der Knebel schreibt sie ab und steckt sie mir in einem Extracouvert zu.
Caroline:	Trotz seiner Eifersucht?
Charlotte:	Er will mir weh tun.
Caroline:	Und schreibt sie ab?
Charlotte:	Das wundert mich auch.

Caroline:	Er will wohl nicht nur dir weh tun, sondern auch sich selbst. Ihr würdet gut zueinander passen.
Charlotte:	Ist dir nicht wohl? Ich und Goethes Affe? Weißt du, wie er mit mir redet, nicht nur, wenn wir alleine sind, auch in der Öffentlichkeit? In einem so süßlichen Ton, dass mir die Galle in die Kehle steigt. Er tut so, als ob ich, bloß weil ich eine Frau bin, nur dann etwas begreifen könnte, wenn er es mir in Kindersprache vorkaut. Außerdem ist er zwanzig Jahre älter als ich und in den Ruhestand gegangen, als er achtunddreißig geworden ist.
Caroline:	Vater war achtundzwanzig Jahre älter als Mutter.
Charlotte:	Aber nicht im Ruhestand. Außerdem: Ich bin nicht Mutter.

II

Erst Außen. Pferde auf Feldweg. Wind, Krähen. Hausgarten.

Chronistin: Am sechsten Dezember siebzehnhundertsiebenundachtzig, früh um halb sieben, reiten Friedrich Schiller und Wilhelm von Wolzogen in Ilmenau los und nehmen den Weg über Königssee nach Rudolstadt, wo sie gegen sechzehn Uhr auf dem frei am Berg stehenden Lengefeldschen Anwesen eintreffen. Sie bewundern den Garten mit den Kirsch- und Quittenbäumen, den von Pappeln umstandenen, grün gestrichenen Pavillon und die Dachstuben voller Bücher. Luise Juliane von Lengefeld, Hofmeisterin bei den Fürsten von Schwarzburg-Rudolstadt, empfängt sie. Die Witwe wohnt hier bei ihren Töchtern Caroline, der eigentlichen Hausherrin, verheiratet mit dem Hof-, Legations- und Konsistorialrat von Beulwitz, und Charlotte, der ledigen. Außerdem streunt ein Hund namens Grigri und eine Katze Toutou herum.

Caroline:	Zu Pferde, mitten im Winter!
Charlotte:	Mit wehenden Mantelschößen.

Caroline:	Die Gesichter verhüllt.
Charlotte:	Wie Strauchdiebe.
Caroline:	Oder wie Verschörer. Edle Ritter, die erschienen sind, die verwunschenen Prinzessinnen zu erlösen.

| Chronistin: | Wilhelm von Wolzogen ist der Vetter der Schwestern. Seinen Begleiter Schiller kennen sie nur dem Namen nach. Die Männer sind viel zu dünn gekleidet, Schiller besonders. |

Caroline:	Ein Wunder, dass Schiller oben geblieben ist, bei diesem Wetter.
Charlotte:	Wie: »oben«?
Carolne:	Auf dem Gaul. Er scheint als Reiter nicht besonders begabt zu sein. Bei der Hochzeit seines Freundes Körner ist er mit seinem Pferd gestürzt und hat sich dabei die rechte Hand gequetscht.
Charlotte:	Der Ärmste. Wolzogen konnte es wohl nicht länger aushalten und muss dich wiedersehen?

| Schiller: | (*in Gedanken*) Seine »superkluge Cousine«. Ich mag's nicht mehr hören. Den ganzen Weg ging das so: »Meine superkluge Cousine in der Gefangenschaft«. |

Blende. Innen. Knarrende Dielen. Stühlerücken. Dann Speisesaal.

Caroline:	(*raunend*) Der Wilhelm ist von anderem Schlag als mein Herr Gatte, der nicht mal fähig ist, mir ein Kind zu machen.
Charlotte:	(*ebenso*) Dazu müsstest du ihn erst ranlassen.
Caroline:	Aber was sagt man zu diesem Unikum, das er im Schlepptau hat? Ich bitte dich! Gênant.
Charlotte:	Er stottert. Was soll daran gênant sein?
Caroline:	X-Beine hat er auch. Und ungestalte Füße, die man in Tübingen Weinstühlchen genannt haben würde. Und ein Talent, sich miserabel zu kleiden. Dass er keinen Geschmack

	hat, wäre vielleicht verzeihlich, aber er handelt so sehr gegen alle Regeln, dass es mir die Augen aus den Höhlen reißt.
Charlotte:	Wir könnten uns bemühen, seine Fehler zu entschuldigen. Sogar, dass er mit dem Kopf beinahe an die Decke stößt.
Caroline:	Warum sollten wir das tun?

Essensgeräusche. Geschirrgeklapper.

| Caroline: | Sieh nur, wie sich der Schiller den Wanst vollstopft wie ein ausgehungerter Landsknecht. |

| Schiller: | (*in Gedanken*) Linsensuppe und Kalbfleischfrikadellen. Porstdörfer Äpfel, gefüllt mit Zimt, Zucker und Rosinen. Punsch mit Arrak. Dabei hat mich Wolzogen gewarnt. Die alte Lengefeld soll ihren Mann zu Tode gemästet haben. |

Caroline:	Wie er schmatzt! Ist wohl doch kein Umgang für uns.
Charlotte:	Als Ehemann kommt er gleich gar nicht in Frage.
Caroline:	Darüber denkst du nach?
Charlotte:	Nur theoretisch. Du stellst doch selbst fest, dass die Epoche der Herons und Knebels vorbei sei.
Caroline:	Verrate mir, warum der da nicht in Frage käme – seine Unreinlichkeit einmal ausgenommen und vielleicht den Umstand, dass er ununterbrochen jammert, wie verwüstet sein Gemüt ist und wie verfinstert sein Kopf durch inneres Abarbeiten seiner Empfindungen?
Charlotte:	Nun hör ihn dir an (*ihn nachäffend*): D' Gägend um Rudolschtadt isch exorbidand schee.
Schiller:	Bislang hatte ich nichts von dieser Gegend gehört. Bin sehr angetan. Dieser liebliche Grund von zweieinhalb Stunden, durch den man hier hin gelangt, das weiße Schloss auf dem Berge, von dem man doch angenehm überrascht wird . . .
Caroline:	(*raunend*) Ein Schwätzer.
Charlotte:	(*ebenso*) Von alledem, was Mutter voraussetzt, hat er nichts.

Caroline:	Er ist zufällig hier, nicht als Heiratskandidat.
Charlotte:	Von der Bildung abgesehen. Bloß dürfte die ihm nicht viel nützen, wegen seines entsetzlichen Dialekts, der die meisten Menschen vergraulen dürfte.
Schiller:	(*in Gedanken*) Schön sind die beiden nicht unbedingt zu nennen, wenn auch anziehend, auf eine spezielle Weise. Die ältere scheint unter Krämpfen im Gesicht zu leiden. Sehr störend. Vom medizinischen Standpunkt aus freilich hoch interessant. Periodisch wiederkehrende Zuckungen. Die soll sie sich bei ihrem Aufenthalt in der Schweiz zugezogen haben, bei einem zu kalten Bad im Genfer See. Wolzogen glaubt allerdings, darin eher ein andauerndes Erschrecken vor ihrem Ehemann zu erkennen. Er meint, die Schwestern kennten die neueste Literatur, aber auch den Ossian. Mit dem scheint sich hauptsächlich die Jüngere zu beschäftigen, worüber sie wohl ein wenig melancholisch geworden ist. Obendrein spielen sie das Klavier recht manierlich.
Chronistin:	Noch mehrmals wird Schiller unter Beweis stellen, dass er herzzerreißend unmusikalisch ist.
Schiller:	Merkwürdigerweise trägt sich die Ältere mit dem Gedanken eines frühen Todes.
Caroline:	Sieh ihn dir an, irgendetwas ist mit ihm passiert.
Charlotte:	Hat er Fieber?
Caroline:	Hast du welches?
Charlotte:	Wie kommst du darauf?
Caroline:	Deine Augen glänzen. Wie seine. (*Getuschel*) Der Cousin steckt mir gerade, Schiller sei mit einer Frau von Kalb liiert, die ihm kaum bis an die Westentasche reicht. Er soll sogar mit ihr gemeinsam auf die Weimarer Empfänge eingeladen werden, solange ihr Ehemann in Landau stationiert ist.
Charlotte:	Warum sagst du mir das?

III

Innen. Saal. Maskenball. Tafelmusik im Stil der Zeit.

Chronistin: Januar achtundachtzig. Mutter Lengefeld schickt ihre Tochter Charlotte nach Weimar.

Charlotte: In die Ausdünstungspfütze.

Chronistin: Wegen ihrer Aussichten auf die Hofdamenstelle. Sie soll unter Leute kommen und sich gewöhnen.

Charlotte: Bei dieser Gelegenheit kann ich den Karneval mitfeiern.
Caroline: Mit ihm?
Charlotte: Von wem sprichst du?
Caroline: Dreimal darfst du raten.
Charlotte: So rasant ändere ich meine Meinung nicht. Außerdem geht er doch mit der Kalb, oder?

Chronistin: Charlotte Sophie Juliane von Kalb, geb. Freiin Marschalk von Ostheim. Seit vier Jahren mit dem ungeliebten Offizier in französischen Diensten Heinrich von Kalb verheiratet. Sie kennt Schiller aus Mannheim. Auf ihre Einladung hin ist er im Sommer siebenundachtzig nach Weimar gekommen, um die hiesige Lage auf dem Artbeitsmarkt zu sondieren.

Charlotte: Schiller nennt sie eine große, sonderbare weibliche Seele. Das klingt nicht danach, als ob er nach links oder rechts schielte.
Caroline: Eher so, als hinge ihm die Kalb zum Halse heraus.
Charlotte: Sie soll schon als Kind scheu und verschlossen gewesen sein und ungraziös und nachlässig in ihrem Äußeren.
Caroline: Jedenfalls kritisiert sie den Schiller, wo sie geht und steht. Sie ist öfter krank als er selbst, und das will was heißen.
Charlotte: Die Dichter mögen Frauen, die es ihnen bequem machen. Warum zuckt dein Gesicht?

Caroline:	Mein Gesicht zuckt nicht.
Charlotte:	Wie im Gewitter. Du merkst es schon gar nicht mehr.
Caroline:	Macht er dir Avancen?
Charlotte:	Ach was, Avancen. Wir treffen uns am ersten Februar auf einem Maskenball. Auf dem werden auch seine »Priesterinnen der Sonne« gegeben, sonst wäre er wahrscheinlich gar nicht dort. Er ist einfach nur nett. Schenkt mir danach Bücher.
Caroline:	Wonach?
Charlotte:	Nach dem Maskenball, was denkst du denn!
Caroline:	Das weißt du jetzt schon?
Charlotte:	Er frug mich, ob ich sie auch wirklich haben will. Eine Geschichte Schottlands und »Tom Jones« von Fielding.
Caroline:	Was für ein Schelm! Weiß er von Heron?
Charlotte:	Scheint so. Es wird nichts passieren. Ich bin überwacht wie die herzogliche Rüstkammer. Hie von der Holleben . . .
Chronistin:	Ihrer Freundin Friederike von Holleben.
Charlotte:	Und da von der Imhoff.
Chronistin:	Der frisch verwitweten Luise Franziska Sophie von Imhoff, jüngste Schwester der Frau von Stein. Für ihr Haus, in dem Charlotte unterkommt, gewährt ihr der Herzog eine Zuwendung von dreihundert Talern, sowie Logis und Brennholz.

IV
Innen. Zimmer auf Körners Weinberg in Loschwitz bei Dresden.

Schiller:	Sobald ich meiner liebsten Charlotte ansichtig werde, hat sich der Tag schon gelohnt!
Körner:	Du liebe Güte! Ist das noch mein Schiller, jener Kannibale der Lust, der einst erklärte, die Liebe sei der ewige innere Hang, das Nebengeschöpf in sich hinein zu schlingen?

Chronistin: Christian Gottfried Körner. Schriftsteller. Freund Schillers. Oberkonsistorialrat in Dresden. Seit zehn Jahren Freimaurer.

Körner: Plötzlich behauptest du, auf der Suche nach einer häuslichen Existenz zu sein.

Schiller: Nichts sonst kann mir die Freiheit und die leidenschaftslose Muße verschaffen, die für die Kopfarbeit unerlässlich ist.

Körner: Was soll das bedeuten: leidenschaftslos?

Schiller: Wenn mich tagein, tagaus die Leidenschaft zerfräße, bliebe von mir nichts übrig. Darum braucht es das Gegenteil: Gelassenheit. Die findet man nirgends als in der Ehe. Nimm die Wielands. Eine Frau wie die wäre auch mir genehm: hässlich wie die Nacht, aber anhänglich wie Scheiße. Schaffe mir binnen eines Jahres eine Frau im Wert von, sagen wir, zwölftausend Talern herbei, an die ich mich attachiere, dann ist mir egal, wie sie aussieht und ob sie kochen kann.

V

Außen. Frühling. Stadtgeräusche in Rudolstadt. Fuhrwerke. Stimmen Eilender. Wassereimer, die ausgekippt werden.

Caroline: Inzwischen haben wir Anfang April. Du solltest daran denken, nach Hause zu kommen. Was hält dich in Weimar?

Charlotte: Vor zwei Monaten hab ich die Kalb getroffen. Sie hätte mich beinahe nicht erkannt, so miserabel ist ihr Sehvermögen. Aber wir waren auf Anhieb ein Herz und eine Seele.

Caroline: Ah. Die Kalb. Und Schiller mit seinen englischen Büchern?

Charlotte: Er macht die Kalb schlecht, hält sie für geltungssüchtig.

Caroline: Das meine ich nicht.

Charlotte: Sondern?

Caroline: Schiller und du.

Charlotte: Vor vier Wochen hat er sich einen mächtigen Schnupfen zugezogen, den er bis heute nicht losgeworden ist. Er ist auch

	immer so leichtsinnig und kleidet sich nicht nur schlecht, sondern regelrecht falsch.
Caroline:	Auch das meine ich nicht.
Charlotte:	Sondern?
Caroline:	Besucht er dich? Ich frage das, weil du nicht fort willst.
Charlotte:	Wie soll ich sagen . . .? Er wohnt zwar ganz in der Nähe, im Haus des Kaufmanns Keil, das ist neben dem »Gasthof zum Schwan« (aber in Weimar ist alles in der Nähe), aber statt vorbeizukommen, schickt er mir Zettelchen, auf denen er mir zum Beispiel mitteilt, wie sehr er sich darauf freut, mich am Abend im Theater zu sehen. Nach acht Uhr bewegt er sich prinzipiell nicht mehr in meine Richtung.
Caroline:	Ich nehme an: aus Gründen der Etikette.
Charlotte:	Die Frau von Kalb musste ganz plötzlich verreisen, wegen ihres Mannes, nach Waltershausen, und nun bin nur noch ich übrig, da fällt jedes Räuspern auf. Aber Ostern haben wir miteinander gefeiert. Und bei der Gelegenheit festgemacht, dass er im Sommer zu uns nach Rudolstadt kommt.
Caroline:	Mir verschlägt es die Sprache! Hinter meinem Rücken, während wir uns daheim wie verrückt um dich sorgen?
Charlottte:	Ach, geh, Line, ihr sorgt euch doch gar nicht um mich. Mutter weiß sehr wohl, dass ich mich auf dem Parkett zu bewegen weiß und nicht ausrutsche.
Caroline:	Warum wünscht sie dann, dass du die nächstbeste Mitfahrgelegenheit nach Hause nimmst?

VI

Innen. Abnd. Stube in der Weimarer Wohnung Schillers.

Schiller:	Ein blühend Kind, von Grazien und Scherzen Umhüpft – so, Lotte, spielt um dich die Welt, Doch so, wie sie sich malt in deinem Herzen, In deiner Seele schönen Spiegel fällt,

So ist sie doch nicht. Die Eroberungen,
Die jeder deiner Blicke siegreich zählt,
Die deine sanfte Seele dir erzwungen,
Die Statuen, die – dein Gefühl beseelt,
Die Herzen, die dein eignes dir errungen,
Die Wunder, die du selbst getan,
Die Reize, die dein Dasein ihm gegeben,
Die rechnest du für Schätze diesem Leben,
Für Tugenden uns Erdenbürgern an.
Dem holden Zauber nie entweihter Jugend,
Der Engelgüte mächtgem Talisman,
Der Majestät der Unschuld und der Tugend,
Den will ich sehn – der diesen trotzen kann.
Froh taumelst du im süßen Überzählen
Der Glücklichen, die du gemacht, der Seelen,
Die du gewonnen hast, dahin.
Sei glücklich in dem lieblichen Betruge,
Nie stürze von des Traumes stolzem Fluge
Ein trauriges Erwachen dich herab.
Den Blumen gleich, die deine Beete schmücken,
So pflanze sie – nur den entfernten Blicken,
Betrachte sie! – doch pflücke sie nicht ab!
Geschaffen, nur die Augen zu vergnügen,
Welk werden sie zu deinen Füßen liegen.
Je näher dir – je näher ihrem Grab!

VII

Innen. Abend. Stube im Lengefeldschen Anwesen zu Rudolstadt.

Charlotte: Mir ist klar, warum Schiller das macht. Er will einen Gegensatz inszenieren zwischen dem Kalb . . . zwischen der Kalb
und mir, den es in Wahrheit nicht gibt. Er will sich eine Rechtfertigung dafür schaffen, dass er die eine abschiebt und die

andere behält, als ob er eine Rechtfertigung nötig hätte. Dass er glauben könnte, ich sei ein unverständiges Kind, das am besten damit fährt, wenn es seine Unverständigkeit nicht entdeckt, ist ja wohl nicht sein Ernst, will ich hoffen. Die Verse hat er auf die Rückseite einer Liebeserklärung gekritzelt, die für das Kalb . . . die für die Kalb bestimmt gewesen war, aber nicht abgeschickt wurde.

Chronistin: Während Schiller eine Ratsherrnstelle in Schweinfurth angetragen bekommt (Bedingung: Er soll ein wohlhabendes Mädchen aus der Stadt heiraten), ist Lotte am sechsten April nach Rudolstadt zurückgekehrt.

Charlotte: Ich wollte Frau von Kalb vor der Abreise noch einmal sehen, aber ich verfehlte sie um eine knappe Woche.

Chronistin: Den Zweiundzwanzigsten mietet Charlotte für Schillers Sommeraufenthalt eine Wohnung in Volkstedt bei dem wohlhabenden Kantor Unbehaun, mit geräumigen Zimmern in einem neuen, festen Haus, das vor dem Dorfe steht.

Charlotte: Sogar die Mutter weiß nichts davon.

Caroline: Warum erst Volkstedt und nicht gleich Rudolstadt?
Charlotte: Weil die Langeweile der fürstlichen Menschen alles, was sich in ihrer Nähe befindet, in ihren Strudel zieht und keiner von uns auch nur einen Schritt aus dem Haus tun könnte, ohne begeifert zu werden.
Caroline: Sagt er.

Chronistin: Schiller kennt seine Volkstedter Adresse noch nicht, deshalb steigt er am achtzehnten Mai abends einundzwanzig Uhr dreißig vorübergehend im Rudolstädter Gasthof »Zur güldenen Gabel« in der Neuen Gasse ab. Tags darauf wandert er, nach einem Abstecher zu den Lengefelds, über einen bequemen Pfad entlang des Flusses, an Gärten und Kornfeldern vorüber, in das dreißig Fußminuten entfernte Quartier.

VIII
Innen. Abend. Stube im Dresdener Anwesen Körners.

Körner: Er verweigert mir jede Auskunft über die Schwestern! Palavert, er habe an der Lengefeldschen und Beulwitzschen Familie eine angenehme Bekanntschaft, sie sei bis jetzt die einzige in der Stadt und werde wohl auch die einzige bleiben. Jedoch möchte er eine allzu nahe Anhänglichkeit an dieses Haus und an eine einzelne Person vermeiden. In Weimar tuschelt schon alles von einer schönen Rudolstädterin. Aber von welcher?

IX
Innen. Abend. Stube im Lengefeldschen Anwesen zu Rudolstadt.

Caroline: Wie wohl ist uns, wenn wir nach einer langweiligen Kaffeegesellschaft unserm Freunde unter den schönen Bäumen des Saalufers entgegengehen können! Ein Waldbach, der sich in die Saale ergießt und über den eine schmale Brücke führt, ist das Ziel, wo wir ihn für gewöhnlich erwarten.

Charlotte: Vier Tage, nachdem Schiller sein Zimmer in Volkstedt bezogen hat, kommt auch noch der Knebel angewackelt. Er bleibt drei Tage. Gleich am ersten sucht er über Mittag Schiller in seiner Sommerfrische heim und schleppt ihn zu uns, um uns allesamt zum Souper im Erbprinzengarten zu verpflichten. Wie ein ängstlicher Hase, der dem Tiger den Kopf in den Rachen stopft, um dem Angriff zuvorzukommen. Auf Tage danach lässt sich Schiller verleugnen. Er tauge nicht unter Menschen und unter solche, die er liebe, gleich gar nicht. Ich frage an, ob ihn wieder eine seiner Unpässlichkeiten quäle. Nein, richtet er aus, Schuld sei die Wandelbarkeit seiner Laune, ein Fluch, der auf allen Musensöhnen laste und an den ich mich noch gewöhnen müsse. Du liebe Güte!, denke ich und weiß nicht, was ich davon halten soll. Knebel schwadroniert angesichts dessen von einer ominösen Bahn, in die Schiller immer dann eintrete, wenn er sich für etwas erhitze, für eine Idee oder für einen Menschen, und dann sehe er deren Ende nicht ab, weswegen er sich aufs Geratewohl den Wogen der Imagination anvertraue. Ich runzele die Stirn und verstehe nur so viel, dass er meinen Dichter runterputzen will. Schiller, der davon Wind bekommt, wahrscheinlich durch Knebel selbst, ist, wie soll ich es anders ausdrücken?, verschnupft, und zwar wortwörtlich. Nach Schüttelfrost und Fieber, die er sich auf dem Rückweg von unserem Treffpunkt, der besagten schmalen Brücke an dem Waldbach, im Landregen geholt hat, liegt er dreizehn Tage im Bett, einen Rückfall eingerechnet. Dreizehn Tage! Beulwitz besucht ihn, ich natürlich auch.

Caroline: Mich nicht zu vergessen.

Charlotte: Wie könnte ich! Wo du in jüngster Zeit immer eckiger wirkst, sobald ich Schillern die Hemden bügele. Du bringst Wein mit. Den schickt der alte Herr von Ketelhodt, seines Zeichens Minister und Vater eines Anwärters auf meine Hand. Schiller hat einmal vorgegeben, sich für dessen Bibliothek zu interessieren, seitdem hängt Ketelhodt ihm an den Fersen wie eine Klette. Obst trägst du auch herbei, falls ich mich recht erinnere, und Kuchen und Blumen und den ganzen Plunder, den der große Dichter so an uns Weibern schätzt. Aber der Wein ist das Wichtigste. Und der Schinken. Ich fütterte Schiller mit Schinken. Er mag Schinken.

Caroline: (*seufzt*) Immer das Teuerste.

Charlotte:	Mir ist ein wenig bange, so oft wie dieser Mann vor sich hin kränkelt. Ich fürchte, er ist eine Memme.
Caroline:	Angst vor Spinnen hat er auch. Vor Weberknechten insbesondere.
Charlotte:	Eigenartigerweise aber nicht vor Blitzen. Er läuft bei Gewitter auf die Hügel und breitet die Arme aus. Denkst du, er wird getroffen? Nicht einmal indirekt. Nur seinen Husten und Schnupfen, den fängt er sich regelmäßig ein.
Caroline:	Seine Krankheiten pflegt er bloß, damit alle Welt Rücksicht auf ihn nimmt und ihn hätschelt.
Charlotte:	Mit Erfolg. Damit sie ihren empfindlichen Gast schont, hat die Familie des Kantors Unbehaun sogar all ihre Arbeiten, sofern sie Lärm hätten verursachen können, auf jene Zeit verschoben, in der Schiller außer Haus weilt.

X

Außen. Tag. Kirmestrubel. Schaustellerrufe usw., verebbend.

Chronistin:	Kaum genesen, vergnügt sich Schiller am vierzehnten Juni mit dem Erbprinzen Ludwig Friedrich von Schwarzburg-Rudolstadt, den er zwei Wochen zuvor bei Beulwitz kennengelernt hat, im »Baumgarten«. Den zweiten Juli abends geht er mit den Schwestern in Kumbach auf die Kirmes.

Charlotte:	Er ist eifersüchtig, weil ich auch mit anderen tanze.
Caroline:	Weil *ich* mit anderen tanze.
Charlotte:	Weil *wir* mit anderen tanzen.
Caroline:	So was von eifersüchtig!
Charlotte:	Obwohl er uns nachts immer nur aus Büchern vorliest.

Chronistin:	Die Odyssee des Homer, im Original.

Charlotte:	Wo ist er? Siehst du ihn?

Caroline: Fort. Wahrscheinlich geflohen.

Charlotte: Hals über Kopf.

Chronistin: Schiller verirrt sich, streunt Stunde um Stunde ziellos umher
              und landet schließlich in Schaala.

Caroline: Hilflos wie ein kleines Kind.

Blende — Kirmestrubel aus. Blende — Klosterstille ein.

Chronistin: In den Tagen danach wandert man zu viert in den Hirsch-
              grund bei Oberhasel, nach Uhlstädt, Teichröda und Koch-
              berg. Man erkundet Blankenburg, steigt zur Burgruine
              Greifenstein empor und fährt nach Schwarzburg.

XI

Innen. Abend. Stube im Lengefeldschen Anwesen zu Rudolstadt.

Caroline: Als wir einmal über Königsee kommen, wo Beulwitz Amts-
              geschäfte zu erledigen hat, kehren wir in Paulinzella ein, in
              dem verfallenen Kloster. Schiller dichtet gleich drauflos:
              »Einsam steh'n des öden Tempels Säulen,
              Efeu rankt am unverschlossnen Tor,
              Sang und Klang verstummt, des Uhu Heulen
              Schallet nun im eingestürzten Chor.«

Caroline: Dieser Mensch hat einen fatalen Hang zum Morbiden.

Charlotte: Noch als die Tinte nicht trocken ist, bringe ich ihn mit viel
              Tamtam dazu, an Goethe Grüße auszurichten, weil ich
              denke, es könne nicht schaden, einen wie den zum Für-
              sprech zu haben. Schiller windet sich wie ein Lindwurm,
              weil er den Goethe nicht ausstehen kann, gehorcht aber in
              der Hoffnung auf seine GLÜCKSELIGKEIT. Ein Wort, das er
              immer öfter im Munde führt. In der Tat antwortet Goethe

freundlich, wobei er bedauert, bei seiner Rückkehr aus Italien nichts von Schillers Anwesenheit in Rudolstadt gewusst zu haben. Ich frage mich, was, wenn er es gewusst hätte, anders gewesen wäre. Ich komme zu keinem Ergebnis.

Chronistin: Am siebenten Juli verabschiedet Schiller seinen Freund Wilhelm von Wolzogen, der im Auftrag seines Herzogs nach Paris geht, wo er zum Architekten ausgebildet werden soll. Bei dieser Gelegenheit zeigt der Erbprinz den beiden und den Lengenfeldschen Schwestern die neu eingerichteten Zimmer im Schloss Heidecksburg, die Bibliothek und die Bildergalerie. Weil Schiller ein Freund schöner Aussichten ist, steigt man den vierzig Meter hohen Schlossturm hinauf, in dem drei Glocken aus der Rudolstädter Gießerei hängen. Von oben bewundert man Schlossgarten und Esplanade.

XII
Außen. Tag. Auf dem zugigen Schlossturm.

Caroline: Sobald Beulwitz auch nur für einen Wimpernschlag außer Reichweite ist, weicht mir Wilhelm nicht von der Pelle. Alle meine Bewegungen, vor allem diejenigen in Richtung Schillers, kontrolliert er wie ein Feldwebel. Er zischt mir zu, ich sei dem Freund, den er selbst erst in unserer Familie eingeführt habe, mit Haut und Haaren verfallen. Er klingt verbittert.

Charlotte: Ich für mein Teil gebe ihm einen Auftrag mit nach Paris. Er soll für mich nach einem schönen, langbeinigen Franzosen Ausschau halten und ihn mit dem nächstbesten Nordwind nach Rudolstadt schicken.

Chronistin: Einige Tage darauf taucht plötzlich Friedrich Wilhelm von Ketelhodt auf.

XIII

Innen. Abend. Stube im Lengefeldschen Anwesen zu Rudolstadt.

Caroline: Du wirst blass und blässer, liebste Charlotte, obwohl Ketelhodt augenscheinlich wegen des Erbprinzen angereist ist.

Charlotte: Nicht wegen mir?

Caroline: Auch deinetwegen. Aber hauptsächlich wegen des Erbprinzen. Man plant mit ihm eine Kavalierstour durch Deutschland, die Schweiz und Frankreich, die übrigens und Gott sei Dank unter Beteiligung meines Gatten stattfinden soll. Findest du nicht, dass dieser Herr Regierugsassessor für Schiller ein echter Konkurrent ist? Dreiundzwanzig Jahre alt, und Geld hat er wie Heu. Ein ganz anderes Kaliber als dein wehleidiger, ewig bankrotte Dichter. Ich weiß, dass du ihm nicht gleichgültig bist und dass unsere Mutter ihm wohl auch schon gewisse Hoffnungen gemacht hat. Du solltest dir überlegen, ob du für den nicht ein Interesse entwickeln könntest, das über die Vorlage des Essbestecks bei Tisch hinaus geht.

Charlotte: *(lacht künstlich)* Dieser spanische Molch. Ein so plumper Mensch mit einem so flachen Kopf und so warziger Haut.

Caroline: Wenn dich solche Nebensächlichkeiten stören, kommst du nie unter die Haube.

Charlotte: Ich will nicht nur unter die Haube, ich will auch raus aus diesem Kaff. Ketelhodt aber klebt in Rudolstadt fest, bis in alle Ewigkeit, weil ihm sonst seine Karriere bei Hof flöten geht. Ich weiß genau, warum du mich verkuppeln willst.

Chronistin: Als Ketelholdt schon einen Tag später wieder abreist, bekommt auch Schiller seine Farbe ins Gesicht zurück. Er schenkt der Mutter Lengefeld eine englische Bibel.

Charlotte: Mit dem Englischen hat er's.

Chronistin: Er schreibt eine Widmung hinein und versieht sie mit dem Datum. Es ist der zweite August.

Schiller: (*von ferne*) Nicht in Welten, wie die Weisen träumen,
Auch nicht in des Pöbels Paradies,
Nicht in Himmeln, wie die Dichter reimen,
Aber wir begegnen uns gewiss.

Chronistin: Zur selben Stunde erscheint Frau von Stein. Sie kommt von Kochberg und bleibt zwei Tage bei den Lengefelds.

Charlotte: Ich horche sie über Goethe aus und was er mit seiner ulkigen Grußadresse gemeint haben könnte, doch meine Patentante verzieht das Gesicht, als hätte sie in eine Zitrone gebissen. Sie sagt nur, seit dem Castel Gandolfo im schattigen Albanergebirge sei er sinnlich geworden. Aber wohl nicht ihr gegenüber, so viel kapiere ich. Außerdem kursieren Gerüchte, er treffe sich mit einer anderen. Auch über die Kalb schwieg sie sich aus. Im Grunde äußerte sie gar nichts, außer dass es bei uns so erfrischend nach Holunder und Tannenhonig röche.

Chronistin: Zu Anfang des Augusts leidet Schiller erneut unter Fieber und Schnupfen. Diesmal tritt Kopfweh hinzu.

Charlotte: Er nennt es »eine Störung auf den Hals bekommen«. Kein Mensch weiß, wo er sich das nun wieder geholt hat. Er stellt allen Ernstes Überlegungen an, ob er sich mit Hilfe des tierischen Magnetismus' würde heilen lassen können. Ich frage ihn, ob man ihm dabei eine Katze auf die Brust lege. Da schießt er einen Blick auf mich ab, als wolle er mich aufspießen.

Chronistin: Am fünften August stirbt, nach einer Brustoperation, Wilhelm von Wolzogens Mutter Henriette, bei der Schiller nach seiner Flucht aus der herzoglichen Karlsakademie untergekommen war.

Caroline: Kaum zu glauben, aber der Kerl bringt es nicht fertig, nach Bauerbach zu fahren. Lieber hockt er bei mir. Also bei uns. Gegen den jungen Herrn Wolzogen lauter Ausflüchte, obwohl der ihn inständig bittet, ihm beizustehen. Statt dessen macht er eine Rechnung über die Rückzahlung eines Darlehens auf, das ihm einst von der Frau von Wolzogen gewährt worden war, und lädt den Wilhelm, ohne uns um Erlaubnis zu fragen, nach Rudolstadt ein. Was geht in einem solchen Kopf vor? In unser aller Interesse bleibt mir nichts anderes übrig, als der Einladung einen offiziellen Anstrich zu geben: Ich schlage dem Wilhelm vor, auf dem Rückweg nach Paris einen Abstecher zu uns zu machen. Doch er verweigert sich, was ich verstehe. Er dürfe mich, um seiner Ruhe willen, nicht wiedersehen, schreibt er mir. Jedenfalls nicht jetzt gleich. Vielleicht auch auf immer. Ja, mein Gott!

Chronistin: Den achtzehnten August zieht Schiller, angeblich wegen des schlechten Wetters, von Volkstedt nach Rudolstadt und wohnt fürs erste wieder im Gasthof »Zur güldenen Gabel«, später im Roßschen Haus am Schlossaufgang römisch zwei, einen Katzensprung von den Lengefelds entfernt.

XIV
Innen. Tag. Zimmer im Gasthof. Gedämpfte Wirtshausgeräusche.

Schiller: Mein neues Logis hätte überhaupt keinen Fehler, wenn es dem der Schwestern gegenüber läge. Dann brächte ich Spiegel in meinem Zimmer an, damit mir ihr Bild genau vor dem Schreibtisch zu stehen käme, und dann könnte ich mit ihnen sprechen, ohne dass es ein Mensch wüsste.

Chronistin: Am Tag nach seinem Umzug beginnt das »Vogelschie-
ßen« mit allerlei Lustbarkeiten, an denen sich Schiller, der
auf Veranlassung des Fürsten Mitglied der Schützengilde
geworden ist, beteiligt. Nebenher besichtigt man die
Glockengießerei in der Stadt.

XV

Außen. Tag. Glockengießerwerkstatt. Arbeitsgeräusche.

Charlotte: Auf die war Schiller schon die ganze Zeit scharf. Du hängst
dich ihm an den Arm, Line, wenn es zum Spazierengehen
kommt, und ich immer hinterdrein wie ein Dackel.

Caroline: Du siehst Gespenster.

Charlotte. Wie immer.

Caroline: Dafür, dass er mir seinen Arm anbietet, kann ich nichts.

Charlotte: Du hättest ihn ausschlagen können, den Arm.

Caroline: Warum? Bequem ist es zwar nicht, bei Schillern untergehakt
zu gehen, denn sein Arm liegt sehr weit oben, sieh' mal,
und der Mensch hat einen Gang wie ein Kutschwagen mit
Deichselbruch, aber es ist doch eine nette Geste. Ich denke
nicht, dass sie Anlass gibt, eine Verstimmung aufkommen
zu lassen.

Charlotte: Verstimmung? Bei wem?

Caroline: Dir hat er doch seinen Arm ebenfalls angeboten.

Charlotte: Ja. Auf dem Umweg über dich. Er sagte, während du bei
ihm untergehakt gingst, ich könnte mich unterdessen bei
dir einklinken.

Chronistin: Einen Tag, nachdem erneut der Major Karl Ludwig von
Knebel in Rudolstadt aufgetaucht ist, am ersten September,
schickt die Chère mère ihre Tochter Charlotte auf das
Schloss Kochberg, das im Besitz der Familie von Stein ist.

XVI

Innen. Abend. Großer, leerer Raum. Rundum Stille.

Charlotte: Mutter will mich wohl aus dem Schussfeld haben. Dass sich Caroline in Schiller verguckt haben könnte, übersteigt ihr Vorstellungsvermögen. Gerade mal zwei Tage bin ich fort, da schreibt mir Schiller, dass es ihm wie eine Ewigkeit vorkomme und ihm dieses kleine Pröbchen von Trennung eine grässliche Vorstellung davon gebe, wie er sich befinden müsste, wenn wir einmal länger voneinander getrennt seien. Ich solle unterdessen nicht nur recht angenehm leben, sondern mich gelegentlich unter die Rudolstädtische Gesellschaft sehnen. Ansonsten verwirrt mich seine Eloge mehr, als dass sie Klarheit schafft. Er mit Caroline so gut wie alleine dort und ich hier weit weg unter Aufsicht. Meine Schwester sitzt wieder einmal am längeren Hebel. Ich schlafe schlecht. Bin verärgert, weil ich von Kochberg aus nicht mitbekomme, was sich in Rudolstadt tut. Doch dann kündigt Goethe seinen Besuch an. Er reist mit der Schwester der Frau von Stein, einer Frau von Schardt, an und mit der Frau Herder. Auch den Jüngsten der Frau von Stein, seinen Ziehsohn Fritz, hat er im Gepäck. Damit will er wohl seiner Liebsten, oder Ex-Geliebten, oder was weiß ich vorführen, dass alles beim Alten sei oder doch bleiben solle. Ich finde das spannend und laufe gleich hinaus, die vier in Empfang zu nehmen. Aber es macht keinen Effekt, zumindest keinen guten. Meine Patentante schneidet eine Miene wie aus Eis geschnitzt. Das verstimmt den Herrn Geheimrat den restlichen Tag und es ist kein Herankommen an ihn. Die Herdersche, das Klatschmaul, vertraut mir an, dass die Stimmung in Weimar nicht minder mies sei. Die Charlotte von Kalb gucke nicht aus der Wäsche. Schuld sei, na wer wohl?, Schiller. Einst, in Dresden, habe er ihr geschworen, eher zu sterben, als sie nicht wiederzusehen. Und jetzt? Stirbt er? Schiller soll geäußert haben, dass der Zirkel, mit dem sich die Frau von Kalb abgibt und zu dem er keine Beziehung pflegt, nicht der seinige sei, wobei die Spuren ihres Umgangs dann auch zuweilen Spuren in ihrer Art zu denken und zu empfinden hinterließen. Man kann sich denken, wie er das meint. Er verbreite Spötteleien über die Kalb, sagt die Herder. Sie sei ohne jedes Talent zum Glücklichsein. Vor ihrer Neugierde müsse man sich genauso hüten wie vor ihrer Inkonsequenz und Starkgeisterei, die sie leicht verführen könnte, es mit dem Besten anderer nicht so genau zu nehmen. Ich höre mir das an und denke: So verdaut ein Mann, der eine Frau aufgefressen hat. Zu Schillers Rechtfertigung ließe sich vielleicht anführen, dass sich die Kalb in aller Öffentlichkeit darüber mokiert hat, wie er seine Stücke vorträgt. Ich kenne das. Es ist, zugegeben, kein reines Vergnügen. Eher eine Strafe. Genau genommen nicht auszuhalten. Schon von weitem hört man ihn schreien, denn er spricht die Rollen nicht, er ruft sie, und rennt dabei in Hemdsärmeln gestikulierend auf und ab. Manchmal verfällt er auch in einen singenden Schulton wie ein unverständiger Mensch, der von Literatur nicht die geringste Ahnung hat. Das ist wohl wahr, aber muss man ihn deswegen vor aller Welt bloßstellen? Die Kalb habe alle seine Briefe zurückverlangt und verbrannt. Sie fordert, Schiller möge wenigstens bei gemeinsamen Freunden nicht so tun, als gäbe es sie nicht mehr. Gleichzeitig ackert sie schwer daran, sich scheiden zu lassen, als ob sie sich Schiller auf diese Weise doch noch angeln könnte. Eine dermaßen angenehme Unterhaltung hatte ich seit langem nicht, und während ich nun doch meiner Freude darüber Ausdruck verleihe, nach Kochberg beordert worden zu sein, bin ich geneigt, der Herderschen jedes Wort bis in den letzten Buchstaben zu glauben, was mir merkwürdig vorkommt, weil ich die Frau von

Kalb doch eigentlich ganz gut leiden kann. Inzwischen will meine Patentante den Goethe so rasch wie möglich vom Hals haben. Das ist meine große Gelegenheit! Ich spekuliere darauf, ihn mit Schiller zusammenzubringen, ohne dass er allzu pikiert darüber ist, gleich wieder aus Kochberg hinauskomplimentiert worden zu sein. Die beiden Koryphäen haben sich, es ist kaum zu glauben, noch nicht ein einziges Mal zu Gesicht bekommen, obwohl sie in Weimar um die Ecke wohnen. Nun gut, einmal sind sie einander in Stuttgart über den Weg gelaufen, mehr Schiller dem Goethe als umgekehrt, als er noch Eleve auf der Militärakademie war, aber das zählt nicht und ist schon neun Jahre her.

XVII
Außen. Hausgarten. Kleine Gesellschaft. Wind in Bäumen und Gras.

Chronistin: Siebenter September. Sonntag,

Charlotte: Ich schaff's endlich, sie allesamt nach Rudolstadt zu bugsieren, in unser Haus. Ohne die Stein, versteht sich. Nach dem Mittagessen sitzen wir im Garten, essen Mutters berüchtigten schweren Kuchen und starren auf die beiden Dichter wie auf ein Naturereignis, das sich in Bälde begeben soll. Ich flehe zu sämtlichen mir verfügbaren Göttern, dass mein Schiller seine zwischenzeitliche Abneigung gegen den Geheimrat abgelegt hat und durch die Frische der Anschauung eines besseren belehrt ist, aber die Unterhaltung verläuft schleppend. Ich frage mich, ob dieser Klotz kein Gespür dafür zu entwickeln imstande ist, wer ihm weiter nach oben helfen kann und wer nicht, oder ob er gar glaubt, ihm könnte alles aus eigener Kraft gelingen. Natürlich tue ich unbeteiligt.

Caroline:	Ich auch.
Charlotte:	Weder der eine Mann noch der andere soll sich genötigt fühlen, weder zu der einen noch zu der anderen Sache. Schiller macht ausschweifende Ausführungen über die Geschichte der Niederlande. Goethe wirkt abwesend, als ob er mit seinen Gedanken auf dem Mond weilte. Auch die anderen reden dummes Zeug und grässlich durcheinander, so dass ein Gespräch zwischen den beiden Dichtern unmöglich wird. Wenigstens steckt Goethe, bevor er am Abend mit langem Gesicht nach Kochberg zurückkehrt, ein Heft des »Teutschen Merkur« ein, in dem er Schillers »Die Götter Griechenlands« entdeckt hat. Vielleicht ist das mein größter Erfolg an diesem Tage. Ein bescheidener, wie ich zugeben muss. Ich darf ihn nicht einmal auskosten.
Schiller:	Keine Ahnung, was dir im Kopf herumspukte, als du den Goethe angeschleppt hast. Sein erster Anblick stimmte die hohe Meinung ziemlich tief herunter, die man mir von ihm beigebracht hatte als einer angeblich anziehenden und schönen Person. Er trägt sich steif und geht auch so. Seine Stimme ist ganz angenehm, vorausgestzt, er sagt überhaupt etwas. Unsere Bekanntschaft war bald gemacht und ohne den mindesten Zwang. Freilich war die Gesellschaft zu groß und alles drängte sich danach, um ihn zu sein, und war eifersüchtig, wenn es anderen schneller gelang, so dass ich nicht viel allein war mit ihm und nur Belanglosigkeiten habe wechseln können. Er erzählte von Italien. Zum Beispiel davon, dass es in Rom keine Ausschweifungen mit ledigen Frauenzimmern gebe, aber umso mehr mit verheirateten. Umgekehrt sei es in Neapel. Überhaupt solle man dort in der Behandlung des andern Geschlechts die Annäherung an den Orient sehr stark wahrnehmen. Im Ganzen genommen hat nach dieser Bekanntschaft meine große Idee von ihm nicht wirklich Schaden genommen, allerdings bezweifle ich, dass wir je einander besonders nahe rücken werden. Er ist

	mir — weniger an Jahren als an Lebenserfahrungen — so weit voraus, dass wir uns unterwegs wahrscheinlich nie mehr treffen können.
Caroline:	Zehn Jahre ist er älter.
Charlotte:	Am nächsten Morgen schnappt mich meine Mutter und eilt mit mir Goethe hinterher auf das Schloss Kochberg, von dem ich gerade erst gekommen bin. Meine Laune kann man sich vorstellen. Im Dunstkreis der Stein und Goethes fühle ich mich wie ein Getreidekorn zwischen zwei Mahlsteinen. Gleich setzen sie sich in Bewegung, denke ich immerfort, und dann zermalmen sie dich. Irrtum. Nichts geschieht, und das ist eigentlich noch viel weniger erträglich. Ich nehme Goethe, der mich schon kennt, seit ich zehn war — früher nannte ich ihn manchmal »Onkel«, so wie die Frau von Stein »Tante« — beiseite und frage ihn, ob er sich nicht in Weimar wegen Schiller für eine Stelle verwenden könne. Wofür er denn geeignet sei, will er wissen, ein Politiker sei er doch wohl nicht? Ich berichte ihm von Schillers letzten Arbeiten, der Geschichte des Abfalls der Niederlande, wobei ihm einiges wegen des Gesprächs vom Vortag klar wird, dem Geisterseher, den Gedichten und dass er gerade viel die alten Griechen liest, aber auch die »Iphigenie« des Geheimrats, was ihm mehr zu imponieren scheint als alles andere. Er verspricht, sich zu kümmern. Ich weiß nicht, ob ich mich freuen soll oder nicht, als, ich glaube am zehnten, Schiller und Line einträchtig über die Wiese daherspaziert kommen wie ein Paar, ohne den Herrn Beulwitz, Caroline im Wagen, Schiller nebenher reitend. Sie holen mich, Mutter und die Frau von Stein zu einem Abstecher nach Weimar ab. Danach besuchen wir Knebel in Jena, wo wir auf ein Gartenfest beim Kirchenrat Griesbach eingeladen sind. Mutter hat es so arrangiert. Jedenfalls habe ich wieder nichts von Schiller, denn er ist in Jena nicht mit von der Partie, was einiges vermuten lässt. Er kommt uns auf

unserem Rückweg bis Uhlstedt entgegen, wo er uns abholt. Diesmal hat sich sogar Beulwitz aufgerafft. Im Gasthof trinken wir Kaffee, und beinahe hätte sich so etwas wie eine doppeltfamiliäre Stimmung angebahnt, wenn nicht Schiller schon wieder einmal zu nichts zu gebrauchen gewesen wäre.

Schiller: (*grämlich*) Ein rheumatisches Fieber, und dazu diesmal noch Zahnschmerzen.

Charlotte: Zwei Wochen braucht er, um sich auszukurieren, so dass ich davon ausgehe, dass auch Caroline, obwohl Beulwitz in seiner Eigenschaft als Amtshauptmann gerade in Königssee Geschäfte abwickelt, nichts mit ihm anfangen kann und mir der Umstand, dass ich Ende September wieder nach Kochberg verfrachtet werde, nicht gar so viel ausmacht.

XVIII
Innen. Tag. Rudolstadt. Erneut Charlottes dilletierendes Klavierspiel.

Caroline: Anfang Oktober geht Schillers rheumatisches Fieber in ein Zahngeschwür über. Oder umgekehrt. Ich kann nicht mehr auseinanderhalten, welche seiner Krankheiten welche andere ermuntert.

Chronistin: Karl von La Roche, Sohn der Schriftstellerin Sophie La Roche und Beamter im preußischen Berg- und Salinenwesen, ist am Dritten des Monats bei den Lengefelds zu Gast. Er soll Caroline, die beste Freundin seiner Verlobten Li von Dacheröden, für einen Tugendbund gewinnen, dem auch die Brüder Humboldt angehören.

Caroline: In Wirklichkeit ist das nur ein Vorwand. So, wie der Karl um mich herumscharwenzelt, geht es ihm einzig um seine Verlobte. Er will mich zur Verbündeten gewinnen im Feldzug gegen seinen Schwiegervater in spe, den strengen

Erfurter Kammerpräsidenten. Warum sonst bringt er Lotte in puncto Tugendbund gar nicht erst ins Gespräch, ebensowenig Schiller, der die Sache wohl auch durchschaut? Als der nach seiner Erkrankung erstmals wieder außer Haus ist, geht er La Roche aus dem Weg. Statt dessen ordnet er in Volkstedt seine Papiere, während Schwesterchen schon wieder nach Kochberg strafversetzt ist.

Charlotte: Erst Mitte des Monats, am Siebzehnten, kehre ich von dort zurück. Dass ich meiner Mutter nicht mit allzu großherzigen Gefühlen der Anhänglichkeit entgegenomme, versteht sich von selbst. Jeden einzelnen Feldstein auf dem Weg zwischen dem Steinschen Landsitz und Rudolstadt kenne ich mittlerweile persönlich und wahrscheinlich besser als die Pickel neben Schillers Nase. Aber was schreibt mir dieses hustende Ungeheuer? (*zitiert*) »Sie sind in sehr guten Händen. Ich habe die Stein sehr lieb gewonnen.«

Caroline: (*leise, aus dem Verborgenen*) Und zwischen uns? Was steht zwischen uns? Dass etwas da ist, fühle ich. Ein böser Genius nimmt die Laute unsrer Seelen auf und gibt sie unrein zurück. Keine Harmonie mehr. Ist es, weil Sie Lolo vermissen? Ist es, weil Sie nach Weimar abreisen werden? Was, wenn nicht das, ist es? Ich kann es nicht ertragen, dass sich Wolken zwischen uns zusammenziehen, ich wünsche, dass ewige Klarheit zwischen uns herrscht. Zur Zeit aber ducken mich trübe Stunden . . .

XIX
Innen. Saal. Gesellschaft. Geschirrgeklapper. Gläserklirren.

Chronistin: Seinen Geburtstag am zehnten November feiert Schiller bei den Lengefelds.

Charlotte: Von mir bekommt er eine Vase geschenkt, wofür auch immer.

Caroline: Er lässt uns die Ehre zuteil werden, uns eine erste Fassung seines Gedichts »Die Künstler« vorzubrüllen.

Die Geräusche brechen ab.

Chronistin: Zwei Tage später kehrt er in seine Weimarer Wohnung zurück.

Schiller: In die »einstweilige Heimat«. Schweren Herzens.

Chronistin: Schon am ersten Tag besucht er Frau von Kalb in deren Gemächern.

Charlotte: Ja, übrigens, was ist mit ihr? Ich höre gar nichts mehr von ihr. Dabei hab ich sie herzlich lieb.

Schiller: Sie lässt dich grüßen.

XX
Außen. Tag. Pferdekutschenfahrt. In der Passagierkabine.

Chronistin: Charlotte und Caroline sind auf dem Weg zurück von Erfurt, wo sie Caroline von Dacheröden getroffen haben.

Caroline: Ich will meiner Freundin, ohne sie zu verprellen, erklären, warum ich keine Lust auf ihren Tugendbund verspüre. Es sind die Statuten. Man duzt einander, verschlüsselt die Korrespondenz wie in einem Geheimorden, tauscht priesterliche Küsse aus. Freimaurer des Herzens. Nach innen propagieren die Damen rückhaltlose Offenheit im Umgang, was meint, dass sie einander alles, aber auch alles beichten, was sie bewegt, auch das, worüber jeder normale Mensch diskret den Mantel des Schweigens breitet. Ich weiß einiges an Gefühlen, die ich in einem solchen Kreis nie und nimmer preisgeben, auch aus dem Munde Dritter nicht zugeflüstert bekommen möchte. Man solle also die Statuten ändern, verlange ich. Zu meinem Unglück pflichtet mir Li bei.

Chronistin: Unterdessen grämt sich Schiller in Weimar.

XXI

Innen. Stube in Weimar.

Schiller: Ich darf gar nicht daran denken, dass jetzt so viele Meilen zwischen uns liegen. Alles hier ist mir fremd geworden, anders als in Rudolstadt, wo ich so viele schöne Tage verlebt und ein wertvolles Band der Freundschaft gestiftet habe. Bei einem geistvollen Umgang, der nicht ganz frei war von einer gewissen schwärmerischen Ansicht der Welt. Herzlichkeit, Feinheit, Delikatesse, all das habe ich dort gefunden. Vor allem war mehr als wohltuend, dass jegliches Vorurteil fehlte. Ich habe eine unumschränkte innere Freiheit genossen und die höchste Zwanglosigkeit im Umgang. Ich bin mir sicher, dass auch ich wohltätig auf die anderen eingewirkt habe. Zuweilen schien mir Caroline zu Tränen gerührt. Wäre sie künftig nur auf die Erinnerung an mich angewiesen, würde ihr wohl das Herz zerreißen. Mein Herz dagegen ist ganz frei von allen Beklemmungen. Ich halte mich an mein eigenes Gesetz: Ich habe meine Empfindungen geschwächt, indem ich sie verteilte. So bleibt alles innerhalb der Grenzen einer herzlichen, vernünftigen Freundschaft, ohne Gefahr, dass irgendetwas zerreißt. Ich bin ohnehin geneigt, »ausschließliche Verhältnisse« zu vermeiden. Dass Charlotte mit Caroline so gut zusammenstimmt und umgekehrt, freut mich. Die beiderseitige gute Harmonie genieße ich, weil ich die eine wie die andere in meinem Herzen vereinige, gerade so, wie sich die beiden selbst vereinigt haben. Möchte das Schicksal sie nie weit auseinanderführen, damit ich nicht eine der beiden entbehren muss! Oder lange Wege habe.

XXII

Innen. Stube in Dresden. Schritte auf und ab. Leere Weinflaschen.

Chronistin: Am neunten Dezember verwendet sich Goethe gemeinsam mit dem Geheimen Rat von Voigt beim Weimarer Geheimen Konsilium mit einem gehorsamsten Prememoria für Schiller. Man solle ihm in Jena zum Ersatz für den nach Göttingen berufenen Eichhorn eine Professur für Geschichte geben.

Körner: (*Entrollt ein Pergament und zitiert*) »Herr Friedrich Schiller hat sich durch seine Schriften einen Namen erworben, besonders neuerdings durch eine Geschichte des Abfalls der Niederlande von der spanischen Regierung Hoffnung gegeben, dass er das historische Fach mit Glück bearbeiten werde. Da er ganz und gar ohne Amt und Bestimmung ist, so geriet man auf den Gedanken, ob man selbigen nicht in Jena fixieren könne, um durch ihn der Akademie neue Vorteile zu verschaffen. Er wird von Personen, die ihn kennen, auch von Seiten des Charakters und der Lebensart vorteilhaft geschildert, sein Betragen ist ernsthaft und gefällig, und man kann glauben, dass er auf junge Leute guten Einfluss haben werde.« (*Er lacht.*)

Chronistin: Zwei Tage später schlägt der Weimarer Hof den anderen Förderern der Universität vor, Schiller zu berufen. Coburg gibt seine Einwilligung am dreiundzwanzigsten Dezember, Gotha am zwölften Januar neunundachtzig, Meiningen am dreizehnten. Schiller soll sich ab Ostern bereit halten.

Schiller:	Man hat mich übertölpelt.
Körner:	Wieland mosert, er möchte mal wissen, über welche fünf Ecken der Neue an den Posten gekommen ist.
Schiller:	Als ob er das nicht wüsste. Jedenfalls kann man mich jetzt aus der Liste der »literarischen Vagabunden« streichen.
Körner:	Du wirst also der Ungebundenheit entsagen?
Schiller:	In heroischer Resignation.

Chronistin: Weil seine Professorenstelle nicht besoldet ist, wie in Jena üblich, ist Schiller einzig auf die Einnahmen aus den Kollegien angewiesen.

Schiller: Die Akademie hat ungefähr neunhundert Studenten. Wenn ich von diesen nur den fünften Teil abbekäme, und mich von diesem nur die Hälfte bezahlte, so erzielte ich von meinem Kollegium jährlich hundert Louisd'ors.

Körner: Jena läuft stetig Gefahr, seine besten Leute zu verlieren, weil sie von anderen Universitäten mit Gold aufgewogen werden. Dort bietet man ihnen Stellen an, die besoldet sind. Hufeland, zum Beispiel, hat mehrere Angebote und überlegt wegzugehen. Mir scheint, Goethes Eingreifen kommt dir nun doch nicht zupass.

Schiller: Der Geheime Rat erinnert mich ständig daran, dass mich das Schicksal hart behandelt hat. Wie leicht ist ihm alles zugefallen und wie sehr muss ich kämpfen, bis auf diese Minute! Einholen lässt sich das, was ich verloren habe, für mich nicht mehr. Nach dem Dreißigsten fängt man nichts Neues mehr an, zumindest nichts Großes. Außerdem könnte ich unter den derzeitigen Bedingungen mein Leben sowieso nicht ändern, zumindest nicht vor den nächsten drei, vier Jahren. Solange brauche ich noch, um in meinem Beruf Fuß zu fassen und Geld zu verdienen.

Körner: Bei Gelegenheit schreibe ich eine Abhandlung über das Menetekel der Zahl Dreißig in deinem Leben.

114

Schiller:	Ich will von Goethe auf gar keinen Fall abhängig sein. Er besitzt das Talent, die Menschen für sich einzunehmen und sie durch kleine und große Aufmerksamkeiten an sich zu binden, aber sich selbst weiß er immer aus allem herauszuhalten. Er gibt sich nie preis, hat gegen niemanden auch nur den Anflug von Herzlichkeit, sogar gegenüber seinen engsten Freunden, zu denen ich nicht zähle. Es geht ihm immer nur um sich selbst, um seine Eigenliebe, die gebauchpinselt werden muss, und danach richtet er sein ganzes Handeln konsequent aus. Ein solches Wesen sollten die Menschen nicht um sich herum aufkommen lassen. Ich betrachte Goethe wie eine stolze Prüde, der man ein Kind machen muss, um sie vor der Welt zu demütigen. An meinem guten Willen liegt es nicht, wenn ich nicht mit aller Kraft auf ihn eindresche, an einer Stelle, die ich bei ihm für die tödlichste halte.
Körner:	Woran liegt es dann?

XXIII

Innen. Tag. Schillers Weimarer Wohnung.

Charlotte:	Mutter quält sich mit Zahnschmerzen. Es ist bitterkalt.
Schiller:	Wenn alle Winter so streng wären, müsste man der Sonne um zehn Grade näher rücken.
Charlotte:	Caroline ist von Depressionen niedergedrückt, weil ihr der Herr Gemahl auf die Nerven fällt.
Caroline:	Wohl hätte das Schicksal Schiller und mich auf der allernährenden Erde der allernährenden Sonne näherbringen sollen. Aber es ist stumm und antwortet mit keiner Silbe auf unsere Warums. Ich habe in den dunklen Tagen schrecklich an Heiterkeit und Lebensmut verloren und wenn die Frühlingsluft meinen Nerven keine neue Elastizität gibt, weiß ich nicht, wie mir das Leben hingehen soll.

Charlotte:	Aus lauter Langeweile lese ich sogar medizinische Fach- bücher, bis ich merke, dass auch das eine tiefere Bedeutung hat. Schiller, ich lade Sie nach Lauchstädt ein.
Schiller:	Was soll ich in Lauchstädt?
Charlotte:	Uns beide besuchen, wenn wir dort im Sommer Kur ma- chen. Von dort aus kämen Sie ganz leicht nach Leipzig zu Ihrem Freund Körtner und hätten auf diese Weise eine perfekte Ausrede für Ihrern Abstecher, ohne dass wir ins Spiel kämen. *(Sie schweigt eine Weile. Zu Caroline)* Dass ich ihn nach Lauchstädt einlade, stört dich nicht?
Caroline:	Ein bisschen plötzlich kommt es schon. Nach den jüngsten Liebesgrüßen der Kalb war ich darauf gefasst, dass du eine Weltreise antreten würdest. Hattest du nicht laut darüber nachgedacht?
Charlotte:	Das hat sich zerschlagen.
Caroline:	Warum?
Charlotte:	Weil ich kein Mann bin.

XXIV

Innen. Abends. Geräusch einer schwatzenden und tanzenden Menge in einem großen Saal. Musik im Hintergrund. Maskenball.

Chronistin:	Bals en Masque oder sogenannte Redoute im neu erbauten Komödien- und Redoutenhaus am Theaterplatz zu Weimar mit den Hof- und Stadtmusikanten.
Caroline:	Öffentliche Redoute, für Bürgerliche und Adel gleicherma- ßen. Höhepunkt der Wintervergnügungen mit vielleicht dreihundert Besuchern.
Charlotte:	Die Eintrittsbillets hat Mutter beim Hofmarschallamt im Roten Schloss besorgt.
Körner:	*(abfällig)* Ein taktisch kalkuliertes Beiseitestehen vorm Ka- minfeuer, die Figuren mehr entblößt als versteckt hinter

den Dominos und Tabarros mit halber Gesichtsmaske. Auf der einen Seite die zur Salzsäure erstarrte Kalb, eskortiert von ihrem Gatten, dem altgedienten Premierlieutenant in französischen Diensten, dem Helden aus dem amerikanischen Unabhängigkeitskrieg, auf der anderen Seite die zwei blinzelnden Schwestern Lengefeld mit ihrer Mutter Louise.

Caroline: Man tritt einander auf die Füße. Chère mère, vom Drang beseelt, Charlotte als Hofdame unterzubringen, sondiert zwischen Menuett, Dreher und Contretanz die Lage. Herzogin Luise zeigt sich seit ein, zwei Jahren interessiert, zumal ihr von ihrer Freundin, der Charlotte von Stein, heftig zugeraten wird, aber die glänzt durch Abwesenheit.

Charlotte: Mir schmeckt Mutters Eifer nicht. Eigentlich habe ich die Menschen zu keiner Zeit lieber, wie wenn ich allein bin und nicht unter ihnen kreisen muss. Ich glaube, ich werde mir irgendwann eine Einsiedelei bauen.

Caroline: Unpraktisch für eine Hofdame.

Körner: Zwischen den vier Weibern Freund Schiller mit ängstlich eingezogenen Schultern und stumm wie eine Statue.

Charlotte: Ich denke, jetzt muss er doch endlich einmal zum Angriff übergehen, wann sonst?

Caroline: Aber nichts tut sich. Gott sei Dank.

Charlotte: Ich mit so einem Hals, als die Redoute zu Ende ist.

Körner: Tage später erscheinen plötzlich rosafarbene Briefchen hier und malvenfarbenen Billetchen da. Ich brauche, so hoffe ich, als Heiratsvermittler nicht mehr einzugreifen.

XXV
Innen. Lengefeldsche Wohnung. Brechendes Briefsiegel.

Charlotte: Mir fliegt der Puls.

Caroline: (*liest, fasst zusammen*) Statt klare Verhältnisse zu schaffen, hält Schiller uns an, beide!, über seinen »Geisterseher« nachzudenken, den er gerade beim Wickel hat. Wir sollen ihm kundtun, wie wir uns den Charakter einer seiner Hauptfiguren vorstellen.

Charlotte: Ich muss ihm ein Porträt schicken, weil ich doch so kritisch eingestellt sei gegen die anderen Schriftsteller, gegen Herder und Göcking und Mirabeau. Irgendetwas Verzwicktes verlangt er. Ein romantisches Ideal von einer liebenswürdigen Schönheit, das aber zugleich so beschaffen sein muss, dass jeder gleich merkt, es ist nicht echt, sondern eine eingelernte Rolle, denn seine liebenswürdige Griechin, auf die sich das Ganze bezieht, ist in Wirklichkeit eine abgefeimte Betrügerin. Ein Trick.

Caroline: Das soll ein Trick sein? Leicht zu durchschauen. Er will unsere Vorstellung von Weiblichkeit auskundschaften.

Charlotte: Eine Prüfung vielleicht.

Caroline: Du wirst sie bestehen, wenn du ihm schreibst, was du Knebel geschrieben hast. Die Sache mit dem Strickstrumpf.

Charlotte: Dass ich über dem Bücherlesen den Strickstrumpf nicht vergesse, damit neben meinem Kopf auch meine Hände beschäftigt sind? Dass ich für mich selbst sorge und dabei meine Weiblichkeit nicht vernachlässige?

Caroline: Das ist wenigstens gut gelogen. Stimmt es, dass Schiller dich neuerdings seine »kleine Maus« nennt?

Charlotte: Ja. Warum?

Caroline: Ich heiße bei ihm »die große Frau«.

Charlotte: Er ist überzeugt davon, dass unsereins zu nichts anderem geschaffen ist als dazu, die liebe heitere Sonne nachzuahmen und das Leben durch Milde zu erheitern. S i e hingegen …

Caroline: Die Männer.

Charlotte: Sie stürmen und regnen und schneien und machen Wind. U n s e r Geschlecht aber …

Caroline: Das der Weiber.

Charlotte: Soll die Wolken zerstreuen, die sie zusammentreiben, den Schnee schmelzen und die Welt durch Sonnenglanz verjüngen. Er sagt: »Sie wissen, was ich von der Sonne halte, liebste Charlotte. Das Gleichnis ist also das Schönste, was ich von ihrem Geschlechte sagen kann, und ich habe es auf Unkosten des meinigen getan.«

Caroline: Nun, wenn er das sagt . . .

XXVI

Außen. Tag. Stadtgeräusche in Weimar (Fuhrwerke u. ä.). Spaziergang.

Körner: Den Schwestern erfrieren die Pflanzen.

Schiller: Mir auch.

Körner: Richtig. Die eine, die du besitzt.

Schiller: Ein Geschenk der Lengefelds.

Körner: Deshalb getraust du dich nicht, den Verlust dieses armen, kleinen Geschöpfchens einzugestehen.

Schiller: Caroline hat mir gebeichtet, dass ihr dasselbe Missgeschick widerfahren ist. (*Pause. Schritte. Er hustet.*) Nachdem ich vierzehn Tage lang lebendig in meinem Zimmer begraben war wegen meiner Arbeit, atme ich endlich wieder im Freien.

Körner: Wie gewöhnlich im Hemd.

Schiller: Ich hatte die Stärkung nötig. Die frische Luft und der geöffnete Boden rufen mir die Szenen des vorigen Sommers ins Gedächtnis zurück. Der Weg von Volksstädt um die schöne Ecke herum bei der Brücke, die Berge jenseits der Saale, vom Abendrot beleuchtet, Rudolstadt vor mir und von weitem der grüne Pavillon, den mein Perspectiv gerade noch so erreicht — all das steht wieder so lebendig vor meinen Augen. Seit ich von Rudolstadt zurück bin, ist der Weg nach dem Belvedere mein Lieblingsspaziergang.

Körner: Aber auf dem begegnest du nicht den Schwestern.

Schiller: Leider. Ich halte mich an der Hoffnung fest, sie im Sommer öfter zu sehen, spätestens in Lauchstädt. Das ist zur Zeit das einzige Labsal für meine geschundene Seele, um so mehr, als mir eine große Ödnis bevorsteht.

Körner: Wovon sprichst du?

Schiller: Wenn ich der Geschichtsprofessur teilhaftig werden will ...

Körner: Der Philosophieprofessur!

Schiller: Wenn ich einer Professur teilhaftig werden will, werde ich mich gezwungen sehen, mich zwei, drei Jahre lang gegenüber jeder anderen Tätigkeit tot zu stellen, weil ich in einem Berg aus Tausenden geistlosen, steinalten Schriften herumwühlen muss. Die Vorstellung, dass ich mit mit den Schwestern dann wenigstens die Saale gemeinsam habe, bereitet mir unendliches Vergnügen. Mich wird der Fluss immer daran erinnern, dass er von Rudolstadt her kommt . . .

XXVII

Innen. Tag. Stube in Rudolstadt.

Charlotte: (*zitiert*) ». . . Mich wird der Fluss immer daran erinnern, dass er von Rudolstadt her kommt.«

Caroline: Ist das alles?

Charlotte: Wie: alles?

Caroline: So etwas Ähnliches schreibt er auch mir, nur anders.

Charlotte: So? Wie denn?

Caroline: Es walte eine unglückliche Sympathie zwischen uns.

Charlotte: Eine was?

Caroline: Lies selbst! (*Reicht einen Brief.*)

Chronistin: Donnerstagabend, den fünften Februar. Das Wetter bessert sich. Schiller nennt es »umgänglich«.

Charlotte: (*zitiert*) »Pläne machen ist etwas Angenehmes. Die Bäder scheinen Ihnen nicht verleidet zu sein, weil Lauchstädt auf das Tapet gekommen ist.« — Aber der Brief ist an mich!

Caroline:	Wirklich?
Charlotte:	Da steht es! »Lottchen«.
Caroline:	Verzeih! Ich verwechsle das immer.
Charlotte:	(*zitiert*) »Wenn Sie in Lauchstädt vergnügt leben, wird es wohl auch gesund sein. Ihr Plan wegen des Rendezvous' mit Körner ist so übel nicht. Von meiner Seite würde die Ausführung keine Schwierigkeiten machen. Aber von der Körnerschen . . .«
Caroline:	Aha.
Charlotte:	»Von der Körnerschen um so mehr, denn für ihn wäre es eine ziemliche Investition, und dann hab ich keine Ahnung, ob seine Frau nicht künftigen Sommer in die Wochen kommt, was ihn für alle Pläne unbrauchbar machen würde.
Caroline:	Wieso »ihn«?
Charlotte:	(*zitiert*) »Für die Myrte vielen Dank. Es ist doch etwas Lebendes und kommt von Rudolstadt.«
Caroline:	Erklärung?!
Charlotte:	»Dieser Tage habe ich den Strauß wiedergefunden, mit dem Sie mich an meinem Geburtstag angebunden haben.«
Caroline:	Strauß? Willst du mir nicht endlich . . .
Charlotte:	Nur ein neckischer Einfall. (*zitiert*) »Weil Sie es nun einmal übernommen haben, sich mit meinen Kommissionen zu beschweren, bitte ich Sie, mir ein neues Pfund Tee über den vorigen Kanal zu verschaffen. Seien Sie aber so gut und schreiben den Preis darauf; ich hab' ihn reineweg vergessen«.
Caroline:	Kommissionen?
Charlotte:	Besorgungen.
Caroline:	Ich weiß, was Kommissionen sind.
Charlotte:	Warum fragst du dann? Sag bloß, du machst ihm keine?
Caroline:	Doch, doch.
Charlotte:	Mich zum Beispiel bittet er, ich solle mir von Knebel, falls ich ihm mal wieder schreibe, die Elegien von Properz ausbitten, die er übersetzt hat.
Caroline:	Daran scheint ihm viel zu liegen.

Charlotte:	An Knebel oder dem Properz?
Caroline:	An beidem.
Charlotte:	Was steht in den Briefen an dich?
Caroline:	Ach Gott, er fragt, warum uns das Schicksal trennte. Er sei sich sicher, wie er es nur von wenigen Dingen ist, dass wir einander das Leben recht schön und heiter machen könnten, dass nichts von alledem, was die gesellige Freude so oft stört, die unsrige stören würde.
Charlotte:	Die Eurige?
Caroline:	Meine und seine.
Charlotte:	Du meinst: Meine und seine!
Caroline:	Wie kommst du darauf?
Charlotte:	Weil er mir dasselbe schreibt!
Caroline:	Dass er daran denkt, wie schön sich jeder Tag für ihn beschließen ließe . . .,
Charlotte:	. . . wenn er sich nach Beendigung seines Tagewerks zu mir flüchten und in meiner Nähe den besseren Teil seines Wesens . . .
Caroline:	. . . aufschliessen und geniessen könnte.
Charlotte:	Wortwörtlich! Alle neuen Ideen, die wir erwürben, alle neuen Anschauungen der Dinge und unsres Selbsts . . .
Caroline:	. . . würden uns doppelt wichtig, ja sie erhielten erst ihren wahren Wert, wenn wir die Aussicht vor uns hätten . . .,
Charlotte:	. . . sie unsrer Freundschaft als neue Schätze, als neue Genüsse zuzuführen.
Caroline:	Auf den Punkt! Wir überböten uns gegenseitig in unserem Eifer . . .,
Charlotte:	. . . unsern Geist mit neuen Begriffen und unser Herz mit neuen Gefühlen zu bereichern.
Caroline:	Bei mir haben Geist und Herz die Plätze getauscht. Er fragt, warum das nicht möglich sein solle.
Charlotte:	Wenigstens eine Antwort wüsst' ich. Du wirst doch die Abwesenheit deines Gatten nicht etwa ausnutzen? Gegen mich?

Caroline:	Brauchst du die Anwesenheit meines Herrn von Beulwitz, um deine Sache selbst in die Hand zu nehmen?
Charlotte:	Soll ich denn meine Sache selbst in die Hand nehmen, wo Schiller sie gleichzeitig dir überantwortet? Zugegeben, das gefällt mir, dich plötzlich in einer Lage zu sehen, die der meinen gleicht. Endlich muss ich einmal nicht das Gefühl haben, ich sei dir unterlegen.
Caroline:	Wann jemals hattest du ein solches Gefühl?
Charlotte:	(*lacht gekünstelt*) Jemals? Immer! Seit wir so klein waren. Alles hast du mir weggenommen, von kleinauf. Bei der Wuseltrine angefangen.
Caroline:	Wer, um Himmelswillen, ist die Wuseltrine?
Charlotte:	Siehst du, du weißt es nicht mal mehr! Meine Wollpuppe, erinnerst du dich nicht? Die mit den schiefen Augen. Und jetzt fängst du wieder damit an.
Caroline:	Ich frage doch nur, ob du die Anwesenheit meines Herrn von Beulwitz brauchst.
Charlotte:	Das ist es eben! Du fragst, aber es klingt wie eine Feststellung. So etwas fällt dir immer ganz leicht, weil du nicht über die Wörter stolperst wie ich. Mir fehlen die Wörter, vor allem die für die Gefühle, wenn ich sie erklären muss, soll. Ich hoffe nur, dass Schiller auch ohne viele Wörter aus meinem Munde begreift. Dass ich den Wert seiner Freundschaft nicht weniger zu schätzen weiß als . . . als . . .
Caroline:	Beruhige dich! Er hat meinen Geburtstag vergessen.
Charlotte:	Stimmt, das hat er mir, ganz beschämt, gebeichtet. Und was kam dann? Er meinte, er hätte deinen Geburtstag nicht wirklich vergessen, denn ihm wäre es, ohne es zu wissen, genau zur nämlichen Stunde, endlich gelungen, »Die Künstler« zu Ende zu bringen, die Hymne, die er für das Beste hält, das er bis jetzt fertiggebracht habe auf diesem Gebiet. Ob das nicht ein Zeichen für den Zusammenhang der Dinge sei? Nun frage ich dich: für einen Zusammenhang welcher Beschaffenheit?

XXVIII

Innen. Tag. Frühling. Geräusche Weimars hinter Schillers Wohnungs-
fenstern.

Chronistin: Zu Ende des März' schneit es wieder, und alles liegt traurig, wie Schiller findet. Die schlechte Luft drückt seine
Seele, und der Schnupfen tyrannisirt ihn acht Tage. Dann
hat er eine Leiche im Haus. Die älteste Volgstedt ist am
Vierundzwanzigsten gestorben.

Schiller: Auf dem Weg nach Jena — da will ich mir eine Wohnung
suchen — habe ich zu Pferd einen Abstecher nach Rudolstadt unternommen, zu den Lengefelds. Für einen Tag nur.
Kaum hatten die Frauen Luft geschnappt, war ich auch
schon wieder fort. (*Er lacht.*)

Körner: Bist du eigentlich auf beide Schwestern scharf?

Schiller: Das könnte reizvoll sein, findest du nicht?

Körner: Was genau?

Schiller: Wenn wir — Lotte, Line und ich — alles zu dritt unternäh-
men, wenn wir allen und allem unseren dreifaltigen Stempel
aufdrückten. Ich denke, es gibt Fälle, in denen Liebe auch
ohne Moralität auskommt.

Körner: Beispiel?

Schiller: Ein Mensch, der liebt, tritt quasi aus der bürgerlichen Ge-
richtsbarkeit heraus. Er steht einzig unter den Gesetzen der
Liebe. Andere Pflichten, andere moralische Maßstäbe sind
auf ihn in seinem erhöhten Sein nicht mehr anwendbar.

Körner: Dasselbe träfe für die Kalbs, die Schmidts, und wie sie alle
heißen, ebenso zu.

Schiller: Nein. Denn die bieten mir nicht dieses nie gekannte Gefühl
von Sicherheit. Mag sein, das kommt, weil die Lengefelds
gebildeter sind als sonst irgendwelche Frauenzimmer.
Erstaunlich eigentlich für den Kleinstadtmief, aus dem
sie stammen. Was das betrifft, kann sich sogar manche

aus Weimar verstecken. Man wird es den beiden immer anmerken, dass sie mit dem Grandison aufgewachsen sind.

Körner: Das verstehe, wer will. Noch vor ein paar Wochen hast du dich über diese Dorothea Schlözer mokiert, ihre Inauguration sei eine Farce. Jetzt plötzlich findest du deinen Gefallen an den gebildeten Frauen. Glaubst du allen Ernstes, dass sich eine, die ihre Jugend am wohltemperierten Klavier vergeudet hat, jemals an die dissonanten Urlaute in der Kinderstube gewöhnen kann?

Schiller: Steht der Mensch unter Zwang, vermag er vieles.

Körner: Mir würde das auf die Dauer langweilig, von dem einen geleckten Spiegel in den anderen zu blicken.

Schiller: Du verkennst die Situation. Die beiden sind grundverschieden. Caroline ist weltgewandt.

Körner: Und gibt dir die Illusion, selbst weltgewandt zu sein.

Schiller: Charlotte dagegen zeigt einen verfeinerten Widerwillen gegen alles Gemeine. Von ihrer Mutter wird sie Dezenz genannt.

Körner: Wie muss ich mir das vorstellen? Willst du die eine für die, sagen wir, Sinnen-, die andere für die Seelenliebe?

Schiller: Das ist der Plan. Reine Freundschaft ist nicht gemeint, so viel steht fest. Ohnehin kann ein Weib kein Freund sein.

Körner: Du hast den Begriff mehrmals im Munde geführt.

Schiller: Möglich. Ich verstehe Freundschaft als Geborgenheit in einem geschlossenen Zirkel.

Körner: Lass mich dir in Erinnerung rufen, dass Caroline unter zwei kleinen Schönheitsfehlern leidet.

Schiller: Nämlich?

Körner: Erstens ist sie furchtbar verheiratet.

Schiller: Ihre Ehe, so geht zumindest das Gerücht, ist nie wirklich vollzogen worden.

Körner: Zweitens kann sie's beim schlechtesten Willen nicht lassen zu schriftstellern.

Schiller: Mein Gott, das tun sie doch alle. Lass sie! Als ich die beiden für meinen »Geisterseher« darum bat, nur mal so ins Blaue

	hinein einen Charakter zu entwickeln, war es Caroline, die mich räsonnabel behandelte. Sie hat mir eine Hintertür offen gelassen. Lottchen dagegen fertigte mich kurz und bündig ab.
Körner:	Weil es ihr dreckig ging, ausnahmsweise mal ihr, was der Herr aber nicht wahrnahm, und weil sie das Bett hüten musste.
Schiller:	Eine Frau ohne Moral könne nicht schön sein, schrieb sie mir.
Körner:	O, das hat gessesen, nicht wahr?, bei den vielen Schönen, auf die du schon hereingefallen bist. Wahrscheinlich haben die beiden den Braten gerochen.
Schiller:	Welchen Braten?
Körner:	Dass deine Bitte ein Examen war.

XXIX

Innen. Tag. Lengefeldsches Anwesen in Rudolstadt. Von sehr ferne Revolutionsmusik und das Geräusch nervöser Menschenmassen.

| Caroline: | Unser Cousin Wilhelm schreibt Briefe aus Paris, die von mir aber nicht gerne gelesen werden, weil sie immer so kurz und pressiert sind, ganz im Gegensatz zu denen Schillers. |
| Charlotte: | Ich verschlinge sie. Neulich teilt er mir mit, dass er, auf meine Bitte hin, denn ich hatte ihm ja einen Auftrag mitge-geben, für mich drei Franzosen ausfindig gemacht habe, nicht einen, sondern gleich drei. Mit aller erdenklichen Mühe habe er in jedem Café, in jedem Theater, sogar auf dem Spaziergang nach dem Ideal geforscht, dass ich mir vor seiner Abreise von einem vollkommenen Mann machte, und er sei glücklich, drei Subjekte gefunden zu haben, an denen ich gewiss nichts auszusetzen haben werde: ein Abbé, der seinen Talar an den Nagel hängen will und sich mit Heiratsgedanken herumschlage, ein — ich traue mich beinahe nicht, es auszusprechen — Kapitän und gar ein Herzog. |

Caroline: Ein Captain?
Charlotte: Ein Kapitän. Zur See.

XXX
Außen. Tag. Jena. Garten. Spazierschritte. Vögelzwitschern. Wind.

Chronistin: Mitte März mietet sich Schiller in der Jenaer Jenergasse
              neunzehn ein, bei den beiden unverheirateten Töchtern des
              verstorbenen Superintendenten Schramm, beide im Alter
              über fünfzig. Er nennt die Wohnung seine »Schrammei«.
              Inzwischen betreibt Charlotte von Kalb ihre Scheidung
              weiter, um Schiller heiraten zu können, wobei sie auf die
              Unterstützung durch den Generalsuperintendenten Herder
              hofft.

Schiller: Vielleicht deshalb nimmt sich Charlotte in diesem Winter
              gesünder und heiterer aus als im vergangenen.
Charlotte: Ich?
Schiller: Frau von Kalb. Wir stehen recht gut miteinander, aber ich
              habe Prinzipien von Freiheit und Unabhängigkeit in mir
              aufkommen lassen, denen sich mein Verhältnis zu ihr wie zu
              allen übrigen Menschen bedingungslos unterwerfen muss.
Charlotte: Apropos Freiheit und Unabhängigkeit. Ich lese gerade Jo-
              hannes von Müllers »Geschichte der Schweizerischen Eid-
              genossenschaft« und bin enchantiert.
Schiller: Ich will es Ihnen nachsehen. Bei Ihrer Bewunderung der
              Schweizerischen Helden mag eine Vorliebe für das Land
              eine Rolle spielen, die daher rührt, dass Sie es in einer sehr
              empfänglichen Phase Ihres Lebens kennenlernten. Wie alt
              waren Sie?
Charlotte: Kaum siebzehn. Für beinahe ein ganzes Jahr war ich dort,
              mit Schwester und Schwager. In Veyvey am Genfer See.
              Zum ersten Mal roch ich, wie es draußen in der Welt zugeht.

Schiller:	Sehen Sie. Und nun zieht es Sie dorthin zurück, weg aus der thüringischen Provinz. Das macht in ausreichendem Maße deutlich, warum sie die Eidgenossen verklären.
Charlotte:	Ich verkläre sie nicht.
Schiller:	O doch. Ich mache den Schweizern Tapferkeit und Heldenmut durchaus nicht streitig. Aber ich danke dem Himmel, dass ich unter Menschen lebe, die einer so großen Handlung, wie es die Tat des Winkelried ist, nicht fähig sind. Ohne das, was die Franzosen férocité nennen, kann man einen solchen Heldenmut nicht äußern, die Heftigkeiten, zu denen der Mensch in einem Zustande roher Begeisterung fähig ist, kann man der Gattung bestenfalls als Kraft, aber dem Individuum nicht als Größe anrechnen.
Charlotte:	So . . .

XXXI

Außen. Tag. Universitätscampus. Studentisches Treiben.

Chronistin: Zu Anfang des Aprils erkältet sich Schiller auf einem Spaziergang im »Stern«. Die Weiterarbeit am »Geisterseher« hindert ihn sowohl an der Vorbereitung seiner Universitäts-Kollegien, als an der Herausgabe jener Schriften, die er plant, um einen Kredit tilgen zu können.

Körner: Dreihundert Taler. Vor Jahren hat er ihn beim Geldverleiher Beit in Leipzig aufgenommen, zu einem Zinssatz von fünf Prozent, und ich habe, wieder einmal, dafür gebürgt.

Chronistin: Schiller bittet den Dekan Suckow von der philosophischen Fakultät in Jena, ihm die Doktorwürde zu verleihen.

Körner: So fremd, wie ihm der Universitätsbetrieb ist, muss er Hufeland angehen, ihm aus der Verlegenheit zu helfen

128

und, Titel und Formular betreffend, ein Schema aufs Papier zu werfen, nach dem er seinen lateinischen Bettelbrief abfassen kann, ohne sich zu blamieren. Zu Ende des Monats überweist er an mich dann doch Geld zur Tilgung der Breitschen Schuld. Zweiundzwanzig Karolin. Keine Ahnung, wo und von wem Freund Schiller die aufgetrieben hat. Eines muss ich ihm lassen: Seinen Verpflichtungen ist er stets nachgekommen, wenn auch sonstwann.

XXXII
Außen. Tag. Jena. Möbeltransport. Schimpfende Packer.

Chronistin: Am zwölften Mai übersiedelt Schiller nach Jena.

Schiller: Ich finde es ansehnlicher als Weimar. Längere Gassen, höhere Häuser. Das zeigt einem, dass man in einer Stadt ist. Bloß: An allen Ecken stolpert man über Bettler. Hunderte von Bettlern. Mein Logis, gleich gegenüber dem Gasthaus »Tanne«, besteht aus drei Teilen. Es ist ziemlich hoch, mit hellen Tapeten, vielen Fenstern, und alles ist entweder ganz neu oder gut renoviert. Möbel habe ich reichlich und schön: zwei Sofas, einen Spieltisch, drei Kommoden und anderthalb Dutzend Sessel, mit rotem Plüsch ausgeschlagen. Eine Schreibkommode habe ich mir selbst machen lassen, die hat mich zwei Karolin gekostet. Ein Vorzug meiner Wohnung ist der Flur, der überaus geräumig, hell und reinlich ist. Ich habe zwei alte Jungfern zur Untermiete.

Körner: Halblang! Die beiden alten Jungfern sind deine Vermieterinnen. Immer hübsch bei der Wahrheit bleiben!

Schiller: Sie sind sehr dienstfertig, aber leider auch sehr redselig. Sie kochen für mich, zwei Groschen das Mittagessen, wofür ich dasselbe habe, was mich in Weimar das Doppelte kostete. Wäsche, Friseur, Bedienung und dergleichen wird alles vierteljährlich bezahlt, und kein Artikel kommt mich teurer als zwei Taler, so dass ich schwerlich über vierhundertundfünfzig Taler brauchen werde. Aber! Aber die Jenaer haben mir einen dummen Streich gespielt. Sie sagten mir, ich würde mit dreißig Talern für das Magisterdiplom wegkommen, nun werden vierundvierzig dafür gefodert und ich denke, einige Karolinen werden sie mir in Jena noch für andere Zeremonien abknöpfen, diese Hunde. Weil ich mein Geld fast bis auf den Gulden genau berechnet habe, entsteht dadurch eine Lücke, von der ich nicht gleich weiß, wie ich sie zustopfen soll. In Weimar hatte ich sehr wenig Umgang. Die Leute wunderten sich anfangs, nachdem ich von Rudolstadt zurückgekommen war, über meine Unsichtbarkeit, aber bald gewöhnten sie sich dran, wie es eben so geht. Ich habe einige Diners und Soupers ausgeschlagen, und dann sind die Einladungen ausgeblieben. Bertuch, Voigt und einige andere haben mich manchmal besucht und ich im Gegenzug sie, Wieland traf ich oft in vier Wochen nicht und ließ die Bekanntschaft nur hin und wieder über einen Billetwechsel weitervegetieren, wenn wir Geschäfte miteinander hatten. In Jena habe ich dagegen ziemlich bald Anschluss gefunden, auch weil in der »Schrammei« nicht nur Professoren, sondern auch Studenten wohnen. Dennoch will ich Jena sobald wie möglich mit einer anderen Stadt vertauschen. Zwei, drei mühselige Jahre wird es mich allerdings kosten.

Körner: Das sagtest du bereits. Mehrmals.

Schiller: Ich hoffe, ich kriege sie mit viel Arbeit glimpflich herum. Wenigstens hat die Stadt drei Bibliotheken. Auch wird hier halbjährlich ein Club unter den Professoren veranstaltet. Zuweilen gibt man Konzerte oder Bälle. Als ich neulich bei einem auftauchte, mögen an die hundert Menschen dort gewesen sein, und für eine solche Menge, die immerhin zur Hälfte aus Studenten bestand, ging es relativ gesittet zu. Man bezahlt halbjährlich acht Taler, wofür man fünfundzwanzig Mal zu Abend isst, versteht sich, dass man für den Wein extra zu sorgen hat. Ich habe abonniert, ohne mir viel Vergnügen davon zu versprechen. Für feineren Umgang, wozu Frauen gehören könnten, ist schlechterdings nichts zu hoffen. Ich bekam allerlei Gesichter zu sehen. Eine Mademoiselle Zickler war das hübscheste darunter, aber dabei auch leer und seelenlos. Ich nahm meine Zuflucht zum Spielen und langweilte mich mit dem Kirchenrat Griesbach und dem Dekan Suckow beim Taroc-Hombre. Es gibt hier einen gewissen Geheimen Hofrath Eckardt, einen Juristen, der Vermögen und einen vorzüglichen Einfluss bei der Akademie besitzt. Er hat eine unverheiratete Tochter, mit der man mich verkuppeln will.

Körner: Ich glaubte, du hättest dich entschieden.

Schiller: Für wen?

Körner: Die Lengefelds.

Schiller: Die sind adlig.

Körner: Aber gute Partien. Die Mutter ist seit Mai Hofmeisterin bei den beiden Töchtern des Erbprinzen.

Schiller: Sie muss arbeiten gehen mit ihren sechsundvierzig Jahren, weil sie nichts geerbt hat. Sie weiß ganz genau, wie es ist, wenn es so ist, wie bei mir, einem Nichts ohne Etwas. Ihre Töchter wissen das nicht. Die machen sich ihre Hände nicht schmutzig. Wenn es denn so ist, wird der arme Garten nun wieder der Verwilderung anheim fallen, weil seine Gebieterin die Hand von ihm abzieht. Ich bewundere den herkulischen Mut, mit dem die Chère mère sich der sauersten Arbeit unter der Sonne unterziehen will. Die hochfürstliche Familie sollte im Hemd und mit Wachskerzen in der Hand eine ganze kalte Winternacht lang vor ihrem Fenster vorüber prozessieren und Kirchenlieder dafür singen, dass sie ihr ein solches Opfer bringen will.

Hofmeisterin beim Erbprinzen! Gewiss, wir beide, die Chère mère und ich, werden ab sofort sehr nützliche Glieder des Staates sein. Nur: vermögend macht uns das nicht. Weder sie noch mich.

Körner: Dann ist die Mamsell Schmidt also noch nicht ganz aus dem Rennen? Gehört sie nicht zu der Whistpartie, die du im Weimarer Klub aufgemacht hast?

Schiller: Woher weißt du denn das schon wieder?

Körner: Du sollst bei ihr einen guten Stand haben. Angeblich ist sie reich und zu allem Überfluss auch noch hübsch, und sie habe eine gewisse Kultur. Wäre es nicht der Mühe wert, zu untersuchen, was dich von ihr entfernt, wenn sie dich nicht unwiderstehlich anzieht?

Schiller: Ihre Eltern, wohl auch sie selbst, schielen zu sehr nach dem Geld, das ich nicht habe, vor allem der Herr Geheimrat, der Zerberus, der auf der herzoglichen Schatulle sitzt. Vielleicht wäre die Tochter nicht ungeneigt, aber die Alten sind eben immer noch davor.

Körner: Wenn es dir ernst ist, solltest du nicht so lange zögern wie üblich. Es heißt, sie wäre schon so gut wie verlobt, mit einem reichen Frankfurter.

Schiller: Da kannst du mal sehen! Übrigens gibt es noch ein Mädchen, das mir nicht übel gefällt, ich kenne es von früher. Es ist die jüngste Schwester der Reichardt und Ettlinger in Gotha, eine Seydler. Hübsch ist sie nicht, und sie hat nicht viel Geist, aber dafür viel Gefälliges und viel Güte. Sie lebt hier mit ihrer Mutter und ihrem Bruder, der Stallmeister bei der Universität ist. Sie hat eine gute Erziehung und eine gehörige Feinheit im Umgang, die man sonst selten findet in der Provinz. Geld ist da nicht vonnöten.

Körner: Deinen Humor möcht' ich haben.

XXXIII

Innen. Tag. Vorlesungssaal. Geräusche eines sich mit Menschen füllen-
den Saales und studentischen Beifalls.

Caroline: Wenn doch der Himmel einem von uns ein Übel bescherte!
Ein unschädliches, aber anhaltendes. Das wäre ein guter
Vorwand, um den Sommer über bei Schiller in Jena zu leben.

Charlotte: Sein Einstand an der Universität lässt sich prächtig an. Am
sechsundzwanzigsten Mai will er seine Antrittsvorlesung
halten. Sie soll in der Abendstunde von sechs bis sieben
stattfinden. Er wartet in der Wohnung seines Freundes
Reinhold, bis die Zeit heran ist. Da sieht er Trupp auf
Trupp die Straße heraufkommen und am Fenster vorbei-
ziehen. Die Masse wächst immer weiter an, bis der
Hörsaal sie nicht mehr fassen kann. Schon sind Vorsaal,
Flur, Treppe mit Leibern verstopft. Man bittet Schiller,
stattdessen im größten Hörsaal der Universität zu lesen.
»Nach Griesbach's Auditorium!«, heißt die Losung. Man
ruft sie von allen Seiten. Die bunte Menge stürzt in hellen
Zügen die Straße hinunter: Jeder will der erste sein und
sich einen guten Platz sichern. Die ganze Stadt kommt
in Alarm, alle Fenster in Bewegung, sogar die Wache am
Schloss. Viele glauben, es sei Feuerlärm. »Was ist denn,
was gibt's?«, rufen die einen. »Schiller wird lesen!«, rufen
im Vorübereilen die andern. Hörsaal, Vorsaal und Hausflur
bis an die Haustür sind mit Scharen von Studenten
besetzt, viele stehen auf den Bänken und an den offenen
Fenstern. Nach einer Weile kommt Schiller, von Reinhold
begleitet. Er zieht durch eine Allee von Zuschauern und
Zuhörern und besteigt das Katheder, das er kaum finden
kann, unter dem lauten Jubel der akademischen Jugend.
Ich weiß, dass Schiller die Massen hasst. Was meint: Er
ängstigt sich vor ihnen. Aber diesmal hält er durch wie ein
Schauspieler in einem Amphitheater. Er liest und liest mit

einer Sicherheit und Stärke, dass man jedes Wort sogar an der Tür hören kann. Sein Vortrag macht Eindruck. Den ganzen Abend hört man in der Stadt davon reden. Ihm widerfährt eine Aufmerksamkeit von den Studenten, die bei einem neuen Professor einmalig ist: Er bekommt eine Nachtmusik. Dreimal wird Vivat gerufen, nachdem er ans Fenster treten musste. — Den nächsten Tag, bei der zweiten Vorlesung, nach der ich erfahre, dass Schiller den Vorschlag Körners, eine gewisse Karoline Schmidt zu heiraten, endgültig abgeschmettert habe, ist das Auditorium genauso stark besetzt, sogar noch stärker, man spricht von vierhundertachtzig Zuhörern, an die fünfzig haben sogar keinen Platz gefunden. Dabei liest Schiller beidemale vom Blatt ab, was ich für ziemlich langweilig erachte, und nur bei der zweiten Vorlesung extemporiert er ein wenig. Da kündigt sich etwas an, das ich bedenklich finde. Schiller hat ein miserables Gedächtnis, weswegen er sich gezwungen sieht, seine Vorlesungen Wort für Wort niederzuschreiben, jeden Tag fast zwei gedruckte Bogen voll, oder besser gesagt jede Nacht, dazu kommen noch die vielen Stunden, die er auf Lesen und Exzerpieren verwendet. Man kann sich vorstellen, wieviel Zeit ihm übrig bleibt. Dergleichen verbessert natürlich nicht seinen Gesamtzustand. Entweder ist er unausgeschlafen und mürrisch, oder er fühlt sich geknebelt durch die ungeliebte Sklavenarbeit. An die Konsequenzen ist nicht wirklich zu denken. Ich hoffe: Sollte sein Erfolg andauern, dürfte es ihm im kommenden halben Jahr niemand verübeln, wenn er das Kollegium, das am besten läuft, gegen einen Obolus privat liest und eines, das weniger besucht ist, öffentlich. Es müsste doch mit dem Henker zugehen, wenn er auf diese Weise nicht genug Geld verdienen wollte. (*träumerisch*) Offensichtlich behagt ihm das Drumherum seiner jetzigen Existenz. Seine Freunde tragen ihn auf Händen, sein Humor mausert sich, er erscheint geselliger und sein ganzes Dasein hat einen helleren Anstrich.

XXXIV
Innen. Abend. Stube in Schillers »Schrammei«.

Chronistin: Als sich die Schwestern zu Anfang Juni, kurz nachdem Schiller in sein Amt eingeführt worden ist, in Lobeda aufhalten, laden sie ihn zu sich ein.

Caroline: Sie können zwei Tage bleiben.

Schiller: Donnerwetter, Ihr bemesst die Zeit für meinen Aufenthalt reichlich. Zwei Tage! Wie kann man miteinander sein in zwei Tagen? Abgesehen davon, dass wir nicht umhin kommen, die Griesbachs zu besuchen, und wenn die Gattin des Kirchenrats, diese Kupplerin, uns erst in ihrer Gewalt hat, ist kein Blumentopf mehr zu gewinnen.

Charlotte: Um die alten Bekanntschaften kommen wir nicht herum. Darum haben wir sie schließlich. Sind Ihnen in Jena keine neuen zugewachsen?

Caroline: *(lacht)* Wenigstens eine Menge Visitenkarten wird er verteilt haben.

Schiller: Alles hier ist eine alltägliche Ware und die Frauen im Besonderen sind ein trauriges Geschlecht.

Charlotte: Das trauen Sie sich, mir zu sagen?!

Schiller: Sie haben danach gefragt. Sie wissen, dass der weibliche Charakter zu meiner Glückseligkeit notwendig ist. Meine schönsten Stunden danke ich Ihrem Geschlecht – wenn ich besonders noch die Musen dazu rechne, die nicht umsonst Frauenzimmer sind. Sogar die Venus Urania ist ein Weib, und ihre irdischen Töchter sind dazu da, uns bei ihr einzuführen. Aber hier haben mich alle Götter und Göttinnen der Schönheit verlassen, denn die grimmigen

Gesichter der Gelehrten verscheuchen alles, was Freiheit und Freude atmet.

Charlotte: Es ist wahrlich nicht mein bestes Argument zugunsten des männlichen Geschlechts, dass ich finden muss, es wäre friedlicher, nur unter Frauen zu leben. Wir haben einen Grad von Festigkeit, der den Männern nicht unbedingt eigen ist.

Chronistin: Schillers dritte Vorlesung hat abermals fünfhundert Hörer. Die Schwestern sind schon wieder abgereist.

Schiller: Charlotte schickt mir Pfefferkuchen. Vielleicht weil sie ahnt, dass ich Trost nötig haben werde. Die vierte Vorlesung, die für den zehnten Juni geplant ist, muss ich um einen Tag verschieben, weil ich mich schon wieder erkältet habe. Dabei bin ich von den Schwestern nach Rudolstadt eingeladen. Sie haben das Haus ganz für sich allein. Die Mutter sitzt bei Hofe fest — »die Mama auf dem Berge«, Carolines Mann treibt sich im Ausland herum, weil er mit Ketelhodt die beiden Erbprinzen auf ihrer Kavalierstour bewacht. Am Achtzehnten reite ich tatsächlich bei den beiden ein, halbwegs genesen, und bleibe ein paar Tage.

Chronistin: Den zehnten Juli reisen Caroline und Charlotte auf Umwegen zu der lange geplanten Badekur nach Lauchstädt ab.

XXXV
Innen. Tag. Enge Stube. Schritte auf und ab. Leere Weinflaschen.

Körner: Sind sie krank, deine zwei Weiber?
Schiller: Sie machen sich aus Lauchstädt einen Spaß.
Körner: Warum fahren sie nicht nach Karlsbad wie ich? Oder zur Not nach Marienbad? Warum in diesen Pfuhl zweiter Klasse? Wo das Theater genauso fade ist wie das Wasser?

Schiller:	In Lauchstädt gehe es freizügiger zu als anderswo.
Körner:	Sagtest du nicht, bei all unserm gerühmten Freiheitssinn seien wir doch nur Sklaven und Opfer der Umstände?
Schiller:	Das ist nicht dasselbe.

XXXVI

Innen. Tag. Zimmer auf dem Dacherödenschen Gute zu Burgörner.

Charlotte:	(*zu Caroline von Dacheröden*) Ohne dass unsere Mutter davon ahnte, machten wir am Nachmittag auf dem Weg nach Lauchstädt Halt in Jena und übernachteten in Griesbachs drei Jahre altem Gartenhaus, für wo an dem Tag ein Fest geplant war, das uns schützte. Caroline verlangte von Schiller sogar, er solle sie, also uns, bei den hohen Erlen an der Saale abholen. Aber was müssen wir, kaum eingetroffen, hören? Schiller kann, weil er von irgendwelchen Pflichten abgehalten wird, erst spätabends kommen, und als er dann da ist, wie man uns mitteilt, wir ihn aber nicht sehen, und ich auf der Suche nach ihm alle Winkel durchstöbere, bekommt er mit, wie sich Goethe und Knebel um eine Konversation mit uns bemühen, und — kneift. Dann lässt er sich auch noch von dem Ehepaar Griesbach bedrängen.
Caroline:	Goethe und Griesbach kennen sich schon vom Gymnasium in Frankfurt. Ich habe immer alle gewarnt. Vor den Griesbachs muss man sich hüten. Stimmt's etwa nicht? Aber Schiller brauchte für das Treffen unbedingt ein Feigenblatt.
Charlotte:	Ich schon wieder mit so einem Hals. Am folgenden Morgen marschierten wir zu dir, liebe Li, nach Burgörner. Schiller, man hält es nicht für möglich, begleitete uns sogar eine Strecke des Weges, zog es aber vor zu schweigen, wobei wir bis heute nicht wissen, wovon.

XXXVII

Innen. Schillers »Schrammei«. Von fern Revolutionsmusik, verfremdet.

Körner: Seit Sonntag bleiben in Frankreich die Theater geschlossen.

Schiller: Eine Epedemie?

Körner: Due Revolution.

Schiller: Wäre das nicht Grund genug, in Zweifel zu geraten, ob, wenn jeder frei gesinnte Kopf in der Politik geschwiegen hätte, wirklich nie ein Schritt zu unserer Verbesserung geschehen wäre?

Körner: Hä?

XXXVIII

Innen. Zimmer auf dem Dacherödenschen Gute zu Burgörner. Geräusch einer kratzenden Schreibfeder.

Caroline: Was treibst du da?

Charlotte: Was schon. Ich schreibe ihm.

Caroline: Lass sehen! *(ein Rascheln)* Du musst nicht die Hand drüber legen, das ist albern. Ich erfahre sowieso, was drin steht.

Chronistin: Am Morgen des dreizehnten Julis neunundachtzig, eines Montags, auf dem Dacherödenschen Gute zu Burgörner.

Charlotte: *(liest laut)* Guten Morgen, lieber Freund, ich muss Ihnen hier ein Wort zukommen lassen, damit Sie sehen, dass ich an Sie denke, und dann sollen Sie auch unsere Adresse in Lauchstädt wissen. Morgen gehen wir zur Badekur dorthin und werden bei einem Tischler Küchler wohnen, dies müssen Sie demzufolge auf den Brief schreiben.

Caroline: Was war daran so Schämenswertes?

Charlotte: Hoffentlich lässt Madame Dassault die Li für eine Weile aus ihren Klauen, damit sie mitkommen kann.

| Caroline: | Not tät's. Sie ist in einer wirklich miserablen Verfassung. Den La Roche Karl kriegt sie nicht los und den Humboldt Wilhelm darf sie nicht behalten. Lauchstädt wäre so ziemlich das Einzige, was sie derzeit auf andere Gedanken bringen könnte. |

XXXIX

Innen. Schillers »Schrammei«. Von fern Revolutionsmusik, verfremdet.

Körner:	Ein Kupferstecher steigt als erster die Mauer der Bastille hinauf. Man wirft ihn hinunter und bricht ihm die Beine.
Schiller:	Ich nehme an, du bist stolz wie eine Lore Affen.
Körner:	Wie kommst du darauf?
Schiller:	War dein Schwiegervater seligen Angedenkens nicht Kupferstecher?
Körner:	Stimmt. Goethe hatte bei ihm Unterricht.
Schiller:	Es ist zum Verzweifeln.

Die Revolutionsmusik verebbt. Körner geht. Eine Tür fällt ins Schloss. Schiller allein. Er nimmt Papier und Feder hervor, schreibt und murmelt dabei.

| Schiller: | (*zu sich selbst*) Künftig werde ich zwei Tage hintereinander lesen, Dienstag und Mittwoch, von sechs bis sieben Uhr abends, dann den Rest der Woche nicht mehr — wodurch ich fünf freie Tage gewinne, die mir zur Vorbereitung unentbehrlich sind. Jedoch! (*Er hustet.*) Es kostet mich sehr viel Mut, dieses freudlose Dasein in der Fremde fortzusetzen und von nichts anderem als der Phantasie zu leben. Zwar hatte ich geglaubt, dass hier mein isoliertes Dasein nicht gut würde fortdauern können, weil ich in Jena das bin, was ich noch nie und nirgends war, nämlich DAS GLIED EINES GANZEN und zum ersten Male EIN EIGENTLICH |

BÜRGERLICHER MENSCH, aber im Grunde geht es mir nicht anders als in Weimar. Wahrscheinlich liegt es weniger an den Städten als an mir selbst. Ich fühle mich wie einer, den es an eine fremde Küste verschlagen hat und der die Sprache des Landes nicht beherrscht. Ich will mich, so oft es geht, in Gedanken in Ihre Gegenwart versetzen und mir vorstellen, wie Sie sich in ihrem kleinen Zirkel vergnügen. Caroline wird Ihnen mitteilen, ob ich Sie in Lauchstädt besuche. Ich werde tun, was möglich ist. Meine Verwirrung verzeihen Sie mir.

XL
Innen. Tag. Stube im Lengefeldschen Anwesen in Rudolstadt.

Caroline: Verwirrung? Da hätten Sie Charlotte sehen sollen! Wir packen die Reisetruhen, und sie legt das Kochgeschirr hinein. Ich schreibe eine Nachricht an unseren Lauchstädter Wirt, und sie expediert den Brief unter die Apothekenrezepte. Als sich kurz einmal der Wolzogen meldet, hoffe ich auf Ablenkung. Also auf Sammlung. Also auf irgendeinen Zustand, der nichts mit Schiller zu tun hat. Aber unser Cousin liest uns lediglich von den höchst erstaunlichen Partikularitäten in Paris vor, von denen die bedauernswerte Charlotte gleich noch viel mehr durcheinander gebracht wird.

XLI
Außen. Tag. Kurstimmung. Promenade zu Lauchstädt.

Chronistin: Im Küchlerschen Hause zu Lauchstädt, Armenhausgasse fünf. Ein sieben Jahre alter, kleinbürgerlich schlichter Bau an einer ungepflasterten Straße außerhalb der Stadt, unweit einer Schutthalde und des Armenhauses.

Blende außen — innen. Holzgetäfelter Raum. Über der Kurstimmung
von draußen Geräusche einer schreibenden Feder innen.

Chronistin: Freitag, siebzehnter Juli, abends elf Uhr.

Charlotte: Hier haben wir bislang ganz einsam gelebt, und uns erst
heute unter die große Welt gewagt — wir werden ihr nicht
über den Weg laufen, hoffe ich. Am Sonnabend und
Sonntag wollen wir uns vor der überlästigen Gesellschaft
hüten und nicht ausgehen. Wir sind glücklich mit uns
alleine. Sie werden das Haus mögen, Schiller. Eine Treppe
mit Empire-Geländer gibt es, verziert von hölzernen Ur-
nen, sie steigt zu einem winzigen Zimmer hinauf, das
bis zur Decke in Holz getäfelt ist. Über einen Sockel aus
Füllungen sind die Flächen durch Pilaster geteilt, ganz fein
profiliert, und unterhalb der Decke schließt ein geschnitzter
Eichenlaubfries ab. An das Stübchen grenzt ein Alkoven,
mit dem es durch eine Glastür verbunden ist. So wohnen
wir hier. Karolines Freundin Li, die Dacheröden, ist, als
wäre sie immer mit uns gewesen — unser Geschmack
und unser Wesen gleichen einander. Ich freue mich, dass
Sie sie kennenlernen werden. Nicht wahr, Sie kommen?
Wir wollen Sie einen schönen Pfad entlang führen, der
uns lieb geworden ist. Dicht an unserem Haus liegt eine
Wiese mit Bäumen, ein einsamer Weg, ganz unbesucht,
denn die christliche Welt findet ihn, sagen wir, unrein —
es ist der Platz, wo Gerippe und Knochen hingeworfen
werden, der ganze Abfall des Städtchens. Wir haben
schon oft darüber gelacht, dass uns diese Knochen lieber
sind als die Gesellschaft der Lebenden. Wahrscheinlich
erscheint es den eleganten Leuten wunderlich, wenn wir
den Anblick eines ausgeblichenen Kinnbackens — und
dabei nicht einmal von Menschen, sondern von Tieren —
ihren hochwohlgeborenen Häuptern vorziehen, die zwar

geschmückt, aber sicher genau so leer sind. Die Menschen hier kommen mir gar zu einfältig vor.

Caroline: Wie nicht anders zu erwarten: Li von Dacheröden kränkelt. Sie schläft im Alkoven, in dem findet nur ein einziges Bett Platz. Auf zwei Sofas im Zimmer Charlotte und ich. Das ist allerdings ziemlich beengt. Ich glaube nicht, dass es unser, also Charlottes, reifster Einfall war, Li mit hierher zu schleppen. Zu allem Überfluss kann man sich mit ihr zur Zeit über nichts anderes unterhalten als übers griechisch-römische Altertum, will man nicht gleich direkt auf Humboldt zu sprechen kommen.

XLII

Innen. Abend. Schillers »Schrammei«.

Schiller: (*zu sich selbst*) Ich frage mich, warum die beiden dann solche Lobeshymnen auf Lauchstädt singen. Charlotte behauptet, dort Erholung zu finden. Ob auch Vergnügen, weiß ich nicht. Und nun will man auch mich in diese Enge hinein ziehen. Eigentlich kann ich nicht fort aus Jena. Ich pauke rund um die Uhr, weil ich Sorge habe, den Anforderungen der Professur nicht zu genügen. Überhaupt wegen DES GANZEN MAGISTERQUARKS. Ich befürchte, dass mancher Student mehr Geschichte weiß als ich, und ich bin schon so weit, dass ich zu allen Göttern bete und wie Sancho Pansa über seine Statthalterschaft denke: Wem Gott ein Amt gibt, dem gibt er auch Verstand. Aber ich habe so einen Riesenberg Schulden, meine Teuerste. Unter anderem bei Freund Körner. Ehrlich gesagt: das meiste bei ihm. Jena ist meine einzige Chance, da herunter zu kommen. Diese verdammte Professur soll der Teufel holen! Sie zieht mir einen Louisd'or nach dem andern aus der Tasche, statt dass sie Gewinn einbringt. Die Geheimen Kanzleien von Gotha und Coburg habe ich bereits mit Kontos für Expeditionsgebühren versorgt, und mit jedem Posttag drohen mir noch zwei andere, nämlich die von den Höfen in Meiningen und Hildburghausen. Jede schröpft mich um fünf Taler, die gothasche sogar um sechs. Wenn ich als Professor der Geschichte arbeiten will, muss ich gleichzeitig Magister philosophiae werden, das kostet mich noch einmal vierundvierzig Taler, und die Einführung auf der Universität zusätzlich sechs. Da hab ich nun schon eine Summe von mehr als siebzig Talern hinzulegen, ohne was anderes als Papier dafür zu kriegen. Die Sache geht flott, schneller als man denkt, und besonders geht sie schneller, als mein Geldbeutel sich wieder füllen kann. Ein Glück nur, dass ich zur Zeit noch nicht ganz blank bin. Ich mache schon Pläne, wie ich mir etwas zusätzlich verdienen kann. Wenn ich alle meine kleinen prosaischen Aufsätze, schlechte wie gute, zusammenstelle, kommt ungefähr ein Packen von fünfundzwanzig bis dreißig Bogen heraus. Sammle ich meine Gedichte und lasse nur die ganz und gar schlechten weg, so entstehen noch einmal zehn bis zwölf Bogen. Würde mir nun pro Bogen ein Karolin bezahlt, könnte ich ungefähr vierzig Karolin einnehmen. Nach dieser Berechnung habe ich an Crusius geschrieben: Ich wolle meine Arbeiten in drei Bändchen herausgeben und verlange für den Bogen einen Karolin, aber unter der Bedingung (sine qua non) erstens, dass sie mir bezahlt werden, sobald ich ihm das Manuskript übergebe, und zweitens, dass sie erst auf künftige Ostern gedruckt werden. Dafür mache ich mich anheischig, ihm das Geld auf ein Jahr lang zu überlassen und ihm die ganze vorgeschossene Summe in Leipzig anzuweisen, für den Fall dass ich das Manuskript wieder aus seinen Händen verlange, um es durchzusehen. Dadurch ist der Buchhändler gegen alle Zufälle abgesichert, ob ich nun lebe oder sterbe, und was diese Sammlung selbst anbetrifft, so brauche ich übers Jahr nur einen einzigen historischen Aufsatz von zwölf bis fünfzehn Bogen zu schreiben, um aus ihr die mittelmäßigen wieder herauszuwerfen.

Chronistin: Am vierundzwanzigsten Juli reist Schiller nach Leipzig, um sich mit seinem Freund Körner im »Coffee Baum« zu treffen. Ein Gegenbesuch in Jena ist verabredet. Von Leipzig aus betreibt Schiller das Warming up für seinen Besuch in Lauchstädt. Er meldet sich aus der Ferne.

XLIII

Innen. Abend. Fremdenzimmer im Hofgebäude der Gaststätte »Kleines Joachimsthal« in der Hainstraße 5 zu Leipzig. Papierrascheln (Brief).

Schiller: Ihr letzter Aufenthalt in Jena, liebste … Caroline, war für mich nur ein Traum — kein ganz fröhlicher freilich, denn nie zuvor hatte ich Ihnen so viel sagen wollen wie damals, und zu keiner Zeit kam weniger über meine Lippen. Was ich in meinem Innern behalten musste, drückte mich nieder. Ich wurde Ihres Anblicks nicht froh. Kaum sollte man glauben, dass zwei Menschen, die so lebendig ineinander leben — einen so weiten Weg zu einander haben —, so nah und doch so ferne voneinander sind! Ach, wenn dieses Lauchstädt eine von jenen glücklichen Inseln im Märchen wäre, die einem jeden Fremden unzugänglich sind! Leider kann ich Ihnen, liebste … Charlotte, meine kleine Maus, noch nicht mitteilen, ob ich nach Lauchstädt kommen werde. Mir hat sich jemand von hier auf diese Reise angehängt, dem ich nicht geradewegs die kalte Schulter zeigen darf. Werde ich diese Person los, und darum, das sollten Sie, teure … Caroline, mir glauben, bemühe ich mich nach Kräften, bin ich den ersten oder zweiten August, abends nach fünf, bei Ihnen.

XLIV

Innen. Tag. Fremdenzimmer im Küchlerschen Hause zu Lauchstädt.

Charlotte: Ist er nicht wunderbar?

Caroline: Er verwechselt uns.

Charlotte: Das ist die Nervosität.

Caroline: Den ersten oder zweiten August darf ich ihn also erwarten.

Charlotte: Dürfen WIR ihn erwarten.

Caroline: Allein die unsichere Hoffnung macht mir die nächsten Tage wertvoller als alle, die ich bisher hier verlebt habe.

Chartlotte: Mir auch.

Carolne: Wenn doch die Erde diesen FATALEN MENSCHEN, der sich ihm auf der Reise aufgedrängt hat, verschlänge! Es ist sonderbar, welch fremde Gewalt uns oft die Lippen verschließt, wenn auch die Seele offen liegt.

Charlotte: *(Papier raschelt.)* Caroline? Was raschelst du?

Caroline: Ach, nichts. Ein Brief.

Charlotte: Schon wieder? An wen?

Caroline: Was geht's dich an?

Charlotte: Sind wir Schwestern oder nicht?

Caroline: Eben.

Charlotte: Nun sag schon!

Caroline: An Schiller.

Charlotte: Dacht' ich's mir doch! Und das soll mich nichts angehn?

Caroline: Ich hätt' ihn dir schon noch vorgelesen.

Charlotte: Leg' das dazu.

Caroline: Was ist das?

Charlotte: Noch ein Brief.

Caroline: An wen?

Charlotte: Doofe Frage!

Caroline: Gib her! *(Sie will den Brief nehmen, Gerangel, sie obsiegt, liest:)* »Ich hoffe, wir sehen uns hier. Es wäre schlimm, wenn nicht, denn ich denke und wünsche, dass uns Ihr Aufenthalt hier für das, was wir in Jena versäumt haben, schadlos halten würde. Wir haben halb und halb den Plan entworfen, nach Leipzig zu reisen, auf einen Tag, es wäre so schön!« — (*zu Charlotte*) Deswegen warst du so erpicht auf die Spritztour. Ich hatte mich schon gewundert, warum Schwesterchen plötzlich eine Ader für die große, weite Welt entdeckt, wo es doch sonst lieber hinterm Ofen hockt.

Chronistin: Den Siebenundzwanzigsten, morgens um sieben.

Derselbe Ort. Frühstücksgeräusche.

Caroline: Die Chère mère kann es nicht eilig genug haben, dich unter die Haube zu bringen, so teuer wie möglich. Neben diesem unsäglichen Ketelhodt gibt es angeblich noch einen zweiten Anwärter, einen Schweizer, der vor Geld stinkt. Eine brillante Partie, sagt sie.

Charlotte: Ich glaube nicht, dass ich solch einen je würde lieben können.

Caroline: Natürlich werde ich dir, um allen Eventualitäten aus dem Wege zu gehen, deutlich zu verstehen geben, dass und warum du solch einen niemals wirst lieben können.

Charlotte: Ich habe mich schon allzu sehr in Schillern vergafft.

Caroline: Bist du sicher? Um auch da allen Eventualitäten aus dem Wege zu gehen, werde ich dir gleichzeitig zu verstehen geben, dass und warum du dich in Schillern vergafft hast und dass es nun nur noch eine einzige Konsequenz gibt: das Verlöbnis, dann die Heirat. Aber eins nach dem andern. Wenn man's recht bedenkt, brächte ein solches Verlöbnis nichts als Vorteile, für alle. Mutter hätte ihre Jüngste von der Straße, du könntest endlich damit aufhören, den Ossian und den Pope zu lesen. Und ich liefe nicht Gefahr, Schillern ganz aus den ... Augen zu verlieren. Ob er seinerseits einen Vorteil von alledem hätte, weiß ich nicht. Er hält sich jüngst merklich bedeckt.

Charlotte: Warum fürchtet er, mir nicht alles sagen zu dürfen, was er denkt? Er kann doch sicher sein, dass ich gerne jedes seiner Gefühle, sei es eines des Schmerzes oder eines der Freude, mit ihm teilen möchte.

Caroline: Ich habe ihm zugeredet wie einem kranken Gaul. Sogar der Weimarer Herzog und die Frau von Stein geben sich die Ehre und mischen sich von Zeit zu Zeit unter die Wassertrinker in Lauchstädt. Gemeinsam beten sie die Götter der Medizin an, die sich ihnen in Gestalt eines Eisen-Mangan-Säuerlings offenbaren. Gläubig schlürfen sie das bittere Nass gegen ich-weiß-nicht-was, auch wenn sie gar nicht leiden. Vielleicht liegt darin die FATALITÄT unserer Erscheinung, dass wir nicht leiden, aber glauben, einen Eisen-Mangan-Säuerling nötig zu haben. Ich habe ihn gefragt, warum er sich ziere, da hin seinen Fuß zu setzen.

Chronistin: Jahre zuvor, nachdem er im Teich seines Gartens, wo eine Quelle entspringt, einen Fischhalter angelegt hatte, entdeckte der Amtsschösser Edeling zu seinem Leidwesen, dass die Fische mit den Bäuchen nach oben trieben. Daraufhin schaufelte er den Fischhalter zu. Wenig später weilte sein Freund Friedrich Hoffmann, Arzt und Chemiker aus Halle an der Saale und Pate eines seiner Söhne, zur Sommerfrische auf Besuch. Bei Tisch kam die Sprache auf die Misserfolge in der Fischzucht. Hoffmann begab sich voller wissenschaftlicher Neugier in den Edelingschen Garten und untersuchte das abfließende Wasser der Quelle, das sich am Erdboden trüb und gelb absetzte. Er schöpfte ein Glas voll davon und stellte fest, dass es »martialisch und vitriolisch« schmeckte. Kaum hatte er pulverisierte Galläpfel hineingeschüttet, färbte sich das Wasser purpurn, woraus er schloss, dass es eisenhaltig sein müsse. Rasch durcheilte der Ruf von der heilenden Quelle die Lande und der einst gottverlassene Ort wuchs Mauer um Mauer und mehrte seine Legenden.

Caroline:	Eine davon wird Schiller. Du solltest ihn heiraten wollen, Lolo.
Charlotte:	Ich bin eine von Lengefeld, er ist ein Bürgerlicher.
Caroline:	Fragt Liebe nach Stand?
Charlotte:	Zweifellos! Ich brauche mir nur vorzustellen, dass mir verboten sein wird, bei Hofe zu verkehren. Das halte ich nicht aus.
Caroline:	Dergleichen gibt sich mit der Zeit, mein Herzchen.
Charlotte:	Ich glaube, du unterschätzt mich.
Caroline:	Ich glaube, du überschätzt dich!

XLV
Außen. Tag. Kurpromenade. Stimmen. Springbrunnen. Schritte.

Chronistin:	Zweiter August neunundachtzig. Sonntag. Aktuelle Mondhöhe: minus einundsechzig Grad.

Charlotte:	Nun also doch.
Carolne:	Was?
Chartlotte:	Die Promenade. Und auch noch am Sonntag. Wollten wir uns vor der überlästigen Gesellschaft nicht hüten und gar nicht erst ausgehen?
Caroline:	Du wolltest. Was liest du da?
Charlotte:	Das Intelligenzblatt der Allgemeinen Literaturzeitung aus Halle. Gestern erschienen.
Caroline:	Was Wichtiges?
Charlotte:	Göckingk in Wernigerode ist jetzt wirklich in den Adelsstand erhoben.
Caroline:	Der Dichter?
Charlotte:	Und Kriegsrat.
Caroline:	Was du nicht sagst. Steck das mal weg.
Charlotte:	*(tut es)* Warum?
Caroline:	Was krieg' ich von dir für eine Freudennachricht?

Charlotte: Sagtest du »Freudennachricht«?

Caroline: Sprech ich Chinesisch? Also?

Charlotte: Ein . . . Himbeersorbet.

Caroline: Abgemacht.

Charlotte: Nun?

Caroline: Schiller wagt tatsächlich, seinen werten Fuß auf hiesiges Terrain zu setzen.

Charlotte: Nein! Lass dich umarmen!

Caroline: Das heißt: Er ist eigentlich schon da.

Charlotte: Himmel!

Caroline: Freilich hat er es unterlassen, sich in die Kurliste einzuschreiben. Man kann es vorsorglich nennen, man kann es aber auch für feige halten.

Charlotte: Du bist unausstehlich! Seit wann ist er da? Wo hält er sich versteckt?

Caroline: Am Nachmittag ist er gekommen. Er will . . . bald wieder weiter, eigentlich gleich. Noch heute Abend. Im Grunde, so gesehen, ist er schon wieder fort …

Charlotte: Schon wieder fort? Im Grunde?

Caroline: In Wahrheit.

Charlotte: Aber …, aber …, aber … warum denn bloß?

Caroline: Nehmen wir mal an, wegen des miserablen Theaters, das hier gegeben wird.

Chronistin: Die Truppe des Bellomo in der hölzernen »Komödienbude«, die von den halleschen Studenten als »Schafhütte« verschimpfiert, ungeachtet dessen aber rege besucht, wird.

Charlotte: Wenn es sich so verhielte, warum meidet er dann das Küchlersche Haus?

Caroline: Eine Frage des Anstands.

Charlotte: Und warum trifft er uns dann nicht auf neutralem Terrain?

Caroline: Hat er doch.

Charlotte: Hat er?

Caroline:	Ja.
Charlotte:	Ich werde verrückt! Wenn er doch aber schon wieder weg ist, wo sollen wir uns denn dann mit ihm getroffen haben?
Caroline:	Vor einer Stunde.
Charlotte:	Wann?
Caroline:	Vor einer . . . Während er mich die Lindenallee an der Uferpromenade entlang spazieren führte.
Charlotte:	Während er was?
Caroline:	Mein Gott, bist du anstrengend! Während er mich spazieren führte, die Lindenallee an der Uferpromenade entlang.
Charlotte:	Dich?
Caroline:	Es war übrigens sehr zugig dort.
Charlotte:	Du falsche Schlange!

Sie wirft mit der Zeitung nach Caroline. Das Papier flattert und fällt zu Boden.

Caroline:	Bist du bei Trost?! Das teure Blatt!

Sie hebt die Zeitung auf und glättet mit der Hand das Papier.

Charlotte:	Warum tut er das? Und warum du?
Caroline:	Er offenbarte mir, dass er gedenke, sich zu verloben.
Charlotte:	Dieses Ekel!
Caroline:	Ganz meine Meinung.
Charlotte:	Mit wem?
Caroline:	Mit — ich wollte es erst gar nicht glauben — mit einer Person, die du sehr gut kennst . . .
Charlotte:	Ich will es gar nicht wissen!
Caroline:	Mit . . .
Charlotte:	Der Kalb? Oder der Schmidten aus Weimar?
Caroline:	Dir.
Charlotte:	Mir? — O! (*Sie sucht Halt.*) Und was, meinst du, hätte ich auf seinen Antrag geantwortet, wenn ich dabei gewesen wäre?

Caroline:	Das, was ich an deiner Statt ihm geantwortet habe: Ja.
Charlotte:	Du an meiner Statt?
Caroline:	Ich war so frei.
Charlotte:	Warum fragt er mich nicht selbst, unter vier Ohren?
Caroline:	Weil du dich, wenn ich dich erinnern darf, noch gestern nicht verloben wolltest, schon gar nicht mit einem Bürgerlichen, erst recht nicht mit ihm.
Charlotte:	Und jetzt will ich?
Caroline:	Jetzt hast du's getan.

Chronistin:	Den dritten August kommt Schiller in Leipzig an. Er wohnt wieder in einem Hofgebäude der Gaststätte »Kleines Joachimsthal« in der Hainstraße fünf und trifft sich mit seinem Freund Körner im »Coffee Baum«.

XLVI

Innen. Tag. Im »Coffee Baum« zu Leipzig. Angeregte Gesellschaft. Geschirrklappern, Kellnergeschäftigkeit.

Schiller:	Nicht im Entferntesten wäre ich auf den Gedanken verfallen, nach Lauchstädt zu fahren und Charlotte einen Antrag zu machen. Caroline hat mich überredet.
Körner:	Wie geht so was?
Schiller:	Sie hat mir geholfen, Charlottens sanftes Licht zu schauen über meinem kärglichen Dasein und mich bekehrt. Allerdings muss ich Charlotte noch fragen, ob alles mit rechten Dingen zugegangen ist und Caroline wirklich in ihrer Seele gelesen und mir, sozusagen vorab, aus ihrem Herzen geantwortet hat.
Körner:	Das solltest du unbedingt.
Schiller:	Insofern es zutrifft, woran man zweifeln kann oder nicht, sehen wir weiter.
Körner:	Caroline legt sich mächtig ins Zeug.

Schiller:	Erst sagte sie: Wenn Sie nicht heiraten, geh' ich ins Kloster. Darauf ich: Ein Scherz. Sie: Blutiger Ernst. Ich: Von einem Experiment im Kloster ist abzuraten. Sie: Dazu haben Sie ausnahmsweise nicht die Kompetenz. Ich: Vielleicht doch. Vor genau zwei Jahren war ich in einem Frauenkloster auf Besuch. Die Schwester der alten Arnim ist dort Superiorin. Ich ließ mir alles zeigen und erklären und fand bestätigt, was man von den Nonnen sagt, nämlich dass sie höchste Zufriedenheit mit ihrem Zustand . . . heucheln. Lauter fröhliche Gesichter. Gleichzeitig jedoch gab es der verdrehten Augen genug. Wahrscheinlich hätten Sie an einem solchen Ort nicht einmal ein fröhliches Gesicht, sag' ich der Caroline, so gern, wie Sie reisen und sonst noch alles Mögliche anstellen. Dann, plötzlich, macht sie genau so ein fröhliches Gesicht und verleiert die Augen und sagt, ich könnte alleine überhaupt nicht existieren. Wie diese kleinen Tiere, die immer einen Wirt brauchen, den sie aussaugen.
Körner:	Dieses verschlagene Aas!
Schiller:	Darum bräuchte ich eine bürgerliche Existenz, ohne eleusinisch Verborgenes. Sie spricht mir aus dem Herzen, was ich natürlich nicht zugebe. Einzig die Ruhe des Familienlebens, sagt sie, vermöchte mir eine regelmäßige Empfänglichkeit für die Glückseligkeit zu geben.
Körner:	Für welche: die in der Ehe oder die mit dem Alibi der Ehe im Rücken außerhalb derselben?
Schiller:	Charlotte ist zwar mäßig in ihren Neigungen, aber treu und ausdauernd. Sie hat Talent zum Landschaftszeichnen, womit sie mir keine Konkurrenz macht wie Caroline mit ihrer Schreiberei. Überhaupt entwickelt sie einen feinen und tiefen Sinn für die Natur. Unter günstigeren Bedingungen hätte sie in der Kunst einiges leisten können. Ob auch Großes, wage ich nicht einzuschätzen. Ich bezweifle es eher. Nun ist es aber auch gut so, da sie mich hat. Ich schaue bis auf den Grund ihrer schönen Seele hinab.

Körner:	Kein Hindernis, das sich deinem analytischen Blick vor die Linse schiebt? Nichts eleusinisch Verborgenes?
Schiller:	Ein jedes ihrer Worte ist das getreue Abbild ihrer Gedanken.
Körner:	Das vereinfacht den Umgang.
Schiller:	Zwar rührt sie im Rudolstädter Haushalt keinen Finger, aber das tut sie mit einer erstaunlichen Pedanterie. Sie verhält sich in allem pedantisch, und das ist es, was ich brauche.
Körner:	Wie willst du dich, wenn sie nicht gerade durch Hausarbeit abgelenkt ist, in ihrer Nähe auf deine Arbeit konzentrieren? Ich erinnere mich, dass ich dich, als du auf meinem Loschwitzer Weinberg wohntest, zu einer Herbstpartie eingeladen hatte, du aber zu Hause in dem Winzerhäuschen bleiben musstest, weil dich dein Verleger dazu verdonnert hatte, am »Don Carlos« zu arbeiten. Das Unglück wollte, dass mein Eheweib just für diesen Tag die große Wäsche anberaumt hatte. Das Klatschen der Wäsche vor deiner Tür brachte dich dermaßen aus dem Konzept, dass du nicht fähig warst, auch nur einen einzigen Vers für das Stück zu Papier zu bringen. Stattdessen schriebst du ein Gedicht, das du »Bittschrift eines niedergeschlagenen Trauerspieldichters an die Körner'sche Waschdeputation« nanntest und mit »Schiller, Haus- und Wirtschaftsdichter« unterzeichnetest. »Der Henker mag die Dichterei beim Hemdewaschen holen.«
Schiller:	Ich werde es in der Ehe halten wie die Herders. Die beiden leben sozusagen in einer egoistischen Zwei-Einigkeit, von der sie jeden Erdenmenschen ausschließen. Aber weil beide starrköpfig und aufbrausend sind, stößt der eine Teil der Zwei-Einigkeit zuweilen mit dem anderen zusammen, und zwar kräftig. Wenn Herder also mit seiner Frau in Unfrieden geraten ist, oder sie mit ihm, bleiben die beiden abgesondert in ihren Etagen wohnen. Dann werden nur Briefe die Treppe auf und die Treppe nieder gereicht, bis sich endlich die Frau entschließt, in eigner Person in

das Zimmer ihres Ehgemals zu treten, woraufhin sie eine Stelle aus seinen Schriften zitiert, mit den Worten: Wer das gemacht hat, muss ein Gott sein, ein Genie allemal, und auf den kann niemand zürnen. Dann fällt ihr der besiegte Herder um den Hals und die Fehde hat ein Ende.

XLVII

Promenade auf der Kur in Lauchstädt. Die Schwestern spazieren (noch immer). Aus einem Pavillon im Vorbeigehen Musik im Stil der Zeit, z. B. von Daniel Gottlob Türk, dem ersten Universitäts-Musikdirektor in Halle, der soeben eine Klavierschule veröffentlicht hat.

Chronistin: Jean Paul moniert die Ungerechtigkeit, die einem Steg innewohne, der in Lauchstädt auf einer Wiese über einen Kanal führt. Bei den häufigen Feuerwerken zahle Eintritt, wer diesseits steht, wer jenseits steht, zahle hingegen nichts.

Caroline: *(zu Charlotte)* Schiller und ich saßen also ganz stilvoll auf der Holzbank unter unserer alten Linde. Ich versprach brav, ein gutes Wort bei dir einzulegen und bei denen, die sonst noch so in Frage kommen. 's sind ja nicht viele. Das genügte dem Schiller.

Charlotte: Wie: genügte? Was, in Gottes Namen, geschah dann?

Caroline: Ich sage doch: Es genügte ihm. Sofort ließ er alles stehen und sitzen und reiste ab in Richtung Leipzig, wo Körner seiner harrte, der Getreue.

XLVIII

Innen. Tag. Im »Coffee Baum« zu Leipzig. Angeregte Gesellschaft. Geschirrklappern, Kellnergeschäftigkeit.

Körner: Das Reisegeld bekomme ich von dir zurück.

Schiller:	Wie immer.
Körner:	Und sonst?
Schiller:	Lauchstädt ist ein teures Pflaster. Obwohl immer noch billiger als Karlsbad.
Körner:	Ist ja gut!
Schiller:	Ich jedenfalls kann es mir nicht leisten. Sogar der Lauchstädter Stadtarzt warnt nicht, wie üblich, vor Blessuren und Unpässlichkeiten, sondern vor einem zu schmalen Geldbeutel. Überall geht es sehr über den Champagner her. Der wird hier mit sündlicher Verschwendung getrunken. Wenn ich mir beim Kellner eine Pfeife bestelle, kostet mich das sechs Pfennige. Will ich sie gleich gestopft haben, sogar einen Groschen! Unter den Kolonnaden verkauft man seit drei, vier Jahren Konfekt, Liköre, Kaffee und diese, na, Mode-Romane. Der neueste: »Elisabeth, Erbin von Toggenburg«, von einer gewissen Naubert, die neuerdings viel gelesen wird. Außerdem Kristallgläser aus Böhmen, Porzellane aus Meißen. Seidenschuhe. Nach dem Seidenschuhladen sind die Weiber ganz närrisch. Von den Glücksspielen in einem der Pavillons hinter der Brunnenquelle, den Empfängen und Tanzvergnügen im Ballsaal gar nicht zu reden. Stell dir vor, mich schleppte eine dorthin. Wie stünde ich dann da, mit meinen leeren Taschen? Leer wie der Himmel ohne Gott.

XLIX
Promenade auf der Kur in Lauchstädt.

Charlotte:	Ließ alles steh'n und sitzen wegen Körner? Wie kann er in einem solchen Augenblick an Körner denken?
Caroline:	Wie kannst du glauben, dass einer wie er in einem solchen Augenblick *nicht* an Körner dächte?

L

Innen. Tag. Im »Coffee Baum« zu Leipzig. Angeregte Gesellschaft.
Geschirrklappern, Kellnergeschäftigkeit.

Körner: Du bist um einiges verändert, ich weiß nur nicht, ob zu deinem Vorteil.

Schiller: Verändert inwiefern?

Körner: Laufend brichst du in ein Lachen aus wie in einen Krampf und drohst damit, deiner Charlotte eine schriftliche Erklärung zu schicken, mit der du ihr die Verlobung bestätigst. Natürlich frage ich mich, warum du das nicht gleich an Ort und Stelle erledigt hast, da du nun mal gerade von dort kommst, wohin du nun aber erst wieder schreibst.

Schiller: Beim Schreiben fühle ich mich sicherer, als beim Sprechen. Außerdem ist nur das wahr, was ich niederschreibe, alles Gesprochene lügt. Meine Verwirrung, die beiden Schwestern betreffend, habe ich dir bereits gebeichtet.

Körner: Die ließe sich mit einem Satz beenden.

Schiller: Das glaubst auch nur du. Oft habe ich meinen ganzen Mut gebündelt und bin zu Line — nein, Lotte — gekommen mit dem Vorsatz, ihr das Geheimnis meiner Liebe zu enthüllen. Doch dann fürchtete ich, dass ich dabei nur meine EIGENE GLÜCKSELIGKEIT vor Augen haben könnte, und dieser Gedanke scheuchte mich immer wieder zurück. Denn wenn ich ihr nicht zu dem hätte werden können, was sie mir bedeutet, so hätte mein Leiden sie traurig gestimmt, und ich hätte die schöne Harmonie unserer Freundschaft durch mein Geständnis zerstört, ich hätte das einzige verloren, was ich wirklich und wahrhaftig besaß, nämlich ihre reine, schwesterliche Freundschaft.

Körner: Ich denke, schwesterliche Freundschaft gibt's nicht?

Schiller: Habe ich gerade schwesterliche Freundschaft gesagt? Das hieße ja, dass ich einen Zustand, der seinen Grundlagen nach zumindest fragwürdig erscheint, im Falle des

	Nichtzustandekommens eines anderen Zustands, den ich den gewöhnlichen nennen möchte, für erhaltenswert erachtet haben würde.
Körner:	Keine Bange. Unter den neuen Bedingungen läufst du keine Gefahr, jenen fragwürdigen Zustand erhalten gemusst zu haben.
Schiller:	Mein ganzes Dasein widme ich ab jetzt Lottchen. Wenn ich künftig danach strebe, mich zu veredeln, wird dies ausschließlich geschehen, um ihrer immer würdiger zu werden.
Körner:	Im Klavierspiel?

LI

Innen. Abend. Lauchstädter Ferienunterkunft der Schwestern.

Caroline:	Die Post. Von ihm.

Sie wirft Briefe auf einen Tisch. Man öffnet die Kuverts und liest.

Charlotte:	Ich soll alles vergessen, was mir einen Zwang auferlegen könnte. Ich soll einzig meine Empfindungen sprechen lassen. Ich soll ihm bestätigen, was du ihn hast hoffen machen.
Caroline:	Bestätigen? Du?
Charlotte:	Ich soll ihm versichern, dass ich die seine sein will.
Caroline:	Versichern?
Charlotte:	Ja. Immer noch ich.
Caroline:	Ihm reicht mein Wort nicht.
Charlotte:	Ich soll ihm bestätigen, dass mich seine GLÜCKSELIGKEIT kein Opfer kostet. Zumal er jetzt alle Freuden seines Lebens in meine Hand legt.
Caroline:	Was gedenkst du zu tun?
Charlotte:	Die Idee, zu seiner GLÜCKSELIGKEIT beizutragen, steht hell und glänzend vor mir. Warum sollte ich dann keine Opfer bringen sollen? Oder wollen? Oder dürfen?

Caroline:	Die Idee, auch zu *unserer* GLÜCKSELIGKEIT beizutragen, zu meiner und zu deiner, kommt dir nicht?
Charlotte:	Wie könnte ich, da ich dich doch nun verlassen werde. Der Gedanke daran tut mir weh.
Caroline:	Das muss er nicht, glaube mir.
Charlotte:	Ich kann mir mich ohne dich gar nicht vorstellen. Wo du doch jetzt auch alles in deine Hände genommen hast und ich dir alles überlasse, was zu tun ist. Unglaublich, dass ich schon bald nicht mehr jedes Gefühl des Augenblicks mit dir teilen kann und deinen Rat nicht mehr brauche. Habe.
Caroline:	Du solltest dir darüber nicht den Kopf zerbrechen. Übrigens: Li Dacheröden ist ganz aus dem Häuschen. Sie meint, ihr könntet eure Verlobung in Erfurt feiern, im Haus ihrer Eltern.
Charlotte:	Mein Gott, was legst du für ein Tempo vor!

LII

Innen. Stube in Körners Leipziger Unterkunft.

Chronistin:	Fünfter August. Bei Körner in Leipzig.
Körner:	Ein Grund zum Saufen. So oder so. Charlotte gibt uns ihr Ja-Wort. Schriftlich. Per Brief. Hat die Welt so etwas schon gesehen?
Schiller:	Mir.
Körner:	Wie?
Schiller:	Sie gibt *mir* ihr Ja-Wort.
Körner:	Was sagte ich?
Schiller:	Uns.
Körner:	Ist das nicht dasselbe? Woraus werden die Kinder gemacht sein, die einmal Eurer Ehe entspringen? Aus Papier? (*Schweigen. Schiller ist beleidigt.*) Ich hoffte, du könntest darüber lachen. Kannst du überhaupt noch lachen?

Schiller: Wenn ich über all das lachen könnte, würde ich die Welt beherrschen.

Chronistin:: Zwei Tage später treffen die Schwestern höchstselbst in Leipzig ein. Die Vier spazieren durchs Rosental.

LIII
Außen. Leipzig. Weitläufiger Park. Menschen, Vögel, Wind, Gras.

Schiller: Ihren Arm, Charlotte!

Körner: Kurz vor Ihrem Eintreffen, meine Damen, hat sich die Caroline von Dacheröden bei mir verplaudert, Schiller sei mit ihr über Charlotte ins Gespräch gekommen und über seine Vorstellung davon, wie es sein könnte, mit ihr zu leben. Das sei so recht im Ton der Ruhe geschehen, nicht der Resignation. Ich fragte mich einiges, doch dann lieferte die Dacheröden die Erklärung gleich mit. Du hättest ihr anvertraut, dass du davon überzeugt wärest, mit Caroline nicht so glücklich geworden zu sein wie mit ihrer Schwester, denn Caroline würde an dich und du an Caroline zu viele Forderungen gestellt haben.

Caroline: Während Schiller gegenüber Charlotte vorsichtshalber keinen Wunsch hegt, den sie nicht erfüllen kann.

Charlotte: So siehst du das. Und Sie, Körner? Sie können mich nicht leiden, stimmt's?

Körner: Da schleppt mir mein Freund, ohne Vorwarnung, seine Zukünftige ins Haus, nachdem er mich monatelang, ach was, seit Jahren bekniet hat, ihm eine zu beschaffen.

Charlotte: Was?!

Körner: Und kommt nun mit einer daher, die ich nicht kenne und die zwischen uns nie zur Debatte stand. Alle meine Kopfstände umsonst. Alle meine Ermahnungen und Ermunterungen. Er hat mich übergangen wie einen Trottel, der nicht fähig

	ist, seine Aufträge auszuführen. Da lobe ich mir meine geordneten Verhältnisse.
Caroline:	So oder so. Die Ehe macht aus uns allen Pfefferkuchen-figürlein.
Schiller:	Liebe Charlotte, ich bitte Sie inständig, unsere Verlobung vor der Mutter vorerst geheim zu halten, bis meine berufliche Existenz endgültig gesichert ist.
Caroline:	Da haben wir's.

| Chronistin: | Einen Tag später sind die Schwestern mit Schiller zurück in Lauchstädt, wohin man ohne die Körners gegangen ist. |

LIV
Innen. Tag. Stube im Küchlerschen Haus zu Lauchstädt.

Caroline:	Nachrichten von Wolzogen. In Paris soll es ausnahmsweise aufgehört haben zu regnen. Aber die Brotpreise seien im Himmel. Kann denn diese Episode, bei der ein Monument finsterer Despotie zertrümmert wird, als ein Vorbote für den Sieg der Freiheit über die Tyrannei gelten?
Schiller:	Ein bedeutender Augenblick hat ein kleines Geschlecht gefunden.
Charlotte:	Ei der Dauß! Das ist mal wieder was Wichtiges. Bloß, wen meint er jetzt? Die Menschen im allgemeinen oder die Franzosen?
Schiller:	Ich halte es schlichtweg für unmöglich, dass eine Gesellschaft von sechshundert Männern etwas Vernünftiges beschließen könnte.
Charlotte:	Vielleicht quält dich, dass dieser Pariser Vandalismus' in den Beginn unserer schönen Herzensverhältnisse fällt.
Caroline:	Ich denke eher, ihn freut, dass mit dem Umsturz in Paris die Auslandskarriere des Kapitäns von Kalb endet.

Chronistin: Anderthalb Tage später, am zehnten August, macht sich
Schiller auf den Weg nach Jena. Alleine.

Charlotte: Es ist wie verhext. Kaum ist er irgendwo angekommen,
schon muss er wieder weg.

LV
*Innen. Tag. Lauchstädt. Durch das geöffnete Stubenfenster Geräusche
eines florierenden Kurbetriebs.*

Charlotte: (*Seufzt und stöhnt.*)
Caroline: Wir könnten die Kolonnaden entlang flanieren, viel-
leicht bis zum Hoppenhauptschen Herzogspavillon am
Mühlteich, oder Eis essen gehen in der Konditorei von
Signor Piccoli aus Merseburg.
Charlotte: Ich mag nicht. Nicht jetzt.
Caroline: Was hast du? Oder fehlt dir etwas?
Charlotte: Des Mittags kommen vom Ratskeller her immer die Stu-
denten. Sie machen mich bange mit ihrem engen Kolett, mit
den Kanonenstiefeln und den riesigen Sporen, den großen
Hüten mit den bunten Kokarden, und sie veranstalten ein
mörderisches Geschrei und foppen die feine Gesellschaft,
ich hab's gesehen, wie sie, drei oder vier Arm in Arm,
grölen, mit der Hetzpeitsche knallen, den Rauch des gelben
Knasters aus Apolda in die Luft wirbeln und sich durch
die Damen drängeln.
Caroline: (*misstrauisch*) Das ist alles?
Charlotte: Das Militärkommando ist zwar in Bereitschaft, aber es steht
abseits und verschränkt die Arme vor der Brust. Das ist
mir zu kitzlig. Da ist eine alleinstehende Frau ganz ohne
männliche Begleitung eben doch verraten.
Caroline: Daher weht der Wind! Die fehlende männliche Begleitung.
Gut, bleiben wir zu Hause. Ich gebe den Küchlers Bescheid,

	sie sollen mit dem Schubkarren beim Brunnenmeister vom alten Rothen Born Wasser holen, dann können wir baden.
Charlotte:	Haben wir denn noch Kontrollmarken?
Caroline:	Mehr als genug.
Charlotte:	Und Tröge?
Caroline:	Ich bitte dich! Wir wollen gleich die große Wanne herrichten.

Wasser wird in eine Wanne gegossen. Andernorts ein Kratzen.

Caroline:	Was treibst du inzwischen?
Charlotte:	Ich ritze die Jahreszahl ins Fenster. Das Haus habe ich bereits abgezeichnet zum Andenken, die Hof- und die Gartenseite, für Mutter.
Caroline:	*(Im Singsang, während sie im Wasser planscht.)*

Du trautes Haus, so klein und schlicht,
Und doch so hehr, so groß und licht . . .

Chronistin:	Ein Gedicht von Georg Runsky, einem Merseburger Schauspieler.

Caroline: Ich grüße dich und zieh den Hut
Vor dir in der Begeisterung Glut!
Durch deine Türe schlicht und klein
Ging unser Schiller aus und ein;
Du schirmtest ihn vor Wetters Macht,
Du warst sein Schutz in dunkler Nacht;
Du hielt'st ihm fern die laute Welt,
Wenn er, der große Geistesheld,
Am Tische saß und niederschrieb,
Was ihm sein Herz zu schreiben trieb.
Noch einmal werde neu und jung
Belebt durch die Erinnerung!
(Sie lacht lauthals.)

Charlotte: Ich find es hübsch. Caroline?

Caroline:	Schrei nicht so, ich bin nicht in Amerika.
Charlotte:	Wenn ich unserer Mutter die Zeichnung schenke, wäre das nicht eine günstige Gelegenheit, mit ihr zu reden?
Caroline:	Du hast gehört, worum dich dein Verlobter gebeten hat.
Charlotte:	Wenn's nach ihm ginge, würde daraus in hundert Jahren nichts. Endgültig gesicherte berufliche Existenz. Dass ich nicht lache!
Caroline:	Lass mich das regeln!
Charlotte:	Warum nicht ich?
Caroline:	Weil du nie die richtigen Wörter findest, das sagst du selbst, und dann entsteht lauter Wirrwarr, aber es braucht in dieser Sache alles andere als Wirrwarr, sondern im Gegenteil sehr viel Feingefühl. Außerdem bin ich diejenige, die bisher solche wichtigen Dinge immer erledigt hat.
Charlotte:	Bisher, ja.
Caroline:	Dann wollen wir das jetzt nicht ändern, wo alles so kompliziert ist.
Caroline:	*(Hört schlagartig mit Planschen auf.)* Wo treibt er sich überhaupt herum, unser Herzallerliebster?
Charlotte:	In seiner »Schrammei«.
Caroline:	Wo, um Gottes Willen?
Charlotte:	In Jena, in seiner Wohnung. Er nennt sie so.

Chronistin:	Im übrigen ein Etablissement ohne jede Klasse. Eine Art Pension für Professoren. Ein Drei-Etagen-Mietshaus in der Jenergasse. Der Eingang nicht eben hochherrschaftlich, der Wirtschaftshof schlampig, das Treppenhaus düster, die Fenster winzig, und allgegenwärtig die Geräusche und Gerüche der Unmengen an Menschen, die darinnen eingepfercht sind. Das Ganze steht dann auch noch in einer hässlichen Gegend. Dort hält Schiller drei Zimmer im ersten Stock.

Caroline:	Was will er dort?

Charlotte:	Er trifft Körner, der bleibt für länger auf Besuch.
Caroline:	Hat er den nicht erst vor drei Tagen verlassen?
Charlotte:	Sie sind eben liebste Freunde miteinander. Körner habe ihm ankündigt, dass er bereit sei, Dresden zu verlassen und Jena zu seinem ständigen Aufenthalt zu wählen. Innerhalb eines Jahres könne er hoffen, auch von ihm unzertrennlich zu werden.
Caroline:	Da kann man wohl sagen, Körners Besuch bei ihm in der »Schrammei« sei eine Art zweites Verlöbnis?
Charlotte:	Ich fürchte ja.
Caroline:	Oder ein drittes.
Charlotte:	Wieso ein drittes?
Caroline:	Seine Hinterlassenschaft. Da, auf der Kommode.

Hastige Schritte, knarrende Dielen, suchende Hände.

| Charlotte: | *(Sie liest.)* O, was für himmlisch schöne Tage öffnen sich uns! In ihrer ganzen Fülle darf ich sie mir jetzt kaum denken, wenn ich für die Wirklichkeit nicht ganz unbrauchbar werden soll. Wohl mir, CAROLINE, dass Du die Quelle in mir aufsuchst und Deine Forderungen, Deine Erwartungen an mein Wesen richtest und nicht an wandelbare Erscheinungen in mir, denn ich fühle, dass in manchen Stunden nichts in mir übrig ist als die Kraft zu etwas Besserem. Behalte dieses Vertrauen an mein Wesen. Dann nur kann ich frei und leicht vor Deinen Augen existieren, wenn die Sorge, verkannt oder missverstanden zu werden, ganz aus mir verbannt ist. *(Sie murmelt einige Passagen weg.)* Bei allen meinen Mängeln wirst Du, CAROLINE, immer das finden, was Du ein für allemal in mir liebtest. Meine Liebe wirst Du in mir lieben. |

Charlotte schreit vor Wut.

LVI

Innen. Tag. Mietshaus in der Jenergasse 26 zu Jena. Viel Lärm vom Hinterhof. Bedienstete räumen die Zimmer ein.

Körner: Sicherheitshalber habe ich genug Fressalien mit in die »Schrammei« gebracht, für acht Tage.

Schiller: Du hältst mich für untüchtig.

Körner: Lug, wem du traust, und in wen. Wie viele Zimmer haben wir zur Verfügung?

Schiller: Zwei. Mit Ach und Krach ist es mir gelungen, für Euch Betten zu besorgen. Dorchen schläft bei der Magd mit dem Kinde, Gottlieb in der Kammer.

Körner: Was gibt es von Lauchstädt?

Schiller: Reichlich lebhaft war's. Weil sich an einem solchen Ort Menschen aus ganz verschiedenen Gegenden zusammenfinden, lernt man zwar nicht nur diese eine Stadt oder Provinz kennen, sondern die Nation insgesamt, aber eben nicht von ihrer vorteilhaftesten Seite. Die größte Ausbeute, die ich von dort mitgebracht habe, ist die Freude, wieder zu Hause zu sein.

Körner: Eine sichtlich getrübte Freude. Wie mir zu Ohren kommt, hast du dich hinter meinem Rücken darüber beklagt, dass du den Wirt spielen musst, was dir alle Zeit raubt, sogar zu wichtigen Geschäften, weswegen du zwei Wochen lang nicht einmal ein Kollegium lesen kannst.

Schiller: Du kennst mich und weißt, wie ich's meine.

Körner: Je mehr ich die kenne, desto weniger scheine ich zu wissen, was du wie meinst.

Chronistin: Am neunzehnten August reisen Körners ab.

Körner: (*zu sich selbst*) Ich bin ein wenig enttäuscht. Zu der erhofften Annäherung ist es nicht gekommen. Im Gegenteil, ich fürchte eher, dass uns unser Beisammensein

165

mehr voneinander entfernt, als dass es uns einander nähergebracht haben könnte. Nach wie vor sind wir die besten Freunde miteinander, aber wir sind es auf dieselbe Weise, wie auch vorher schon und nicht neu.

Schiller: (*zu sich selbst*) Was wir im stillen Umgang miteinander hätten erledigen können, war bei diesem geräuschvollen und eiligen Zusammensein unmöglich. (*Er hüstelt.*) Wir scheiden fast wie im Traum voneinander. Ich hätte dem Körner noch gern tausend Dinge gesagt, die mir zu spät oder zu früh einfielen. Unser Plan von endgültiger Vereinigung darf kein Traum gewesen sein, auch für später nicht!

Lärm aus.

Chronistin: Während Mirabeau rügt, in der Nationalversammlung folge ein elektrischer Schlag dem anderen, als wäre der Preis für die Vernichtung des einen gleichzeitig der Preis für die Vernichtung des anderen, wird Schiller eine Woche lang von heftigen Zahnschmerzen geplagt, die ihn unfähig zu Vergnügen und Arbeit machen.

LVII
Innen. Abend. Rudolstädter Anwesen der Lengefelds.

Charlotte: Er fühlt sich »schändlich zugerichtet«. Am Zwanzigsten treffen Caroline und ich, aus Lauchstädt kommend, in Jena ein, wo wir wieder in Griesbachs Haus Quartier nehmen Am nächsten Morgen reisen wir nach Rudolstadt weiter. Uns stürmt mit einem Schwall überflüssigen Geschwafels jene gewisse Dame entgegen, die sich durch ihre Fragen berühmt macht, so dass ich bei Grigri und Toutou Zuflucht nehme, die mich nicht so insistieren können, es sei denn, sie haben Hunger. Mit Schiller duze ich mich inzwischen. Zugegeben, er duzt auch Caroline. Also: Wir duzen einander. Einer gewissen Dame gegenüber verschweigen wir das. In ihrer Gegenwart und in Briefen, von denen wir wissen, sie könnten ihr in die Hände fallen, siezen wir uns weiterhin. Man muss aufpassen, dass man dabei nicht durcheinander kommt.

LVIII
Innen. Tag. Dieselbe Stube in Rudolstadt.

Schiller: Goethe ist mit »Policey- und Cameral-Sachen« befasst. Bei dieser Gelegenheit hat er die Deklaration der Menschen- und Bürgerrechte studiert, die in Frankreich erlassen worden ist. Er nimmt mich beiseite und sagt, er finde diese Entwicklung schrecklich. Ausnahmsweise stimme ich mit ihm überein. Ein Laib Brot kostet in Paris einen Monatslohn, heißt es.

Charlotte: Die Li von Dacheröden sagt, ihr sei aufgefallen, dass etwas Disharmonisches in mir herumwühle und ich nicht eins mit mir sei. Sie sagt, wenn es andauern sollte und ich fühlte, dass ich meine fixe Idee, du liebtest meine Schwester mehr als mich, nicht beiseite räumen könne, müsse ich mich mit dir darüber auseinandersetzen.

Schiller: O, ha. In der Tat, meine kleine Maus, es gab eine Zeit … *(ihn schüttelt ein Brustkrampf)* … in der du mich mit schweren Zweifeln hast ringen lassen. Dann glaubte ich, in dir eine seltsame Kälte zu bemerken, die meine glühenden Geständnisse immer wieder in mein Herz zurückzwang. In dieser Zeit, ja, ja, erschien mir Caroline als ein wohltätiger Engel. Sie kam meinem Geheimnis so liebevoll entgegen und machte mir klar, dass ich dir Unrecht getan, die stille Ruhe deiner Empfindung verkannt habe, weil ich sie einem abgemessenen Betragen zuschrieb.

Charlotte: Wie kannst du mir sagen, dass ich dir oft kalt vorkam? Mein Betragen zu abgemessen gewesen sei? Du hast offensichtlich keine Vorstellung davon, dass diese Kälte nur eine Maske war, hinter der ich meine Empfindungen zu verbergen versuchte, weil ich sie mir nicht eingestehen wollte, noch weniger anderen, denn ich war mir deiner Anhänglichkeit durchaus nicht sicher, zumindest nicht der für mich. Oft schien mir, als ob zwischen uns überhaupt nichts abliefe, als bedeutete ich dir nicht das Schwarze unterm Fingernagel. Dass daran etwas Schuld gewesen sein könnte, was du mein »abgemessenes Betragen« nennst, verblüfft mich. Als eine, die in Weimar neu zu deinen Bekanntschaften hinzukam, konnte ich nicht höhere Ansprüche an dich stellen, als deine älteren Freundinnen. Im Gegenteil. Ich musste mich von vornherein sogar mit weniger begnügen. Wenn es sich denn um ein abgemessenes Betragen gehandelt hat, dann besonders in dieser Hinsicht, auch wenn mich meine Mutter tausend Mal Dezenz nennt. Weißt du, ich hatte, als ich klein war, einen Hang zur Eitelkeit, der mich, wenn er mir geblieben wäre, unerträglich hätte machen können. Da ist es nun doch besser, ich bin zu bescheiden, als zu eitel. Ich kenne nichts, was mich mehr abstößt, als übertriebene Eitelkeit. Daher kommt wohl auch, dass ich nur selten ausdrücken will, was ich fühle, und dann entsteht ein Wirrwarr. Du, das weiß ich, kannst sogar ausdrücken, was du nicht fühlst. Du würdest mich nicht missverstanden haben, wenn du die Kämpfe, die ich in meinem Innern austrug, auch nur andeutungsweise wahrgenommen hättest. Ich muss schon sagen, dass mich das sehr irritierte, wie teilnahmslos ein Mensch, der sich für einen Dichter ausgibt, an den brodelnden Seelen seiner Nächsten vorüberschreitet, während er lauter erbauliche Schilderungen trauriger menschlicher Schicksale auf der Gänsefeder vor sich her trägt.

Schiller: Ich kann mir die Genügsankeit nicht leisten, die eine Stärke weiblicher Seelen ist. Die meine strebt ungeduldig, alles zu vollenden, was noch nicht vollendet ist. Du hingegen siehst ruhig, wenn man so will: abgemessen . . .

Charlotte: Aber!

Schiller: Schon gut. . . . der Zukunft entgegen — das kann ich nicht.

Charlotte: Nur insofern bin ich ruhig, mein Liebster, als dass ich jetzt die Gewissheit habe, von dir geliebt zu werden und dass unsere Seelen unzerreißbar fest miteinander verbunden sind. Nur insofern bin ich ruhig, glaube mir. Wie sonst könnte ich der Zukunft ruhig entgegen sehen? Wie sollte meine weibliche Seele diese Stärke zeigen, wenn sie andere Stärken gar nicht erst annehmen darf? Wie sollte ich einer Zukunft gefasst entgegen treten, für die du mir androhst, dass du in ihr ausgerechnet als Schriftsteller dein Brot verdienen willst, wo du es nicht einmal jetzt als Professor schaffst?

LIX

Derselbe Raum. Wenig später. Charlotte spielt, mit Fehlern, Klavier, Glucks »Einen Bach, der fließt«.

Caroline: Du übst wieder?

Charlotte: Schiller liebt die Musik so sehr. Sobald er in seiner Arbeits- stube auf und ab geht und sich seiner dichterischen Stim- mung hingibt, hat er es gern, wenn er mich im Neben- zimmer Klavier spielen hört.

Caroline: Ich denke, er liebt die Musik?

Charlotte: Mir ist so sonderbar zu Mute, wenn ich daran denke, was hier alles unter uns vorgefallen ist. Manchmal glaube ich, das habe ich nur geträumt.

Caroline: Leider nicht, Schwesterherz.

Charlotte: Bei seinem Aufenthalt unter uns im Sommer focht mich zuweilen ein Misstrauen gegen mich selbst an. Der scheuß-

	liche Gedanke, dass du ihm immer noch oder überhaupt oder seit kurzem mehr bedeuten könntest als ich, dass er mich zu seinem Glück nicht im mindesten nötig hätte . . .
Caroline:	Ich hoffe, dein Misstrauen gegen wen auch immer ist inzwischen niedergekämpft?
Charlotte:	Die Li Dacheröden hat mir sehr dabei geholfen. Sie hat so etwas Edles, Erhabenes, weswegen mir oft, wenn ich bei ihr bin, so ist, als müsste ich vor ihr niederknien, weil sie ein höheres Wesen sei.
Caroline:	Vor allem, wenn sie auf dem Sessel steht.
Charlotte:	*(Sie denkt, spricht es aber nicht aus.)* Vor allem ist sie genauso wie ich davon überzeugt, dass es mich kaputt machen würde, Schiller an meine Schwester zu verlieren. Ich solle die dumme Idee, ihn an sie abzutreten, unbedingt aufgeben.

Das Klavierspiel bricht ab. Papierrascheln.

Caroline:	Was ist das?
Charlotte:	Ein Schreiben. Anonym. Der Bote hat's gebracht.
Caroline:	Zeig her!
Charlotte:	Es ist an mich! *(Sie bricht das Siegel auf.)* »Eine Person, die immer Wohlwollen gegen Sie gehegt hat, gibt Ihnen den guten Rat, sich nicht so um den Herrn Schiller zu bemühen, weil Sie sich dadurch lächerlich machen und durch seinen Umgang sehr viel von dem, was Sie sonst waren, verlieren.« — Was ich sonst war? Was war ich sonst? Kommt dir die Schrift nicht auch bekannt vor?
Caroline:	Nicht, dass ich wüsste.
Charlotte:	Aber du hast doch gar nicht richtig hingesehen! *(liest weiter)* »Überhaupt findet man durch den Umgang mit Dichtern kein Glück, weil sie alle, der eine mehr, der andere weniger, Phantasten sind und von der Wahrheit des Lebens weit entfernt. Jagen Sie nicht nach Poeten, sondern bilden Sie sich lieber zu einer guten Hausfrau, denn es gibt wenig

Männer, die dergleichen Weiber ernähren können.« Und ich finde doch. Das große S, ähnelt es nicht einem S, das wir kennen?

Caroline: Ein S halt. Wie soll es anders aussehen?

Charlotte: Täusche ich mich, oder schreibst du es genauso?

Caroline: Von rechts oben nach links unten, sehr wohl.

Charlotte: Das meine ich nicht.

Caroline: Mir sieht es eher nach der Hand der Kalb aus.

Charlotte: *(liest weiter)* »Hätte ich das Glück, genauer mit Ihnen bekannt zu sein, würde ich Ihnen das alles mündlich sagen.« — Das kann nicht die Kalb sein, oder sie verstellt sich.

Caroline: Dazu ist sie natürlich nicht fähig.

Charlotte: *(liest weiter)* »Doch da es sich nun einmal nicht so verhält, erachte ich es als meine Pflicht, Ihnen wenigstens schriftlich Mitteilung zu machen.« — Was sagt man dazu?!

Caroline: Du solltest diese Besorgnis ernst nehmen.

Charlotte: Ohne zu wissen, wer sie sich macht?

Caroline: Das kann kein schlechter Mensch sein.

Charlotte: Die Kalb?

Caroline: Warum denn nicht? Immerhin hat Schiller sie abserviert, da zeigt man Verständnis, wenigstens.

Derselbe Raum. Später.

Schiller: Der Himmel ist heute so herrlich heiter . . .

Chronistin: Es ist der neunundzwanzigste August neunundachtzig.

Schiller: Und meine Seele ist es auch — eben dacht' ich, wie schön es wäre, wenn ich lediglich von einem Zimmer ins andre zu gehen bräuchte, um bei Euch zu sein. Ach, wenn es doch erst so weit wäre! Vorhin im Garten, der reine Himmel über Euch und in Euch, habt Ihr an mich gedacht? Ja, Ihr habt an mich gedacht, eine leise Ahnung sagt es mir. Am fünfzehnten September ist Vorlesungsschluss. Ab dem achtzehnten will ich für einen Monat nach Rudolstadt kommen und wieder in Volkstedt zu wohnen. Ist das recht?

Charlotte: Mutter schickt mich nach Kochberg. Ich soll weg sein, bevor du eintriffst. Ich frage mich, ob sie irgendetwas spitzgekriegt haben könnte. Es ist ein Unglück, dass sie dermaßen romanhafte Vorstellungen davon hat, wie sich die Kinder ihren Eltern gegenüber verhalten sollen und deswegen Prätentionen an uns stellt, die nicht in der Natur der Sache liegen. Am liebsten möchte ich ihr das zum Lesen empfehlen, was Diderot über die Freundschaft der Kinder zu ihren Eltern schreibt.

Schiller: Verdienen es diese Ansprüche, die sie an Euch stellt, nicht, erfüllt zu werden? Soweit möglich. Ihr müsst die Chère mère in Zukunft fleißiger als bisher besuchen, sonst bringt Ihr sie dazu, mich und eine unangenehme Erfahrung in eins zu denken, als gehöre beides zusammen.

Charlotte: Auf gar keinen Fall will ich den ganzen Herbst über bei der Stein in Kochberg bleiben. Sie hat den Kopf voll mit Goethes schwangerer Geliebter, der dicken Leberwurst. Zum Glück ist wenigstens die Imhof dabei und redet immer mal wieder von etwas anderem. Auch die Kalb hat ihr Kommen angekündigt. Nach Rudolstadt will sie hinterher auch noch, ausgerechnet wenn ich nicht dort bin, aber du. Das riecht mir sehr nach Absprache und Spionage.

Schiller: Sie weiß doch noch nichts von unserer Verlobung. Allerdings ist sie so misstrauisch, dass man's kaum glauben kann. Insofern müssen wir uns auch vor der Stein in Acht nehmen, die könnte nämlich dem Beobachtungsgeist der Kalb nachhelfen.

Charlotte: Das glaube ich nicht! Nicht alles, was du sagst, ist richtig, und von Frauen scheinst du herzlich wenig Ahnung zu haben.

Schiller: Hoho!

Charlotte:	Meine Patin weiß, wie es einer ergeht, die jemanden liebt, der ihr zwar alle Türen offen lässt, sich aber gleichzeitig nach einer anderen sehnt. Sie sagt, du seiest einer der Männer, die sich nicht entscheiden könnten.
Schiller:	Woher die das wissen will!
Charlotte:	Ich solle mir keine Hoffnungen machen, dass sich daran jemals etwas ändern könnte.
Schiller:	Sagt sie.

Chronistin: Am achtzehnten September quartiert sich Schiller wieder in Volkstedt beim Kantor Unbehaun ein.

LX
Innen. Tag. Zimmer in der Unbehaunschen Wohnung zu Volkstedt.

Caroline: Der Herr Professor lesen Gibbon und ich frage mich, ob wir nun schon so weit sind, dass Charlotte auf ihn abfärbt. Nachmittags hockt er zumeist bei uns herum. Sein Verhältnis zur Chère mère gestaltet sich, nun, sagen wir, verzwickt. Ihm fällt es, wie allen Männern, schwer, seinen Mund zu halten, aber er hält ihn tapfer, was den ganzen Menschen sehr fest macht. Wenn Mutter mal wieder vom Schloss beurlaubt und zu uns herab gestiegen ist, sitzen sich die beiden bei Tisch gegenüber und mustern einander wie die Apotheker. Um überhaupt etwas äußern zu dürfen, redet er davon, dass ihm vor der Einsamkeit in Jena graut. Ein Wink mit dem Zaunpfahl. Ich winke zurück und sage, da könne ich ihm auch nicht helfen. Mutter schiebt ein Auge unter der Braue hervor und ergänzt: Wir alle nicht. Ich muss kichern. Sie hat wirklich noch nichts gemerkt. Sie glaubt den Briefen, die wir extra ihretwegen anfertigen und in denen wir uns extra ihretwegen immer noch siezen und die wir ihr extra unseretwegen vorzeigen, als wäre nichts dabei.

Schiller hat sich einen Namen für sie ausgedacht: »Sehbare Briefe«. (*Sie stöhnt.*) Alles wäre ganz gut auszuhalten, wenn nur mein Herz nicht . . . mein verrücktes Herz . . . Es wird mich doch wohl jetzt nicht im Stich lassen?! (*Sie stöhnt.*)

Chronistin: Charlotte von Kalb reist dann doch weder nach Kochberg noch nach Rudolstadt.

Charlotte: Das war knapp! Schiller befiehlt mir, ihr auf gar keinen Fall zu verraten, dass er für vier Wochen in Volkstedt war, weil sie ihn während eben dieser Zeit auf wenigstens einen Tag in Weimar hatte haben wollen, um mit ihm über ihre Scheidung zu palavern. Na, wie finde ich denn das? Wegen derselben Scheidung zetert ihr Alter inzwischen, er berufe sich auf eine Liebe, die ihm seine Frau nie gezeigt und nie für ihn gefühlt habe. Den Schiller scheint das alles nicht zu kratzen. Das ganze Theater ist zwar seinetwegen ins Rollen gekommen, aber er hat damit gar nichts zu tun, er ist ja mit mir verlobt.

Chronistin: Am zweiundzwanzigsten Oktober kehrt Schiller in seine »Schrammei« zurück. Abends um zehn kommt er an.

LXI
Innen. Nacht. Stube in Schillers Jenaer »Schrammei«.

Schiller: Mein Kopf ist heiter, und ich fühle den Mut in mir, den ich brauche, um durchzuhalten. Unser Leben hat angefangen. Ich male mir aus: Charlotte in meinem Zimmer. Dort. Im Sessel. Caroline ist bei uns, am Stickrahmen beschäftigt. Aus dem Spiegel, der mir gegenüber hängt, seh' ich sie beide. Ich lege die Feder weg, um mich zu vergewissern, dass ich sie beide habe und dass nichts sie mir wieder entreißen kann.

Chronistin: Einen Tag später lässt sich auf dem Campus der Universität
              ein ihm unbekannter Professor der Mathematik bei Schiller
              melden. Er bittet ihn, einem Unternehmen beizutreten, das
              er in Frankfurt am Main anzusiedeln gedenke, ein Lyceum
              nach Vorbild des parisischen. Drei Professoren würden
              sich in die Arbeit teilen, Schiller sei für die philosophischen
              und schönen Wissenschaften vorgesehen und solle sie auf
              eine Art vortragen, die auch den Laien zufriedenstellt. Um
              die Sache in Gang zu halten, benötige man zweihundert
              angesehene Familien als Abonnenten, jede müsse fünfzig
              Gulden jährlich beisteuern.

LXII

*Innen. Tag. Mietshaus in der Jenergasse 26 zu Jena. Zum Fenster
hinaus der Hinterhof. Viel Lärm.*

Schiller: Wie findest du das? Ist es nicht lustig, dass ich in der größten
              Existenznot einen solchen Antrag erhalte?
Charlotte: Das findest du lustig?
Schiller: Beinahe wäre ich aller Geldsorgen entledigt gewesen.
Charlotte: Wieso: »beinahe« und »wäre gewesen«?
Schiller: Natürlich lasse ich mich nicht darauf ein.
Charlotte: Aber . . .
Schiller: Dieser ominöse Mensch behauptet zwar, selbst in Frank-
              reich und Italien gewesen zu sein, aber er erweckt in mir
              keine hohe Meinung von sich.
Charlotte: Wäre ein solches Angebot nicht wenigstens wert gewesen,
              deine Meinung zu überprüfen?
Schiller: Jetzt, da es Caroline so schlecht geht? Wo denkst du hin! Ich
              kann sie . . . Euch nicht im Stich lassen! Hat sich ihr Zustand
              gebessert? Das ist es, was mir so viel Unruhe bereitet. Ich
              fürchte zwar nichts für jetzt, aber mir ist bange, dass diese
              Anfälle wiederkehren könnten. Körperliche Zerrüttungen

175

	würden das freie Spiel ihres Geistes stören und ihr gerade das verbieten, was sie und uns in ihr glücklich macht.
Charlotte:	Auch mir geht es nicht gut.
Schiller:	Carolines Seele hat Stärke, aber eben darum darf das Instrument nicht schwach sein, worauf sie spielt, sonst wird sie es durch jede lebhafte Bewegung angreifen. Ich kenne das.
Charlotte:	Auch mir geht es nicht gut, hörst du? Es ist so finster um mich, dunkle Wolken bedecken den Himmel . . .
Schiller:	Wir haben Herbst.
Charlotte:	Mir ist so bang.
Schiller:	Eine Melancholie. Ich habe schon einmal eine behandelt. Das kommt vom Unterleib. Nimm Brechsteinwein.
Chronistin:	Zwei Tage später, am fünfundzwanzigsten Oktober, taucht unvermittelt Frau von Stein bei den Lengefelds auf.
Caroline:	Zwischen ihr und unserer Mutter gibt es Herzensergießungen, die uns, vor allem mir, womöglich einen Strich durch die Rechnung machen. Die Stein weiß über unser Verhältnis so viel, wie ihr und uns zuträglich ist, aber ich glaube, sie steht mit der Kalb auf gutem Fuß und hat ihr gegenüber entsprechende Andeutungen gemacht. Der Kalb traue ich nach allem, was ich von ihr höre, nicht zu, ein Geheimnis zu verschweigen. Auch wenn sie mir leid tut danke ich dem Himmel, dass sie nicht deine Frau wird, und das sage ich nicht nur meinetwegen.
Schiller:	Ich weiß von der Kalb, dass die Stein mit keiner Silbe über deine Zukunft geredet hat, nur über den üblichen Klatsch und Tratsch in Weimar.
Caroline:	Die Frage ist, wem du glaubst. Du solltest dich der Chère mère erklären und damit nicht mehr allzu lange warten, sonst kommt sie dir zuvor, und dann fließt Blut.

Der Hinterhoflärm bricht ab.

Chronistin: Wieder einen Tag später, am Montag, dem sechsundzwanzigsten Oktober, beginnen die Kollegien. Schiller liest fünf-
stündig und privatim. Von den früher mehr als vierhundert
Hörern sind ihm dreißig geblieben, von denen voraussicht-
lich zwanzig zahlen werden.

LXIII

Innen. Tag. Mietshaus in der Jenergasse 26 zu Jena. Dasselbe Zimmer.

Körner: Sie zahlen, sofern du Glück hast. Die meisten sind zu arm,
als dass man's fordern könnte.

Schiller: Meiner Meinung nach gibt es zwei einfache Gründe für die
geringe Beteiligung.

Körner: Die wären?

Schiller: Mein Kolleg ist vierzehn Tage zu spät publik gemacht
worden. Überdies liegen die Stunden ungünstig, zwischen
siebzehn und achtzehn Uhr. Zur Teezeit.

Körner: Ich kenne noch einen anderen Grund. Ein gewisser Ge-
decke — ein Gymnasialdirektor, der im Auftrag der preußischen Regierung die deutschen Universitäten bereist — hat
dich die »Allgemeine Welthistorie« lesen hören. Er sagte
mir, dass es ihm schwergefallen sei nachzuvollziehen,
wieso du bei den meisten einen so übergroßen Beifall
fändest. Du habest alles Wort für Wort abgelesen, in
einem pathetischen, deklamatorischen Ton, der zu den
simplen historischen und geografischen Fakten, die du
vorzubringen hattest, nicht passte. Der Reiz des Neuen
sei perdu. Das Pathos bleibe übrig. Aber es könne deine
mangelnde Eignung fürs Lehramt nicht ersetzen.

Schiller: Und du? Bist du seiner Meinung?

Körner: Ich enthalte mich der Stimme, Euer Ehren. Eines allerdings
weiß ich: Du brauchst das Geld und es scheint mir neben-
sächlich zu sein, ob du's dir mit oder ohne Pathos verdienst.

Chronistin: Zu Anfang des Novembers wird Charlotte abermals nach dem Schloss Kochberg beordert. Dort gibt man für Karl Ludwig von Knebel, der auf eigenen Wunsch aus den herzoglichen Diensten entlassen wird und in seinen Heimatort Anspach reisen will, ein Fest.

LXIV

Schloss Kochberg. Saal. Festivität. Musik, Geschirr, Gebrabbel.

Schiller: Der von aller Welt heißgeliebte Knebel ist fürwahr ein Spielball des Schicksals. Er weiß heute nicht, wo er morgen sein wird. Überall hat er Haus und Wohnung und ich glaube fast, dass er ebenso gut an zwei Orten zugleich sein kann, wie er auch imstande ist, zweierlei Meinungen auf einmal zu haben und zweierlei Lieben. In Weimar wird er sehr vermisst werden, nicht wahr, Lotte? Da sitzt du nun in dem großen Saal und stierst die Tapeten an. Ich bin dem bösen Kochberg noch immer gram vom vorigen Jahre her, wo er dich ständig von mir wegnahm. Der Ausgang des Sommers wurde uns dadurch so gestört und unser Verhältnis zerrissen, wenn es eben im besten Gange war.

Charlotte: *Die* Sorge bist du nun los. Ohne dein Zutun verlierst du einen Konkurrenten. Es scheint so, als lösten sich überhaupt alle deine Probleme, indem du sie aussitzt.

Schiller: Mit Knebel geht das Leben davon, die Grazien entweichen und die Engel fliehen mit ihm. Alle Herzen führt er in seinem Koffer mit sich fort. In Zukunft werdet ihr in Weimar buchstäblich eine herzlose Gesellschaft vorfinden.

Charlotte: Trotz allem tätest du gut daran, dich vor dem großen Seelenfessler zu fürchten. Da wir einmal seine Gabe der Beredtsamkeit kennngelernt haben, werden wir uns fragen, ob es nicht schön wäre, einen solch beredten Menschen alle Zeit um uns zu haben. Man könnte ihn in einen Käfig sperren wie einen Papagei und zum Zeitvertreib seinen gewandten Reden lauschen. Und weghören, wenn andere uns mit ihren rhetorisch wenig begnadeten Rednereien langweilen. Nicht wahr, Schiller?

Schiller: (*Er schweigt. Man höert ihn atmen.*)

Charlotte? Schiller?

Schiller: (*Er schweigt. Man hört ihn atmen.*)

Chronistin: Den Dritten und Vierten des Monats sagt Schiller zwei Kollegien wegen Arbeitsüberlastung ab. Am Neunten dräut Ärger mit dem Jenaer Senat. Schiller hat sich auf den gedruckten Anschlägen für seine Antrittsvorlesung »Professor der Geschichte« genannt statt Professor der Philosophie, worauf sich ein Herr Heinrich beklagte, dass man einzig ihm die Professur für Geschichte übertragen habe, und zwar namentlich.

LXV

Außen. Tag Stilles Eckchen auf dem Universitätscampus zu Jena.

Körner: Deinetwegen muss der Fakultätsdiener durch die Stadt pesen und von den Buchläden und sonst überall die Aushänge mit der Ankündigung seiner Vortragsreihe herunterreißen.

Schiller: Ich lasse prüfen, ob er's auf eigene Faust getan hat.

Körner: Du bist nicht gescheit!

Schiller: So albern mir das alles vorkommt, so wenig lasse ich's mir gefallen.

Körner: Das wirst du müssen, wohl oder übel. Du bist nicht im Recht.

Schiller: Nicht?

Körner: Ich frage mich, ob du so naiv oder so raffiniert bist.

Schiller: Ich möchte wissen, welcher peststinkende Genius es war, der mir eingegeben hat, mich in Jena zu binden! Ich habe dadurch nichts, gar nichts, gewonnen, statt dessen unendlich viel verloren. Wenn diese jämmerliche Existenz wenigstens mit ein paar ökonomischen Vorteilen verknüpft wäre, dann würde ich mich in mein Schicksal ergeben wie jeder andere in sein Amt. Vier, fünf Jahre könnte ich's vielleicht durchhalten mit dem Privatisieren. Danach gäbe es aber nur noch eins: die Schriftstellerei. Aber ich frage dich: Wie kann ich als unbedarfter Schulmeister einer Universität dieses Ziel erreichen?

Chronistin: Zehnter November neunundachtzig. Schillers dreißigster Geburtstag. Der Dichter schluckt Chinin, wozu Charlotte »China« sagt.

LXVI

Innen. Tag. Neutraler Klangraum. Sozusagen das virtuelle Brief- und Diskussionszimmer der drei räumlich Getrennten. Kanäle: Charlotte links, Schiller Mitte, Körner rechts.

Charlotte: Ich gratuliere dir, mein Liebster.

Schiller: Wozu, wenn ich fragen darf?

Charlotte: Zu deinem Geburtstag, weißt du nicht?

Schiller: Hab ich heute Geburtstag? Ich bin ganz unrichtig in der Zeit. Voriges Jahr hab' ich meinen Geburtstag mit dir gefeiert. Richtig? Heute bist du mir viel näher als damals, der Wegstrecke ungeachtet. Der Morgen in Lauchstädt, wo ein so langes, schmerzhaftes Stillschweigen endlich brach, wo Caroline ... — wo das entscheidende Wort gesprochen wurde, das mein ganzes Wesen umkehrte, jener Morgen ist mir ein weit lieberer, schönerer Tag als der zehnte November.

Körner: Hübsch, hübsch. Vor ein paar Tagen hast du an Herrn von Dalberg geschrieben.

Chronistin:	Koadjutor des Erzbischofs von Mainz und des Bischofs von Konstanz, Bruder des Mannheimer Intendanten.
Körner:	Mein schwankender Freund, der sich soeben dem Lyceum in Frankfurt verweigert hat, räsoniert, ob er nicht im Preußischen »etwas anspinnen« solle.
Schiller:	Was ist daran verkehrt? Dalberg hat mir versprochen, mich anzustellen, sobald er Fürstbischof oder Kurfürst wird, was bei dem hohen Alter der derzeitigen Regenten über kurz oder lang zu erwarten ist. Er beabsichtige, mir »eine meinem Wunsche und Sinne ganz entsprechende Anstellung« zuzudenken, bei einem Gehalt von viertausend Gulden, und mir den freien Gebrauch meiner Zeit zu überlassen.
Körner:	Klingt wie ein Märchen.
Schiller:	Ich könnte in der Pfalz unterkommen, entweder in Mannheim, bei der dortigen Akademie, oder in Heidelberg. In Mannheim würde ich Caroline recht gern bei mir haben. Es ist eine freundlichere Erde unter einem lieblicheren Himmel. Allerdings fällt mir ein, dass sie mir manche Torheit zu verzeihen hätte, die ich dort beging, zwar vor unserer Zeit, aber trotzdem.
Körner:	Du gestattest, dass ich mich wundere. Plötzlich entwickelst du keine Furcht mehr vor der Fremde. Bei deinen zwei Frauen ist das etwas anderes. Immer noch gilt ihr Grundsatz: Nur raus hier! Deshalb malen sie sich ihr zukünftiges Leben bereits in den schillerndsten Farben.
Schiller:	(*stöhnt und windet sich*) Eins ist ind er Tat ärgerlich. Dahlberg hat mir beschieden, ich solle mir sein Angebot um Gottes Willern nicht als etwas denken, das bereits feststünde, mancher Sturm könne das noch umstürzen. Außerdem habe ich heute, ausgerechnet an meinem Geburtstag, mein erstes Kollegiengeld eingenommen, von einem Bernburger Studenten. Zum Glück war der Mensch neu und noch weit verlegener als ich. Er retirierte sich auch gleich.

Chronistin: Als ob es Schiller geahnt hätte, trifft einen Tag nach seinem Geburtstag eine Nachricht des Freiherrn von Dalberg ein, er möge sich mit seinem Anliegen direkt an den Kurfürsten von Mainz wenden, weil er selbst, Dalberg, nicht in der Lage sei, ihm zu helfen.

LXVII
Innen. Tag. Mietshaus in der Jenergasse 26 zu Jena.

Charlotte: Du denkst gar nicht daran, die Chère mère um meine Hand zu bitten. Immer steht etwas dazwischen. Am liebsten das fehlende Festgehalt Du kümmerst dich aber auch nicht darum, eines zu erlangen.

Schiller: Du kannst fürchten, dass du aufhören könntest, mir das zu bedeuten, was du mir bist. Dann müsstest du aber auch aufhören, mich zu lieben! Deine Liebe ist alles, was du brauchst, und die will ich dir leicht machen durch die meine. Das ist eben das höchste Glück in unsrer Verbindung, dass sie auf sich selbst ruht und in einem einfachen Kreise sich ewig um sich selbst bewegt, sodass mich die Furcht nicht überkommt, euch jemals weniger zu sein, oder weniger von euch zu empfangen.

Charlotte: Ich verstehe nicht. Du redest wie früher.

Schiller: Unsere Liebe braucht keine Ängstlichkeit, keine Wachsamkeit.

Charlotte: Wessen?! Ich werde verrückt!

Schiller: Niemals könnte ich mich an euch beiden freuen, wenn ich nicht die Gewissheit hätte, dass ich der andern nicht entziehe, was ich der einen bin. Frei und sicher bewegt sich meine Seele unter euch und immer liebevoller kehrt sie von der einen zu der andern zurück — derselbe Lichtstrahl (gönnt mir diesen gewagten Vergleich!), der nur verschieden widerscheint aus verschiedenen Spiegeln.

Charlotte:	Nein!
Schiller:	Caroline ist mir näher im Alter und gleicht mir darum auch mehr in der Form meiner Gefühle und Gedanken. Sie hat mehr Empfindungen in mir zur Sprache gebracht als du, meine kleine Maus.
Charlotte:	Also war mein Betragen doch zu abgemessen.
Schiller:	Nicht unbedingt.
Charlotte:	Dann warst du nicht aufrichtig zu mir.
Schiller:	Aber ich wünschte um alles in der Welt, dass es sich anders verhielte, dass du anders wärst, als du bist.
Charlotte:	Wie könnte ich das?
Schiller:	Was Caroline dir voraus hat, musst du von mir empfangen. Deine Seele muss sich in meiner Liebe entfalten, und mein Geschöpf musst du sein.
Charlotte:	Ich dein Geschöpf?
Schiller:	Ganz und gar. Dann bringst auch du die Empfindungen in mir zur Sprache.
Charlotte:	Unter dieser Voraussetzung?
Schiller:	Nur bereitet mir zur Zeit Carolines Schicksal die größte Unruhe. Bleibe ich in Jena, so will ich mich gern ein Jahr und etwas drüber mit der Notwendigkeit aussöhnen, dass sie mit Beulwitz allein lebt. Von diesem Jahr könnte sie die Hälfte bei uns zubringen. Nur liegt es nicht in meiner Gewalt, ob ich in Jena bleibe, vor allem wenn sich vorteilhaftere Aussichten für mich eröffnen sollten. In Jena könnte ich es im nächsten Jahr noch nicht möglich machen, mit dir zu leben. Vielleicht nehme ich erst in zwei Jahren genug Geld durch die Kollegien ein. Bis dahin bin ich gezwungen, durch ein beträchtliches fixes Gehalt Abhilfe zu schaffen, und eben daran arbeite ich jetzt ernstlich.
Charlotte:	*(brüllt theatralisch jammernd)* Nun doch!
Schiller:	Darin liegt aber gleichzeitig das Schlimme. Ich muss alles daran setzen, von hier wegzukommen, um unsere Verbindung zu beschleunigen, aber wenn sich Carolines

Verhältnis nicht im gleichen Tempo entwickelte, kämen wir auf ein ganzes Jahr auseinander. Das darf nicht geschehen! Zur Zeit weiß ich mir keinen Rat. Wenigstens war es mir lieb zu sehen, dass auch die Chère mère bereits an die Trennung von Beulwitz gedacht hat.

Charlotte: Was, bitte, soll ich jetzt sagen? Dass nach diesem Bekenntnis meine Seele heller ist? Und dass sie so bleiben wird? Wie könnte ich das? Aber wenigstens einmal ein Wort. Und darum will ich's glauben, in Gottes Namen. Also trotzdem, und ich kenne mich nicht wieder, tue ich's. Ja, meine Seele ist heller. Ich fühle, dass mein Geist sich wieder erheitern und diese ruhige Stimmung in mich zurückkehren wird, die meine Seele im Gleichgewicht hält. (*wütend*) Alles, um dein Leben schöner zu machen. Es bedarf jetzt keiner weiteren Erklärung.

Schiller: Wenn es denn so käme, wäre es für dich ein heroischer Entschluss, in Jena ganz allein mit mir zu leben. Du wirst dich einsam fühlen. Du wirst den Umgang mit den anderen Frauen schmerzlich vermissen.

Charlotte: Aber ich habe dir doch schon so oft versichert, dass ich mich mit mir und dir allein am wohlsten fühle. Hörst du denn nicht zu? Was du über meinen heroischen Entschluss sagst, trifft die Wahrheit also nicht in die Mitte. Dass ich den Umgang mit anderen Frauen vermissen könnte, fürchte ich im Gegensatz zu dir überhaupt nicht. Die meisten sind so arm, so eng, hängen so viel an Armseligkeiten und sind so klein, dass es mich niederdrücken könnte, wenn ich ihnen zu nahe gerate. Aus Langeweile mich nach ihnen sehnen zu müssen, dahin darf es und wird es nie kommen. Denn ich kann mich, wie du weißt, bestens beschäftigen und habe noch manches, was ich lernen möchte. Wenngleich Caroline nicht von Anfang an mit uns lebt, so kann sie doch, wenn sie Lust hat, jeder Zeit zu uns kommen, es sind nur acht Stunden.

Schiller: Doch so viel.

Charlotte: Ich werde bei meiner Patentante, der Frau von Stein, vor-sprechen, ob sie nicht aus alter Anhänglichkeit für uns einige Räder ins Rollen bringt. Ich bin mir sicher, sie würde ihre letzten Kräfte aufwenden, wenn sie auch nur im entferntesten dazu beitragen könnte, mich glücklich zu machen, also uns.

Schiller: Caroline warnt mich vor der Stein.

Charlotte: Caroline warnt dich neuerdings vor allem, was ich einrühre, und vor allen, die mit mir zu tun haben.

Schiller: Sie will mit der Chère mère sprechen. Hat dir die Stein irgendetwas, unser Verhältnis betreffend, versprochen? Ich beobachte den Knebel, ob er nicht etwa von ihr einen Wink bekommen hat, aber es sieht nicht danach aus. Mag die Stein gegenüber anderen Frauen den Mund halten, hoffentlich auch gegenüber der Kalb und der Imhoff, bei einem Mann, den sie so hoch schätzt wie den Knebel, hält sie sich bestimmt nicht zurück.

Charlotte: Ich verstehe das nicht. Woher kommt deine Angst vor der Gesellschaft? Es muss doch einmal heraus!

Chronistin: Am sechsundzwanzigsten November schlägt Caroline ihrem Schiller vor, er möge die Jenaer Stellung, die ihm nur Arbeit macht, aber keine Einnahmen bringt, aufkündigen und statt dessen in Rudolstadt als freier Schriftsteller leben.

Charlotte: Li von Dacheröden meint, warscheinlich werde Caroline mit uns leben. Sie glaube nicht, dass sie etwas an der Ausführung dieses Gedankens hindern könnte. Die Li weiß also schon wieder Bescheid. Alle wissen Bescheid, nur ich nicht. Jedenfalls kennst du meine Meinung, dass ein Leben mit Caroline nicht das einfachste sein würde, denn ihre Gesundheit, fürchte ich, wird nie wieder ganz hergestellt werden können, weil ihre Nerven durch ihre Schwäche allzu

	reizbar geworden sind, weswegen sie alles umso stärker anstrengt. Sie wird nie zu Ruhe und Gleichmaß finden.
Schiller:	Das klingt mir eher nach einem Portrait der Kalb.
Charlotte:	Das Zucken im Gesicht ist auch noch nicht vorbei, im Gegenteil, sie sorgt sich, dass es noch schlimmer wird und sich nicht mehr verliert. Kurzum: eine Nervensäge für jeden, der sie ständig um sich hat.
Schiller:	Lass' es gut sein!

Chronistin: Vom Dezember an wohnen die Schwestern eine Zeit lang in Weimar bei dem Imhoffs, weil die Mutter ihnen einen Winteraufenthalt in lebhafterer Atmosphäre vergönnt. Schiller besucht die beiden beinahe jede Woche.

LXVIII
Innen. Tag. Weimar. Stadtgeräusche. Beflissene Dienerschaft.

Charlotte:	Schön, dich nur drei Stunden von uns entfernt zu wissen. Es wird die Zeit kommen, in der außer einer Tür nichts zwischen uns ist. Mit leicht flauem Magen habe ich die alten Plätze wiedergesehen. Dein Haus, die Esplanade, wohin ich so oft blickte, um dich herbeikommen zu sehen. Alles bringt mir die Erinnerung zurück.
Schiller:	Aber ich bin doch da, leibhaftig!
Charlotte:	Trotzdem. Die Erinnerung ist etwas anderes.
Schiller:	Man kann sie sich zurechtbiegen, und das ist für gewöhnlich auch notwendig, will man nicht verrückt werden an seinen Fehlern.
Charlotte:	Vor allem ist sie schöner.
Schiller:	Auch deine an mich? Schau lieber in die Zukunft. Ich bitte dich um eines: Teile mir mit, wer in Weimar was über uns und die Hochzeit sagt.
Charlotte:	Da hast du's!: die leidige Gegenwart.

Schiller:	Ich wünsche, alles en détail zu wissen, ausführlich. Vielleicht plumpst die Schmidt dir gegenüber damit heraus. Sie möchte den Leuten immer etwas Angenehmes sagen.
Charlotte:	Wozu brauchst du das?
Schiller:	Um auszurechnen, von wo der Feind angreift.
Charlotte:	Bei der Gelegenheit: Ich möchte gerne die Kalb besuchen. Sie soll krank sein, und das tut mir so leid.
Schiller:	Es wäre mir lieb, wenn du das bleiben ließest.
Charlotte:	Die Schmidt soll ich aushorchen und die Kalb meiden? Ich denke, ihr steht gut miteinander?
Schiller:	Sie hat einen lauernden Verstand und eine prüfende, kalte Klugheit, und beides zusammen erfordert, dass man immer auf der Hut sein muss vor ihr. Ich weiß nicht, ob du dem gewachsen bist. Halte dich lieber an die Paulus, die bald nach Weimar kommen wird. Sie ist vom stadtgemachten Klatsch noch nicht belastet. Ich fände es sogar gut, wenn es zwischen dir und ihr zu einer mehr als nur alltäglichen Bekanntschaft käme.
Chronistin:	Karoline Paulus, angehende Schriftstellerin, zweiundzwanzig Jahre alt, frisch verheiratet.
Charlotte:	Weil sie vom Weimarer Klatsch noch nicht belastet ist?
Caroline:	Mir geht es übrigens wieder besser, falls es Euch interessiert. Alles scheint sich einzurenken, wenngleich schief. Manchmal sieht es wirklich danach aus, als könnten meine Gesichtszüge nicht mehr in ihre frühere Position einrasten.
Schiller:	Lass sehen!
Caroline:	Beulwitz benimmt sich anders mir gegenüber.
Schiller:	Wie soll er sich anders benehmen? Er ist sicher ein schätzenswerter Mann von Verstand und einigen Kenntnissen, aber dich weiß er nicht zu behandeln. Du hast viel mehr Geist als er und eine eigene Feinheit der Seele, für die er ganz und gar nicht gemacht ist.

Caroline:	Das meine ich nicht. Ich meine nicht, wie du ihn schon immer gesehen hast, ich meine seine Veränderung. Er ist jetzt streckenweise unausstehlich. Seine Generösität von früher ist futsch. Er hat plötzlich Ecken und Kanten, als ob sie ihm auf seiner Reise geschlagen worden wären. Ich möchte wissen, wer ihm was gesteckt hat.
Charlotte:	Es muss anders werden. Wenn ihn irgendjemand davon abhielte wiederzukommen . . . So aber . . .

LXIX

Innen. Tag. Im »Coffee Baum« zu Leipzig. Angeregte Gesellschaft.

Körner:	Von deiner Absicht zu heiraten, sprichst du nur nebenbei.
Schiller:	Weil über den Termin und die Umstände noch nichts entschieden ist. Wir wollen die Mutter erst dann mit dieser Sache bekannt machen, wenn wir alles von allen Seiten durchdacht und fertig haben.
Körner:	Ihr oder du?
Schiller:	Ist das von Belang?
Körner:	Also du. Warum?
Schiller:	Dass ihre Tochter aus Rudolstadt weggeht, wird das Einverständnis der Chère mère mit unserer Heirat nicht fördern. Dazu kommt, dass der Weggang der einen Tochter bald auch den Weggang der andern zur Folge haben würde, denn die Beulwitz liegt mit ihrem Mann über Kreuz und nur die ständige Anwesenheit ihrer Schwester hat ihr diese Ehe bis jetzt einigermaßen erträglich gemacht. Mit ihrem Gatten alleine will Karoline nicht leben, was ihre Mutter ahnt und worüber sie sich sehr beunruhigt.
Körner:	Wie willst du dem abhelfen?
Schiller:	Indem wir, Charlotte und ich, in Rudolstadt bleiben.
Körner:	Um mit Beulwitz und seiner Frau zusammenzuleben? Du bist verrückt!

Schiller: Er und ich vertragen uns, und wenn die Beulwitz nicht auf die Gesellschaft ihres Mannes eingeschränkt ist, geht auch mit ihr alles besser. Wir haben dort Platz genug, es sind zwei Häuser aneinander, das eine lässt sich vom anderen aus betreten, und seitdem die Mutter ständig bei Hof zu tun hat, hängen wir uns nicht mehr allzu dicht auf der Pelle. Mein Plan ist folgender: Ich verlange auf Ostern ein fixes Gehalt vom Herzog, das man mir ganz gewiss verweigert. Daraufhin lege ich meine Professur nieder. Sollte ich es aber so weit bringen, dass man mir erlaubt, ein Jahr zu privatisieren, damit ich meine niederländische Geschichte beenden kann, ließe sich dieser alles in allem doch recht gewaltsame Schritt vermeiden. Falls nicht, gäbe die niederländische Geschichte einen anständigen Vorwand für meinen Abschied ab. Ein etwaiger Weggang von Jena dürfte für meine künftige Versorgung keinerlei nachteilige Folgen haben, denn meine schriftstellerische Arbeit geht weiter, außerdem beharre ich auf dem Studium der Geschichte, und in vier bis fünf Jahren wird mein Verdienst auf diesem Gebiet allgemein anerkannt sein. Gleichzeitig rechne ich noch immer auf die Akademie in Berlin.

Körner: Ich glaube, das alles schon einmal gehört zu haben.

LXX

Innen. Tag. Charlottes Zimmer in Weimar. Draußen Droschken auf Kopfstein-pflaster. Kirchenglocken.

Chronistin: Karl Ludwig von Knebel, der auch nach den offiziellen Abschiedsfeierlichkeiten noch immer nicht aus Weimar abgereist ist, empfängt die Schwestern.

Charlotte: Dieser Mensch wird mich immer weiter verfolgen, sagt Schiller. Wahrscheinlich verrschiebt er seine Abreise auf

Pflaumenpfingsten, weil es ihm plötzlich wieder in Weimar gefällt, sagt Schiller. Dann hätten wir ihn den ganzen Winter auf dem Hals. Ihn zu schneiden, sei nicht ratsam, wenn wir's uns mit dem Weimarer Volk nicht verderben wollen, denn das richte sich nach Knebels Urteil.

Caroline: Sagt Schiller. Dein Verlobter wird im »Elephanten« logieren, wenn er zu uns kommt. Der ist gleich um die Ecke. Schiller hat schon damit angefangen, krank zu spielen und das Ausgehen abzuschlagen.

Charlotte: Als wir die vier Stunden bei ihm in Jena waren ...

Caroline: Auf der Durchreise hierher?

Charlotte: Da hast du mich fortgeschickt in die Apotheke, weil er wieder so wild hustete. Was gab es so Wichtiges?

Caroline: Die Medikamente.

Charlotte. Geh! Halt' mich icht zum Narren!

Caroline: Ich hab' ihm, um der Sache zu verleihen, ein weiteres Mal meinen Plan unterbreitet, er möge seine Professur in Jena aufgeben und zu uns ziehen.

Charlotte: In ein Haus in der Nähe?

Caroline: Nein, in ein und dasselbe Haus.

Charlotte: Zu dir und deinem Mann?

Caroline: Zu dir und mir. Und meinem Mann, soweit er präsent ist.

Charlotte: Wie war seine Antwort?

Caroline: Er hat sogleich Skizzen angefertigt, wo in einem gemeinsamen Haus die womöglich gleichfalls gemeinsamen Betten stünden und wie er auf kürzestem Weg von mir zu dir gelangen könnte, ohne durch unnötiges Treppensteigen außer Atem zu geraten. Aber jetzt kneift er.

Charlotte: Wie kommt's?

Caroline: Er fürchtet, seinen Eltern Schmerzen zuzufügen, wenn er sich aus seinem festen Etablissement reißt. Seinem Vater. Von seiner Mutter war nicht die Rede.

Charlotte: Dann ist das also vom Tisch?

Caroline: Ich fürchte schon.

Charlotte: Darüber habt ihr geredet in den paar Minuten, in denen du mit ihm alleine warst?

Caroline: Er verbarg sein Gesicht in meinen Händen. Ich konnte nur wenig sprechen.

Chronistin: Den vierten Dezember bemerkt Schiller am Rande einer Gesellschaft, die der Herzog für die Jenaer Professoren gibt, die »Stille des Verhältnisses« zwischen ihm und den Schwestern. Er fragt sich, ob man durch die allzu häufigen Treffen in Rudolstadt einander überdrüssig geworden sei. Caroline besucht einen Tag später Goethe.

Charlotte: Nicht zuletzt, um auszuforschen, welcher Art mein Bündnis mit der Frau von Stein sei, oder welcher Unart.

Caroline: Es gibt das Lieblingsessen des Geheimrats: Gekochtes Rindfleisch mit Frankfurter Grüner Soße, Petersilie-Kartoffeln und Rote-Bete-Salat. Aber die Soße ist gar nicht grün, sondern weiß mit ein paar Sprenkeln Dill. Eine ziemliche Enttäuschung. Ach, und Goethe tut mir so leid! Sein Liebchen ist seit fünf Tagen in Kindsnöten und wird wohl sterben. Die Stein läuft herum, als wolle sie ihrem Namen gerecht werden. Sie tratscht offen von Schillers Verhältnis mit Lottchen. Mich lässt sie zum Glück außen vor.

Chronistin: Den Zwölften reitet Schiller nach Weimar, um für einen Tag die Schwestern zu besuchen.

LXXI
Innen. Tag. Charlottes Zimmer in Weimar, später.

Schiller: Du weißt noch nicht, Charlotte, dass ich mich entschlossen habe, zu Ostern meine Professur niederzulegen und als freier Schriftsteller nach Rudolstadt zu ziehen.

Charlotte:	Waaas?!
Schiller:	Für den Fall, dass mir der Herzog die zweihundert Taler Gehalt verweigert.
Charlotte:	Ach so. Ja, doch, das weiß ich. Von Caroline. Von dir freilich nicht.
Schiller:	Vielleicht würde ich mich auch nur beurlauben lassen.
Charlotte:	Vielleicht.
Schiller:	Vorher will ich versuchen, Goethe für uns einzuspannen. Die Idee wird mir immer angenehmer, je mehr ich darüber nachdenke. Einem jeden schmeichelt es, in solchen Herzensangelegenheiten Vertrauen zu erfahren und mitwirken zu dürfen, einer Prüde wie Goethe erst recht. Vielleicht findet er beim Herzog ein offenes Ohr wegen des Gehalts, nachdem es mit meiner Professorenstelle so reibungslos geklappt hat.
Caroline:	Das behagt mir gar nicht.
Schiller:	Meine Pläne?
Caroline:	Unser Wiedersehen. Entweder bist du mir zu wenig. Oder Lotte ist mir zu viel.
Charlotte:	Obwohl er die ganze Zeit ausschließlich um dich herumscharwenzelt wie ein läufiger Kater?
Schiller:	Lass dich davon nicht täuschen. Mit unserer Liebe hat das nichts zu schaffen, meine kleine Maus.
Charlotte:	Damit du's weißt: Ich war bei der Kalb.
Caroline:	Ich auch
Schiller:	*(außer sich)* Ich hatte Euch doch gebeten . . .
Charlotte:	Na und?
Schiller:	Was sagt sie?
Charlotte:	Sie hat mich freundlich empfangen.
Caroline:	Mich auch.
Charlotte:	Uns beide.
Schiller:	Si etwas bringen nur die Weiber fertig.
Charlotte:	Ihre Lage, ihr Schicksal, ist doch sonderbar, nicht wahr? Sie sagte, die Frau von Stein würde rundweg abstreiten,

von irgendetwas gehört zu haben, was unsere Beziehung anbelangt. Die Kalb billigt das. Auch oder gerade, weil ganz Weimar daran irre wird, denn man weiß, wie eng die Stein mit mir verbunden ist. Auch ihr gegenüber hat die Stein alles abgestritten. Hätte eine von uns dieser Unterredung zugehört, wäre uns wahrscheinlich lächerlich vorgekommen, wie eine der anderen blauen Dunst vormacht, oder wir hätten selber daran gezweifelt, mit dir eine Beziehung zu haben. Auch von mir denkt die Frau von Kalb gut, und ich weiß nicht, was du nur immer hast.

Caroline: Mir drückte sie einige Male die Hände und bat mich, sie möglichst oft zu besuchen.

Schiller: Die flasche Schlange.

Caroline: Aber das werde ich wohl sein lassen. Es ist wahr — der Ausdruck ihres Gefühls elektrisiert nicht. Zwischen mir und ihr wird es nicht zu etwas Individuellem kommen. Ich kann mir nur denken, wie Euer Verhältnis war, aber nicht recht, wie sie dich anfänglich anzog. Sie hat so gar keinen ungezwungenen Ton, sondern nur etwas Studiertes.

Charlotte: Diesbezüglich haben wir unterschiedliche Meinungen.

Caroline: Nur eine davon kann die richtige sein.

Schiller: Fragt sich, wie ich sie durchsetze.

Chronistin: Von Erfurt aus, wo sie Li Dacheröden besuchen, enthüllen Charlotte und Caroline ihrer Mutter am fünfzehnten Dezember die Einzelheiten der Lauchstädter Verlobung.

LXXII
Innen. Tag. Charlottes Zimmer in Weimar, wieder später.

Caroline: Um den Gerüchten zuvorzukommen, die schneller sind als die Postpferde.

Charlotte: Und den Postpferden, die schneller sind als Schiller.

Chronistin: Einen Tag später bittet Schiller den Erbprinzen von Coburg
um die Verleihung des Hofratstitels.

Charlotte: Offensichtlich in einem Anfall von Panik.

Caroline: Mutter schreibt. (*Papierrascheln. Sie zitiert*) Dein heutiger
Brief, meine Caroline, hat mich so erschüttert, dass ich
nicht imstande bin, eine einzige Zeile darauf zu antworten.
Dessen kann Lottchen versichert sein, dass mein Mund nie
heuchelte, wenn ich Euch sagte, dass meine ganze Sorge auf
Eure Glückseligkeit gerichtet ist. In der Zwiebackschachtel
werdet ihr dreißg Taler finden. Ich wollte sie der Botenfrau
nicht anvertrauen.

Chronistin: Notgedrungen buhlt Schiller am achtzehnten Dezember
bei der Chère mère um die Hand ihrer Tochter.

LXXIII

*Innen. Tag. Charlottes Zimmer in Weimar, wieder später. Charlotte
zietziert aus Schillers Schreiben. Papierrascheln. Kaminfeuer.*

Charlotte: Hör' zu! »Wie lange und wie oft, seit mehr als einem Jahr,
gnädige Frau . . .«,

Caroline: Genau so lange hat er dagelegen, der Brief, in seinem Sekre-
taire. Zur Not hätte er immer weiter Ausreden erfunden,
um ihn nicht abschicken zu müssen.

Charlotte: »Wie lange und wie oft habe ich mit mir selbst gestritten,
ob ich es wagen soll, ihnen zu gestehen, was ich jetzt nicht
mehr zurückhalten kann.«

Caroline: (*Lacht wütend.*)

Charlotte: »Ich muss Sie bitten, verehrungswürdigste Freundin, sich
jetzt alles gegenwärtig zu machen, was je in Ihrem gü-
tigen Herzen für mich sprach. Ich selbst muss mir jedes
Ihrer Worte zurückrufen, worin ich Wohlwollen für mich

	zu erkennen glaubte, um in diesem Augenblicke Mut und Hoffnung zu fassen.«
Caroline:	(*bissig*) Auszudrücken versteht er sich, der Fritz.
Charlotte:	»Es gab Momente, in denen Sie mich vergessen ließen, dass ich ein Fremdling in Ihrem Hause sei, ja wo Sie unter ihre Kinder auch mich zu zählen schienen. Wie tief ergriff es mein Herz, wo lange schon kein anderer Wunsch mehr lebte, Ihr Sohn genannt zu werden.«
Caroline:	Er kennt die Schwachstellen der Chère mère genau.
Charlotte:	»Ich gebe das ganze Glück meines Lebens in Ihre Hände! Ich liebe Lottchen — ach!« Moment, das geht anders: »Ich liebe Lottchen. Ach, wie oft war dieses Geständnis auf meinen Lippen, es kann Ihnen nicht entgangen sein. Seit dem ersten Tage, an dem ich in Ihr Haus trat, hat mich Lottchens liebe Gestalt nicht mehr verlassen.«
Caroline:	So also ist das. Seit dem ersten Tage.
Charlotte:	»In so vielen froh durchlebten Stunden hat sich mir ihre zarte, sanfte Seele in allen Facetten gezeigt. Im stillen, innigen Umgang, wovon Sie so oft Zeugin waren, knüpfte sich das unzerreißbare Band meines Lebens.«
Caroline:	Auch in dem weniger stillen Umgang, dessen Zeugin sie *nicht* gewesen war.
Charlotte:	»Mit jedem Tage wuchs die Gewissheit in mir, dass ich durch Lottchen glücklich werden kann. Hätte ich diesen Eindruck vielleicht bekämpfen sollen, da ich noch nicht vorhersehen konnte, ob Lottchen auch die meine werden kann? Ich hab's versucht. Ich schrieb mir einen Zwang vor, der mich viele Leiden kostete.«
Caroline:	Natürlich. Ihn.
Charlotte:	»Aber es ist nicht möglich, seine höchste Glückseligkeit zu fliehen und gegen die laute Stimme des Herzens zu streiten. Alles, was meine Hoffnungen niederschlagen könnte, habe ich in diesem langen Jahr, wo diese Leidenschaft in mir kämpfte . . .«

Caroline:	Und nicht nur in ihm!
Charlotte:	».. . geprüft und gewogen, aber mein Herz hat es wider-legt. Kann Lottchen glüklich werden durch meine innige, ewige Liebe, und kann ich Sie, Verehrungswürdige, davon überzeugen, so ist nichts mehr, was gegen das höchste Glück meines Lebens in Anschlag kommen kann. Ich ha-be nichts zu fürchten als die zärtliche Bekümmmernis der Mutter um das Glück ihrer Tochter.«
Caroline:	Und die Ewigkeit. Amen.
Charlotte:	»Wollen Sie, teuerste Mutter — o, lassen Sie mich bei diesem Namen Sie nennen, der meine Gefühle und Hoffnungen Ihnen gegenüber ausspricht — wollen Sie das Teuerste, das Sie besitzen, meiner Liebe anvertrauen?«
Caroline:	Seiner Liebe und seinem leeren Geldbeutel.
Charlotte:	»Ich werde Ihnen mehr zu danken haben, als sonst irgend-einem Menschen. Sie werden glücklich sein in der Glückse-ligkeit ihrer Kinder. Unsere Dankbarkeit wird darauf bedacht sein, Ihr Leben zu verschönern und Ihnen das Geschenk der Liebe durch Liebe zu erstatten. Ich erlaube mir keine weitere Erkältung. Pardon! Erklärung. Bis Sie über meine Wünsche entschieden haben werden.«
Caroline:	*(Lacht wütend.)*
Chronistin:	Einen Tag später, dem Tag, an dem in Frankreich ein neues Papiergeld, Assignat genannt, eingeführt wird, erscheint Schiller unangemeldet bei den Schwestern, die soeben aus Erfurt nach Weimar zurückgekehrt sind.

LXXIV

Innen. Abend. Charlottes Zimmer in Weimar, wieder später.

Schiller:	Wie stehen meine Chancen?
Caroline:	Als ob unser Wort Gewicht hätte.

Charlotte:	Wie sind zuversichtlich. Du solltest es auch sein.
Schiller:	Euer Zukunftsglaube stimmt mich heiter. Mich kräftigt ein frischer Tatendrang. Ich schlage vor, das Weihnachtsfest gemensam zu feiern. Euch bliebe die Aufgabe, den Baum zu besorgen, ihn im Zimmer aufzurichten und zu schmücken.
Caroline:	Ich denke, du kannst Menschen, die Weihnachten feiern, nicht ausstehen?
Chronistin:	Schiller ist erst gegen drei Uhr morgens wieder zu Hause. Am Abend desselben Tages, dem zwanzigsten Dezember, stellt Frau von Kalb während eines Empfangs auf dem Schloss Charlotte zur Rede, weil Schiller ihr am Vortag keinen Besuch abgestattet hat.

LXXV

Innen. Abend. Weimarer Schloss. Empfang Hintergrundmusik. Gedämpfte Gespräche.

Charlotte:	Stell dir vor, sie stürzt auf mich zu und schimpft, es sei unartig, dass du dich nicht um sie gekümmert, wo sie doch auf den Tod krank gelegen habe. »Auf den Tod«, dass ich nicht lache! Mein Gott, habe ich es dir verboten, zu ihr zu gehen? Sie führte sich auf, als wäre sie deine Ehefrau. Der Herzog stand in unserer Nähe, so dass sie ihre Litanei abbrechen musste. Aber dass du äußerst unartig seiest, wiederholte sie danach noch ein paar Mal und alle konnten es hören.
Schiller:	*(ängstlich)* Und du?
Charlotte:	Ich blieb gelassen an und antwortete kalt. Daran konnte sie, wenn sie wollte, erkennen, dass ich nicht so ein unruhiges, verleidenschaftetes Geschöpf bin wie sie.
Schiller:	Es wird dich nicht wundern, dass sie mich postwendend beiseite nahm. Sie sagte, sie wisse ganz genau, dass ich bei

	Euch gewesen sei. Ich dachte: lieber zehn Mal bei Euch, als einmal bei ihr, sprach es aber nicht aus. Da sagte sie, als ob sie meine Gedanken gelesen hätte, dass sie Euch nicht so oft sähe, wie sie es wünschte.
Charlotte:	Infam!
Caroline:	Ich glaube sogar, sie meint das ernst.
Schiller:	Meine Replik an sie lautete, dass Ihr ganz gerne mit Euch selbst lebtet. In Rudolstadt hättet Ihr das lernen müssen, und jetzt wär' es Euch zur zweiten Natur geworden. Neue Freundschaften werdet Ihr wohl nicht knüpfen.
Charlotte:	Hätte nicht eigentlich ich ihr das sagen müssen, wenn überhaupt?
Schiller:	Jedenfalls freut es mich, dass Ihr zu merken beginnt, aus welchem Holz die Kalb geschnitzt ist.

Chronistin:	Am selben Montag, dem Einundzwanzigsten, kommt Frau von Lengefelds Antwort auf Schillers Antrag.

LXXVI
Innen. Tag. Schillers »Schrammei«.

Charlotte:	(*zitiert*) »Ja, ich will Ihnen das Beste und Liebste, das ich noch zu geben habe, mein gutes Lottchen, anvertrauen«.
Caroline:	Sie hat keinen blassen Schimmer davon, dass du dich bei uns einquartieren willst, ein ganzes Jahr lang.
Schiller:	Noch einmal: Nach wie vor beabsichtige ich, mich in Jena von der Vorlesungspflicht beurlauben zu lassen. Wenn ich ein Jahr mit Euch in Rudolstadt lebe, spare ich genau so viel, wie ich an Einnahmen aus den Kollegien verliere.
Caroline:	Allerdings hast du eine kleine Nebensächlichkeit vergessen,
Schiller:	Nämlich?
Caroline:	Dein Vorhaben meinem Göttergatten mitzuteilen. Dem gehört das Haus. Schlimmer noch: Du vermutest zwar,

	dass Beulwitz nichts gegen deinen Plan wird einzuwenden haben, verlangst aber von mir, ihm nichts von alledem zu schreiben. Ich gestatte mir, dich auf diesen kleinen Widerspruch aufmerksam zu machen.
Schiller:	(*kleinlaut*) Die Schweiz ist fern. Außerdem glaubte ich, Ihr wärt Euch einig.
Charlotte:	Sein alter Trick. Weiter! (*zitiert*) »Die Liebe meiner Tochter zu Ihnen und Ihre edle Denkungsart bürgt mir für das Glück meines Kindes.« — (*kommentiert*) Erst dachte ich, mir haut's die Beine unterm Hintern weg, aber schon im nächsten Satz erkannte ich unsere Mutter wieder. (*zitiert*) »Verzeihen Sie der Sorgsamkeit und der Pflicht einer Mutter. Aber können Sie Lottchen neben Ihrer zärtlichen Liebe — wenn nicht ein glänzendes Glück, so doch wenigstens ein gutes Auskommen verschaffen? Beruhigen Sie mich über diesen Punkt, und ich nenne Sie mit Freuden Sohn. Wäre ich reich, könnte ich meiner Tochter ein ansehnliches Vermögen mitgeben. Wie gerne würde ich Ihnen dann zeigen, dass Verdienst und ein Herz wie das Ihre die schätzbarsten Güter der Erde für mich sind. Weil mein Vermögen aber nicht groß ist und das einzige Leben, das wir haben, nach dieser Frage verlangt, und weil ohne hinlänglichen Unterhalt kein Familienglück bestehen kann, müssen Sie mir meine Ängstlichkeit vergeben.«
Caroline:	Woher willst du plötzlich diese Sicherheiten nehmen, um die du seit Jahren links und rechts des Weges bettelst?
Schiller:	Auf alle Fälle habe ich der Chère mère geantwortet.
Caroline:	Zwei Tage vor Heiligabend, damit deine Eloge sie zum rechten Zeitpunkt mitten ins festtägliche Herz trifft.
Charlotte:	Geantwortet wie?
Schiller:	Meine Seele ist tief bewegt und so weiter. Ich muss die Fülle meines Herzens gegen Sie ausströmen und so fort. Wie erhöhen Sie noch das Geschenk, dass Sie mir geben, durch die Art, womit Sie es tun.

Caroline:	Jetzt kommt's:
Schiller:	»Ein glänzendes äußeres Glück kann ich weder jetzt noch fürs Künftige bieten, obgleich ich einige Gründe habe zu hoffen, dass ich in vier, fünf Jahren in den Stand gesetzt sein werde, Lottchen ein sorgenfreies Dasein zu verschaffen, mit Hilfe meines . . . FLEISSES.«
Caroline:	Diesem Spaßvogel hätte ich meine Tochter nie im Leben anvertraut.
Charlotte:	Ich sehe das Gesicht unsrer Mutter vor mir: »In vier, fünf Jahren«. O Gott, o Gott!
Schiller:	»Ich habe keine Hilfsmittel, die Sie nicht längst schon kennen, aber ich denke, mein FLEISS ist hinreichend, uns ein sorgenfreies Dasein zu verschaffen.«
Caroline:	Das unsrer Mutter, die alles andere als faul ist und weiß, wie weit man in diesem Herzogtum mit FLEISS kommt!
Schiller:	»Gleich morgen schreibe ich an den Herzog und werde spätestens in acht Tagen dezisiv wissen, ob und was er für mich tun kann.«
Charlotte:	Hast du?
Caroline:	Er hat. Den Brief in der Hand, verhörte der Herzog die Stein über Schillers Verhältnis mit dir. Leugnen konnte sie nun nicht mehr. Der Herzog billigte, was sie ihm gestand. Sie ließ wie nebenbei ein Paar Worte von Pension und dergleichen fallen, die Serenissimus nicht ausdrücklich zurückwies. Das ist durchaus als Erfolg zu werten.
Schiller:	Solcherart ermuntert, habe ich die Auslandspläne verworfen. Obwohl mir Göschen am Heiligen Abend vierhundert Taler geboten hat für einen Beitrag in einem Historischen Damenkalender, kann ich der Chère mère nicht überzeugend darlegen, dass ich durch meinen Weggang von der Universität nichts von meinen künftigen Aussichten verlöre. Alle eventuellen Einkünfte außerhalb Jenas hält sie für rein zufällig.
Caroline:	Was sie natürlich nicht wären.

LXXVII

*Innen. Tag. Schillers »Schrammei«, später. Geräusche eines Rechen-
bretts.*

Schiller: Mir wird also nichts anderes übrig bleiben, als das akademische Leben noch einige Jahre durchzuhalten. Entweder
stirbt inzwischen der Kurfürst von Mainz und bekommt
Dalberg zum Nachfolger, oder der Herzog von Meiningen
— ich habe ihm geschrieben — erteilt mir einen anständigen
Rang, weil doch Charlotte mir zuliebe den Adel opfert.
Oder der Herzog Karl August in Weimar gewährt mir ein
festes Gerhalt.

Körner: Oder es geschieht sonst ein Wunder.

Schiller: Mit achthundert Talern kann ich hier ganz gut leben.
Ich bräuchte in Rudolstadt bloß dreihundert Taler in die
Haushaltskasse zu geben, zweihundert Taler benötige
ich für mich. Diese fünfhundert Taler denke ich ganz
allein von der »Thalia« abzuschöpfen. Wenn dann noch
die »Memoires« in Gang kommen und ich drei oder vier
brauchbare Mitarbeiter beisammen habe . . .

Körner: Oder sieben, acht, die sich dir ohne Lohn attachieren.

Schiller: . . . hält sich meine Arbeit in Grenzen, während die Einnahmen bei drei- bis vierhundert Talern liegen dürften.
Gäbe mir der Herzog zweihundert, und ich verdiente mit
vier Vorlesungen im Jahr zusätzliche zweihundert, was
das wenigste ist, womit ich rechnen kann, wären es schon
sechshundert, die zweihundert hinzugerechnet, die mir
die Mutter jährlich zuschießen kann. An Kollegiengeld
sind mir acht Dukaten bezahlt. Die meisten löhnen erst
gegen Neujahr. So schlecht also mein erstes Privatum
auch ausgefallen ist, bleibt das Säckel doch nicht ganz leer
und macht mir Hoffnung für die Zukunft. Dann noch die
Einnahmen aus der Schriftstellerei. Ich hoffe also, schon im
ersten Jahr mit der Abzahlung meiner Schulden beginnen

zu können. Meine gegenwärtige Wohnung behalte ich und miete die übrigen Zimmer auf derselben Etage hinzu. Die Hausjungfern wollen sich dazu durchringen, mich auch dann zu beköstigen, wenn ich verheiratet bin. Auf diese Weise komme ich günstiger weg, als wenn ich mich selbst versorgte. Zu unserer Bedienung brauche ich niemanden außer eine Zofe für Lottchen. Ich behelfe mich mit meinen bisherigen Leuten. Da ich alle Möbel im Hause haben kann, muss ich mich nicht extra einrichten, was sowieso nicht ratsam wäre, bevor ich weiß, wie lange ich bleibe. Was ich zu meiner eigenen Ausrüstung benötige, ist wohl das meiste. Der Anfang fällt mir also ziemlich leicht. Mit einem Wort: Ich sehe der Zukunft ruhig entgegen. Im Grunde muss ich lediglich meinen Vater schonen, weil der meinen Plan nie goutiren wird, denn er hat alle seine Hoffnung auf Jena gesetzt. Um ihn zu beruhigen, muss ich das Vermögen, das Lottchen mit in die Ehe bringt, etwas größer erscheinen lassen, als es ist, und die Prinzen für meine Zwecke einspannen, so dass der Anschein erweckt wird, als wäre mein dauerhafter Aufenthalt in Rudolstadt unabdingbar. Noch sind die Prinzen mit Beulwitz in der Schweiz. Auf der Hinreise haben sie meinen Vater kennengelernt. Das werde ich nun ausnutzen. Der älteste muss ihm schreiben, das wird Eindruck bei meinem Vater schinden, und es trägt dazu bei, meinen Austritt von Jena ein wenig anständiger erscheinen zu lassen. Ich zöge also, sobald diese Präliminarien erledigt sind, nach Rudolstadt, und die Heirat fände dann auch umgehend statt. Was sagst du?

Körner: Du bist ein gewiefter Luftrechner.

Schiller: Was soll das sein?

Körner: Habe ich gerade erfunden. Das ist jemand, der, wie mit Kreide auf der Schiefertafel, mit dem bloßen Zeigefinger Zahlen in die Luft kritzelt und addiert, als ob es die

Gegenstände, die sie verkörpern, wirklich gäbe. Die diesermaßen errechnete Summe existiert zwar, aber nur in der Vorstellung. Man sieht sie nicht. Ich erinnere mich, dass du mir einmal vorgerechnet hast, wie wenig dem Menschen zum Leben ausreiche. Die ganze Summe belief sich auf sechs Taler pro Woche. Die Rechnung ging ungefähr so: Man kauft sich einen Laib Brot und isst einmal in der Woche eine warme Wurst, dann hat man täglich einen halben Kreuzer übrig.

Schiller: *(lacht.)*

LXXVIII

Innen. Abend. Diele des Imhoffschen Anwesens in Weimar während des Weihnachtsfests.

Schiller trifft aus Jena ein und entledigt sich seines Mantels. Im Hintergrund Geplauder von Gästen.

Schiller: *(tuschelnd)* Humboldt und La Roche sind sicherlich zwei kluge Köpfe, aber was haben sie unter meinem Tannenbaum zu suchen?!

Caroline: Unter *unserem* Tannenbaum.

Charlotte: Wir haben sie eingeladen.

Schiller: Warum, zum Teufel?

Charlotte: Warum nicht?

Schiller: Weil sie mir fremd sind.

Caroline: Uns nicht.

Schiller: Der Humboldt Wilhelm ist viel zu flüchtig, zu sehr aus sich herausgerissen. Viel Fläche, wenig Tiefe. Keine Ruhe und — wie soll ich sagen? — Stille der Seele, die ihren Gegenstand mit Liebe pflegt.

Caroline: Ich denke, du kennst ihn nicht.

Schiller: Gelegentlich lese ich Bücher und Zeitungen.

Charlotte: Er kommt direkt aus Paris.

Schiller: Das ist auch was!

Charlotte: Als er mit Campe dort ankam, war es nur drei Wochen nach dem Fall der Bastille. Er riecht schier nach Pulver.

Schiller: Und redet lauter dummes Zeug. »Der Anblick der Pariser, ihrer Nationalversammlung, ihres noch unvollendeten Freiheitstempels, zu dem ich selbst Sand gekarrt habe . . .« Zu dem er selbst Sand gekarrt hat! Ihr Weiber hängt ihm natürlich an den Lippen. Nur ist mir eben dadurch das Fest versaut.

Caroline: Ich kann nicht finden, dass Humboldt daran Schuld ist. Du memorierst unablässig deinen Entschluss, vorerst in Jena zu bleiben, und kommst dabei jedes Mal nahe ans Heulen, da sind Humboldts Berichte die reinste Erfrischung. Merkst du nicht, dass dir niemand zuhört? Aus den Augen der beiden anderen Männer lässt sich ablesen, wie gleichgültig du ihnen bist.

Schiller: Ich? Ihnen? Gleichgültig?

Caroline: Ganz und gar.

Schiller: Und Euch?

Caroline: Wer?

Chronistin: Der zweite Feiertag ist noch nicht vorüber, da bricht Schiller mit einem Ruck nach Jena auf. Zu diesem Zeitpunkt ist der Sohn, den Demoiselle Vulpius zur Welt gebracht hat, bereits einen Tag alt. Er heißt Julius August Walther von Goethe.

Caroline: Ein Glück! Man stelle sich vor, sie hätte es einen Tag früher geschafft! Die Vulpius als neue Mutter Maria!

Chronistin: Übers Jahresende verbringt Schiller drei Tage bei den Schwestern. Wilhelm von Humboldt und Karl von La Roche sind wieder mit von der Partie. Diesmal gesellt sich auch Li von Dacheröden hinzu. Die sechs hängen hauptsächlich im »Gasthof zum Goldenen Ring« am Markt herum und spielen Billard, weil es dort am billigsten ist. Am Silvesterabend sehen sie sich im Theater Kotzebues »Menschenhass und Reue« an.

LXXIX

Innen. Abend. Gasthof zum Goldenen Ring. Kneipenlärm. Am Billardtisch. Die Drei spielen. Queues und Kugeln klacken.

Schiller: Ein jämmerliches Stück von einem jämmerlichen Menschen.

Caroline: Das Stück, das wir selbst geben, ist nicht weniger jämmerlich. La Roche hegt einen heimlichen Groll auf Li, weil sie ihn kaltgestellt hat, Humboldt als ihr neuer Verehrer ist in den Groll automatisch eingeschlossen, vielleicht sogar noch mehr betroffen, ich fühle mich von allen außer dir unter Beobachtung wie ein gefährliches Raubtier. Aus Versehen erlausche ich, wie Humboldt, als er glaubt, ich hätte mich mit dem Queue verheddert, zu Li sagt, Lotte sei an deiner Seite wie fern von ihm und es frage sich, warum er sie nimmt und nicht mich.

Schiller: So? Fragt sich das der Humboldt? Ist er doch gar nicht so unerträglich, der Kerl.

Caroline: Er sagt, stell dir vor!: Wenn man gar nicht liebt, lässt es sich mit jedem Weib erträglich leben, weil keine Leidenschaft den geistigen Höhenflug hindert.

Schiller: Nicht dumm.

Caroline: Wenn er dagegen mich ansehe, über dich hingelehnt, das Auge in Tränen schwimmend, den Ausdruck der höchsten Liebe in jeder Geste, werde ihm ganz anders. Da sei kein freies Äußern, kein Hingeben in die Empfindung. Nur immer alles gehalten, gespannt. So würden die schönsten Gefühle vernichtet.

Schiller: Hätte ich ihm nicht zugetraut, dem Botaniker.

Caroline:	Er ist kein Botaniker.
Schiller:	Er benimmt sich so.
Caroline:	Der Himmel verschone uns, dass wir jemals, alle sechse, miteinander leben müssen, gemeinsam, auf einem Haufen.
Charlotte:	(*zu Schiller*) Die anderen sind so lärmende Wesen, Karl und Wilhelm, dass ich deine Gegenwart nicht wie sonst genießen kann. Den La Roche mag ich ohnehin nicht. Sein ewiges Misstrauen und die Eitelkeit stoßen mich ab. Es ist ein trauriges Schicksal, den Glauben an das Gute nicht zu haben und in jedem Menschen nur einen Feind zu sehen, einen Störer der Ruhe, vor allem der eigenen. Li zeigt mir die kalte Schulter. Sie ist sowieso von Anfang an mehr mit Line vertraut und sähe es wahrscheinlich lieber, wenn meine Schwester statt meiner mit dir zusammenkäme, zumal kein Geheimnis mehr ist, dass sie sich von ihrem Mann trennen will. Ich sei dabei, mich an meinem Zukünftigen zu überheben, behauptet sie.
Schiller:	Was meint sie damit?
Chartlotte:	Ich strebte nach dem Höheren, ohne die Fähigkeit dazu zu besitzen.
Schiller:	Im Vertrauen: Mir hat sie prophezeiht, Du würdest, da du mich nun im Sack hättest, schon bald einen arroganten Ton gegen deine Schwester anschlagen. Das seien die Früchte, wenn man die Pflanze nicht in dem Erdreich lasse, das für sie bestimmt ist.
Charlotte:	Nein, was für eine doppelzüngige Schlange! Wie habe ich mich in dieser Frau getäuscht! Und nicht nur in dieser. Ich bin froh, dass dieses geschäftslose Leben im Kaffeehaus bald zu Ende geht.
Schiller:	Ein Vivat auf die Stunde, in der wir voneinander scheiden, da pflichte ich dir bei! Nichts Schlimmres hätte uns je passieren können, als dass wir in unsrer eignen Gesellschaft Langeweile entwickeln oder Überdruss, und es ist nahe daran, wenn nicht schon geschehen.

Chronistin: Am Neujahrsmorgen befiehlt der Herzog Schiller aufs Schloss.

LXXX

Innen. Tag. Mietshaus in der Jenergasse 26 zu Jena. Zum Fenster hinaus der Hinterhof. Viel Lärm.

Schiller: Der Herzog sagt mir, dass er gern etwas für mich tun möch-te, um mir seine Achtung zu zeigen. Mit gesenkter Stimme und verlegener Miene fügt er hinzu, zweihundert Taler seien alles, was er einbringen könne.

Körner: Auf seiner Kavaliersreise nach Paris hat er soeben erst das Achtundfünfzigfache verprasst.

Schiller: Zweihundert Taler seien mehr, als ich erhofft habe, lüge ich ihm ins Gesicht, ohne rot zu werden.

Körner: Goethe verdient das Siebenfache.

Schiller: Darauf meint der Herzog, ich dürfe mich jetzt Herr Hofrat nennen.

Hinterthoflärm bricht ab.

Chronistin: Einen Tag später ist Charlotte mit Schiller und Humboldt und noch ein paar anderen zum Mittagessen bei ihrer Patentante eingeladen.

LXXXI

Innen. Abend. Stube des Imhoffschen Anwesens in Weimar

Charlotte: Da kommt unangemeldet der Herzog hinzu und sagt, er gebe nachweislich das Beste zu unserer Ehe. Das Beste?, frage ich mit flauem Gefühl im Magen. Ja, sagt er, das Geld. Schiller lacht sich krumm und kreplig.

Schiller: Plötzlich gerät alles in Bewegung, als zöge hinter den
               Kulissen jemand an den Strippen. Der »Lorbeerkranz« ...

Chronistin: Friederike Juliane Griesbach, die Gattin des Professors für
               Neues Testament und früheren Dekans der theologischen
               Fakultät der Universität in Jena.

Schiller: Die Griesbach, die ihre Verkupplungsversuche fleißig fortg-
               esetzt hat, weil ich bis dato meine Heiratsabsichten vor der
               Jenaer Hautevolee mit Erfolg geheim gehalten habe, will
               wissen, wessen Haarring ich trage und macht mir sogar,
               mitten im Winter, lebendige Blumen zum Geschenk, um
               es herauszufinden. Aber ich schweige wie ein Grab.

Charlotte: Deine Lieblingsbeschäftigung: über unsere Beziehung zu
               schweigen und dann damit anzugeben, dass du schweigst.
               Obwohl die Griesbach inzwischen wahrscheinlich die
               einzige ist, die nicht Bescheid weiß. Vetgiss nicht zu
               erwähnen, dass dich Humboldt ungefragt bearbeitet, es
               bestünde kein Grund mehr, unsere Hochzeit bis nach
               Ostern hinauszuschieben. Und du, der du den Humboldt
               noch vor zwei Wochen am liebsten dorthin geschickt
               hättest, wo der Pfeffer wächst, lässt dich einwickeln. Was
               soll das?

Schiller: (schweigt)

Charlotte: Glaubt man so was? Was machst dui da? Schweigst du
               schon wieder?

Chronistin: Zu Anfang des Januars ist Schiller wieder von einem hefti-
               gen Schnupfen geplagt. Gerade hat er erfahren, dass seine
               Mutter, von der er glaubte, sie sei gestorben, am Leben
               und von einem Abzess im Magen genesen ist, da erhält er
               am Fünften vom Verleger Mauke einundfünfzig Taler als
               Vorschuss für den zweiten Band der Sammlung historischer
               Memoiren, für die er noch keinen Finger gerührt hat.

Charlotte: Schiller fragt uns alle fünf Minuten, was wegen der Vorverlegung der Hochzeit zu geschehen habe, und sagt, wir müssten ihm vorgeben, was er tun soll und uns mit ihm in das Geschäft teilen. Ich finde seine Unbeholfenheit höchst befremdlich, übernehme aber den Part, weil sonst nie etwas draus würde. Am Elften stimmt meine Mutter der Vorverlegung zu. Mir fällt ein Stein vom Herzen. Nicht wegen der Hochzeit, sondern weil Schiller einmal — einmal — Recht bekommt. Mutter verspricht, mir einen jährlichen Zuschuss von einhundertfünfzig Talern zu zahlen. Schiller hüpft auf und ab wie ein Laubfrosch.

Chronistin: Den dreizehnten Januar wird Schiller das Hofratsdiplom überreicht. Allerdings handelt es sich um den meiningischen Titel, denn in Weimar gibt es zu viele Anwärter. Drei Tage später fährt er nach Weimar, um das Papier vorzuzeigen.

LXXXII
Innen. Tag. Mietshaus in der Jenergasse 26 zu Jena. Zum Fenster hinaus der Hinterhof. Viel Lärm.

Schiller: Mir ist die Sache ziemlich gleichgültig.
Caroline: Sogar so sehr, dass du noch am selben Tage Hufeland gebeten hast, die Nachricht ins Intelligenzblatt der Allgemeinen Literatur-Zeitung zu setzen.
Schiller: Deine Schwester ist jetzt recht in ihrem Element, wenn sie mit ihrer Schleppe am Hofe herumschwänzelt. Und ich bin um eine Silbe gewachsen.
Charlotte: Und hast mir endlich einen anständigen Rang anzubieten. Nur darfst du nicht glauben, dass ich mir so viel aus diesen Gesellschaften mache. Ich könnte so ein Leben auf Dauer nicht aushalten, das weiß ich jetzt, und würde ganz stumpf werden an Geist und Herzen, oder sogar sterben, vielleicht.

Schiller:	Ach, geh! Von einer Hofdame zu mir — ärger kann ein Projekt nicht misslingen.
Charlotte:	Das Wichtige ist doch: Du besitzt endlich einen eigenen Schreibtisch!
Schiller:	Zum ersten Mal in meinem Leben.
Caroline:	Was für eine Errungenschaft!
Schiller:	Der Herzog soll geäußert haben, er bezweifle, ob ich ihm das, was er für mich getan hat, danken werde. Er erwarte bei der nächstbesten Gelegenheit, dass ich Jena verlasse.
Charlotte:	Aber du kannst ihn doch beruhigen?
Schiller:	Ich werde so lange wie möglich hier aushalten.
Caroline:	Das ist neu.
Charlotte:	Ist es nicht.
Caroline:	Stimmt. Es ist die Wiederkehr des Alten, nicht einmal in neuem Gerwand.
Schiller:	Ich will anderen, die sich in einem ähnlichen Fall an den Herzog wenden wollen, das Spiel nicht verderben.
Caroline:	Immer nobel. Immer selbstlos!
Charlotte:	Unter diesen Umständen dürfte ich der Zukunft ruhig ins Auge blicken und meine weibliche Seele könnte Stärke zeigen. Aber für das Häppchen an Einkünften schuftet Schiller wie ein Pferd.
Schiller:	An die Galeere des Schriftstellers geschmiedet.
Caroline:	Des ökonomischen Schriftstellers.
Charlotte:	Die Hälfte seines Salärs wird von seiner Krankheit aufgefressen. Oder, so sollte ich wohl besser sagen, von seinen Krankheiten. Wenn es nur dabei bliebe! Er bräuchte wenigstens anderthalbtausend Taler für sich alleine, weil er partout nicht anders leben kann als elegant. Damit meine ich nicht seine Kleidung, bewahre! Das Elegante, das ist doch die einzige Freude, die er noch hat außer mir. Er befindet sich überhaupt nicht gesund. Er leidet unter Brustkrämpfen und spuckt manchmal Eiter und Blut. Da hat er eine Sehnsucht nach der Eleganz.

Schiller: Du solltest dir noch einmal überlegen, Line, mit mir und Lotte in einer Wohnung zu leben, jetzt, wo das mit Beulwitz in die Brüche geht. Nach der Geste des Herzogs kommt Rudolstadt dafür nicht mehr in Frage. Folglich habe ich heute wegen des Raums in unserem Logis meine Demoiselles gesprochen. Freilich haben sie mich überzeugt, dass es unmöglich sei, mehr Platz zu schaffen. Auch gibt es in der Nachbarschaft weit und breit kein Logis für dich. Ich habe aber eine Möglichkeit entdeckt, die uns für diese wenigen Monate aus der Verlegenheit helfen kann, es kommt jetzt nur darauf an, ob sie Euch behagt. Das Zimmer, das ich durch eine Bretterwand habe teilen wollen, bliebe, samt dem Alkoven, ganz für das Personal. Zwei Betten haben im Alkoven Platz, und auf diese Weise wäre das ganze Zimmer frei, so dass wir Koffer und Schränke hineinstellen und uns dort frisieren lassen können. Nun muss aber eine von euch beiden sich gefallen lassen, dass zwei Betten in ihrem Zimmer hinter einer Tapete aufgestellt werden. Ich dächte, das ließe sich ohne Unbequemlichkeit ertragen. Immerhin habt ihr in Lauchstädt sechs Wochen zwischen lauter Betten in einem noch engeren Zimmer zugebracht, und das ganz vergnügt, wenn ich mich recht erinnere. Allein sein kann trotzdem jedes von euch. Ein Zimmer bleibt ganz frei, wo die andere wohnt, und so wird die Ehre des Hauses gerettet. Auch die Dezenz wird nicht verletzt, denn das Zimmer hat seinen eigenen Eingang und die Seitentür kann ganz verschlossen gehalten werden. Die Chère mère könnte ebenfalls im Hause wohnen, im Falle, es ließe sich keine andere Unterkunft finden. Dann müsste das Personal im Gasthof übernachten. Ein Vorteil bei meinem Vorschlag ist, dass wir keine Unkosten wegen der Reparatur in den Zimmern haben. Alles bliebe, wie es ist.

Chronistin: Nachdem er im Anschluss an die Vorlesung gegen achtzehn Uhr von Jena abgereist ist, geht Schiller am neunundzwanzigsten Januar in Weimar mit den Schwestern auf die Redoute im Komödien- und Redoutenhaus am Theaterplatz zu Weimar.

LXXXIII

Innen. Abends. Geräusch einer schwatzenden und tanzenden Menge in einem großen Saal. Musik im Hintergrund. Maskenball.

Charlotte: (*während sie mit Schiller tanzt*) Hast du nun endlich auch den Griesbachs das schreckliche Geheimnis enthüllt, dass sich unser Verlöbnis nennt?

Schiller: Du wirst es nicht für möglich halten: ja! Es gab eine widerwärtig-empfindsame Szene. Ich musste einen Kuss vom Munde der Griesbach aushalten. Stell dir vor, sie zieht ein Papier aus dem Schrank und liest mir einen Aufsatz vor, den sie selbst niedergeschrieben hat. »Rechtfertigung meines Betragens gegen Schiller«. Darin sagt sie, ihr wäre gleich am Anfang unsrer Bekanntschaft klargewesen, dass wir beide, du und ich, für einander bestimmt seien.

Charlotte: Heuchlerin!

Schiller: Nicht wahr? Im vorigen Sommer sagte sie mir einmal, dass sie mir nicht zutraue, eine Adelige zu heiraten.

Caroline klatscht ab und tanzt nun mit Schiller.

Caroline: Ich höre, Lotte nimmt bei Lips Unterricht an der Zeichenakademie?

Schiller: Sag bloß, das hat sie dir verschwiegen?!

Charlotte: Sie sagt mir längst nicht mehr alles. Was will sie damit?

Schiller: Da habe sie etwas Eigenes, sagt sie, in das du ihr nicht hineinreden kannst, weil du davon keine Ahnung hast.

Caroline:	Ich?
Schiller:	Sie ist sehr begabt, sagt Lips.
Caroline:	Im Zeichnen?
Schiller:	Sie lernt auch die Technik des Radierens.
Caroline:	Mit Lips?
Schiller:	Nun hör aber auf! Sie will es so weit bringen, dass sie in Zukunft zu meinen Werken die Titel-Platten machen kann. Sogar Goethe hat Kupferstich und Holzschnitt gelernt, vor zwanzig Jahren in Leipzig bei Körners Schwiegervater, dem alten Stock. Damit ich nicht dastehe wie der letzte Trottel, werde ich mich zum Kenner aufschwingen müssen, um Lolos Arbeiten beurteilen zu können.
Caroline:	Erstaunlich, wie zeitig sie damit anfängt, dir zu zeigen, dass . . ., dass . . .

Blende. Die Ballmusik verebbt.

Chronistin:	In Vorbereitung der Hochzeitsfeierlichkeiten mietet Schiller für Schwiegermutter und Schwägerin beim Fräulein von Seegener in Jena ein Quartier.

LXXXIV
Innen. Tag. Seegenersches Quartier. Wohnstube.

Caroline:	Schiller ist völlig aus dem Häuschen, glaubt, zu seiner Jugendkraft zurückzukehren und lauter Blödsinn dieser Art. Von allen möglichen Leuten, zuletzt von Mauk, fordert er Geld wie ein Eintreiber, so dass sie sich über seine Gier beschweren. In den Kollegien spricht er plötzlich aus dem Stegreif. Was doch so ein festes Gehalt aus einem Menschen zu machen vermag!
Charlotte:	Auch sonst unternimmt er Dinge, die sich nicht schicken. Ist rüde gegen andere, verprellt sie. Ich habe alle Hände

und meinen Mund voll zu tun, ihn zu bändigen und die Welt um Entschuldigung zu bitten.

Chronistin: Am zweiten Februar muss Schiller das Kolleg erneut wegen eines starken Katarrhs absagen.

Schiller: Ich hege den Verdacht, dass meine Korrespondenz mit Charlotte geöffnet wird.
Caroline: Von wem?
Schiller: Der Kalb.
Charlotte: Wie soll das gehen?
Schiller: Das ist das große Rätsel.
Caroline: Aber dass die Kalb dahinter steckt, ist sicher?
Schiller: Wer sonst?
Caroline: Die Geheimpolizei.
Schiller: Das wäre in der Tat bedenkenswert. Vor drei Jahren ist Goethe am Gardasee von der österreichischen Geheimpolizei observiert worden. Vorsichtshalber habe ich mich der Kalb offenbart.
Charlotte: Wie: offenbart?
Schiller: Ich habe ihr mein Verlöbnis mit dir eingestanden.
Charlotte: Du warst dort?
Schiller: Nein. In einer direkten Begegnung lag mir zu viel Brisanz.
Caroline: Ich frage mich, ob das ein Akt des Mutes und der Klugheit war, oder im Gegenteil einer der größten Einfalt. Wahrscheinlich hat er von beidem ein bisschen was.
Schiller: Das Geheimnis ist für die Glücklichen; das hoffnungslose Unglück braucht keinen Schleier mehr.
Charlotte: Wären wir in Italien, wo das Klima die Menschen lebhafter macht und wo die Leidenschaften heftiger ausbrechen, wäre es gut möglich, dass mir ein Dolchstich in eine andere Welt verhülfe. Gut, dass unser raues Klima so wohltätig auf die überspannten Köpfe wirkt und die Hitze der Leidenschaften abkühlt.

Caroline:	Was nährt deinen Verdacht?
Schiller:	Ich habe Briefe von Euch erhalten, wovon welche, was mich befremdete, von fremder Hand frankiert waren. Das brachte mich auf die Kalb, denn ich weiß, wozu sie fähig ist. Auch unter deutschem Himmel würde ich dir, Lolo, nicht raten, in gewissen Augenblicken mit ihr zusammenzutreffen. Leidenschaft und Kränklichkeit im Verein haben sie schon manchmal an die Grenzen des Wahnsinns getrieben.
Charlotte:	Das lässt sich wohl nicht von der Hand weisen. Als ich am Abend des Mittwochs, das war der zehnte Februar, in Weimar die Gesellschaft der Frau von Stein besuchte, fand ich, die Kalb sehe aus wie ein rasender Mensch, bei dem der Paroxysmus vorüber ist, so erschöpft, so zerstört. Das Gespräch wollte gar nicht fortschreiten. Sie klagte über ihren Kopf, saß unter uns wie eine Erscheinung von einem anderen Planeten. Ich fürchte wirklich um ihren Verstand. Du meine Güte! Ich bedaure sie zwar, aber sie rührt mich nicht. Alle sollen erkennen, was für ein Wesen es ist, von dem das Gerücht in die Welt gesetzt wurde, du liebtest mich nicht um meinetwillen, sondern wegen Caroline. Ich denke, es wird Zeit, dass du und ich in einigen Wochen endgültig zusammen sind und uns nichts mehr trennen kann, und das, was uns trennen wollte, wird es nicht wagen.
Schiller:	Dass über unser Verhältnis allerlei würde gesponnen werden, war zu befürchten.
Charlotte:	In Rudolstadt spöttelt man, ich verschwendete mich an einen Sternengucker. Die Herzogin sagt, nein, sie sagt es nicht, aber sie meint es, dass ich mich wegwerfe, weil doch Schiller ein Bürgerlicher ist, und ich das gar nicht nötig hätte.
Schiller:	Was wäre erst gewesen, wenn man uns innerhalb unseres engeren Kreises beobachtet hätte, wo wir drei ohne Zeugen waren — wer hätte diese zarte Konstellation begriffen?
Caroline:	Und wer unter uns begreift sie?

Schiller: Jeder beurteilt fremde Handlungsarten nach der seinen. Die Menschen suchen immer gleich Worte zu allem, und durch Worte hintergehen sie sich dann. Jede Empfindung ist nur einmal in der Welt vorhanden, in dem einzigen Menschen, der sie hat. Worte aber gibt es tausende, und man muss auswählen, welche man gebrauchen will, und darum passen sie auf jeden und keinen. Du wirst von anderen Menschen nie erst erfragen wollen, ob Du durch mich glücklich seiest. Das musst du einzig bei dir selbst entscheiden. Andere können das nicht wissen. Jedem, mit dem ich nicht in fortdauernden Verhältnissen lebe und vor dem sich meine Seele nicht in ihrer ganzen Freiheit entfaltet, werde ich ein rätselhaftes Wesen sein. Notgedrungen wird man immer falsch über mich urteilen, was man auch sagt. Weil ich hoffe, dass du zwischen dich und mich nie einen Dritten treten lassen wirst, dass ich auch dann, wenn ich der Inhalt gewisser Gespräche bin, dein erstes Vertrauen haben, deine erste Instanz sein werde — weil ich das von dir hoffe, darum, meine Liebe, meine Gute, kann ich ohne Besorgnis und Furcht deine Hand annehmen. Dieses unmittelbare Vertrauen ist die notwendige Bedingung für unsere künftige Glückseligkeit. Die höchste Annäherung, welche möglich ist zwischen zwei Wesen, ist die schnelle, ununterbrochene, liebevolle Wahrheit gegen einander.

Chronistin: Um die Mitte des Februars ist Schiller schon wieder erkältet. Trotzdem bestellt er am Vierzehnten das Aufgebot in der Jenaer Hauptkirche. Am Achtzehnten fährt er im Anschluss an seine erste Vorlesung — die zweite lässt er ausfallen — gegen siebzehn Uhr nach Weimar, um Frau von Kalb die Briefe zurückzugeben, die sie ihm geschrieben hat.

Schiller: Sie, welche die Stirn hatte, mir ein paar Tage vorher zu schreiben, dass ich »die giftigen Zungen nicht die Wahrheit soll geredet haben lassen«, nimmt sie überraschend gelassen entgegen, ohne mir eine Szene zu machen. Sie hat es nun wohl eingesehen. Oder sie ist wirklich auf den Tod krank. Allerdings kündigt sie an, die Briefe zu verbrennen.

Chronistin: Einen Tag danach macht er sich unmittelbar nach seiner Vorlesung auf den Weg nach Erfurt, wo sich die Schwestern für eine Woche aufhalten. Nebenbei will er den Koadjutor Dalberg treffen. Am Abend nach neun trifft er ein.

LXXXV
Innen. Zimmer auf dem Dacherödenschen Gute zu Burgörner.

Schiller: Zwar habt Ihr mir ein Zimmer hergerichtet, das nicht allzu weit von den Euren entfernt ist, aber ich denke, meine Reputation kann darunter nicht leiden, die Heirat macht alles gut. Auf den Kammerpräsidenten und seinen Sohn bin ich neugierig.

Charlotte: Wie gewünscht, haben wir ihnen dich als einen wunderlichen Kopf beschrieben.

Caroline: Das ist uns, ehrlich gesagt, nicht schwer gefallen.

Schiller: Hättet Ihr aus mir besser gleich einen Bären gemacht — und wenn ich dann nur niemanden fresse, gelte ich als ein artiger Mensch. Dass Ihr schon zu Hause seid, kommt unerwartet.

Charlotte: Deinetwegen. Damit du uns über die Nacht noch eine Stunde genießen kannst.

Schiller: Caroline? (*Er nimmt sie beiseite und tuschelt mit ihr.*) Trage dafür Sorge, dass du den Freitag und Sonnabendmorgen zeitig im Gasthof bist. Ich will mit dir einiges besprechen, was nicht unbedingt für Charlottes Ohren bestimmt ist.

Chronistin: Schiller bleibt drei Tage. Unmittelbar nach der Erfurter Reise ist die Trauung, und so folgen die Zerstreuungen nahtlos aufeinander. Im Seegnerschen Haus gibt Schiller Bescheid, man möge für den Sonntag darauf Zimmer und Betten parat halten, denn er nimmt an, dass Caroline noch an besagtem Abend von Erfurt nach Jena reisen möchte, um am Montag nicht allzu müde in Kahla anzukommen, von wo sie die Schwiegermutter abholen müssen.

LXXXVI

Innen. Nachmittag. Kleine Kirche. Orgelmusik. Gemurmel von Wenigen. Halliger Raum.

Chronistin: Die Dorfkirche »Unser lieben Frau« in Wenigenjena. Montag, zweiundzwanzigster Februar siebzehnhundertneunzig. Die Hohzeitsgesellschaft trifft gegen siebzehn Uhr ein.

Caroline: Merkwürdiger Bau. Ohne eigentliches Kirchenschiff. Ein Torso. Keine Kirche, sondern eine Kapelle, wenn man's genau nimmt. So recht passend zu Schiller.

Schiller: Der Kosten wegen ganz einfach und still.

Chronistin: »Friedrich Schiller, Fürstlich Sächsisch Meiningischer Hofrat und öffentlicher Lehrer der Weltweisheit in Jena, Herrn Johann Friedrich Schillers, Hauptmann in Herzoglich Württembergschen Diensten, eheleiblich einziger Herr Sohn, ehelicht Fräulein Louise Charlotte Antoinette von Lengefeld, weiland Herrn Carl Christoph von Lengefelds, Fürstlich Schwarzburg-Rudolstädtischen Jägermeisters und Kammerrats zu Rudolstadt hinterlassene eheleiblich zweite Tochter, nachdem sie tags vorher als am Sonntage Invocavit in Jena einmal für allemal proklamiert.«

Caroline: Schiller ist jetzt dreißig Jahre und drei Monate alt, hat also seinen Schwur gegenüber Körner gebrochen. Schade, dass es zwischen ihm und seinem Busenfreund keine Wette gab. Sein Verleger Göschen spekuliert, entweder führe ihn der neue Stand zu Stetigkeit und Ordnung, oder die neuen Sorgen der verdoppelten Bedürfnisse drückten ihn doppelt zu Boden. Warum sind nur die Chère mère und ich zu der Feierlichkeit eingeladen und sonst niemand? Sogar Körner nicht, was mich wundert.

Charlotte: Mich auch. Schiller behauptet, mit der Heimlichtuerei wolle er »allen Anschlägen von Studenten und Professoren« aus dem Wege gehen.

Chronistin: Früh am Morgen ist das Brautpaar nach Kahla gefahren, wo es gegen zehn Charlottes Mutter abholte. Von dort brach man gegen vierzehn Uhr auf und traf drei Stunden später in Wenigenjena ein. Um halb sechs Uhr am Abend findet die Trauung statt, ohne jeden Pomp.

Schiller: Gib mir deine Hand! Wir wollen Hand in Hand eintreten.
Charlotte: Sieh nur! Schön! Am blauen Himmel schwimmen leichte Wolken, und die Abendsonne übergießt sie mit rötlichem Glanz.
Caroline: Der Traupfarrer, ein gewisser Schmid . . .

Chronistin: Carl Christian Erhard Schmid, Kollege Schillers von der Universität, Adjunkt der philosophischen Fakultät und Pfarrsubstitut seines Vaters in Wenigenjena. Im Übrigen ein glühender Kantianer.

Caroline: Das ist Schiller besonders wichtig, dass der Diaconus Schmid ein Kantianer ist. Weil Schiller sich doch so für den Kant begeistert, von dem ich gar nichts kenne.
Charlotte: Also, dieser Traupfarrer Schmid, was meint er damit?
Caroline: Womit?
Charlotte: Er fragt, welche Formel wir bevorzugen.

Caroline: Die alte, die mit dem Kraut und den Disteln auf dem Felde.
             Unserer Mutter ist unstrittig die alte Formel die liebste.

Charlotte: Ja, mein Gott, heirate ich unsere Mutter?

Glockengeläut einer mittleren Kapelle.

Schiller: (*zitiert*) »Also sprach Gott zu dem Weibe: Du sollst mit
             Schmerzen gebären. Und zu Adam sprach er: Verflucht
             sei der Acker um deinetwillen, mit Kummer sollst du dich
             darauf nähren dein Leben lang. Distel und Dorn soll er
             dir tragen, und du sollst das Kraut auf dem Felde essen.«

Charlotte: Ich weiß nicht, ob ich heulen oder lachen soll.

Caroline: Knebel, der Schelm, schickt zur Feier des Tages die Parodie
             einer Ode.

Schiller: (*zitiert*) »Die Götter Griechenlands, wie dankbar sind sie nicht
             Für Schillers Weihrauch im Gedicht,
             Das ihre Sinnlichkeit mit griechschem Feuer preist!
             Belohnend knüpfen sie für ihn der Liebe Band,
             Ihm wird in ihrem Rat ein Lottchen zuerkannt
             Von griechschem Wuchs, von griechschem Geist.«

Charlotte: Dichter schenkt Dichter Gedicht. Das ist billig. Und dann
             mein »griechischer Wuchs und griechischer Geist«. Na, ich
             bitte! In Anwesenheit unserer Mutter! Geschmacklos. Auch
             mir gegenüber.

Chronistin: Den Abend bringt man bei Tee und Gesprächen zu.

LXXXVII
Innen. Abend. Schillers »Schrammei« in Jena. Teegesellschaft.

Schiller: (*seufzt*)

Charlotte: Ist er nicht süß?

Caroline: Du verkennst die Provenienz seiner Seufzer.

Charlotte:	Inwiefern?
Caroline:	(*zu Schiller*) Sag's ihr!
Schiller:	Ich fürchte, meine ewige Unpässlichkeit in den Ehestatus hinüber zu schleppen.
Charlotte:	Damit kannst du mich nicht foppen. Das werden wir schon in den Griff kriegen.
Caroline:	Wie alles andere?
Charlotte:	Worauf spielst du an?
Caroline:	Hast du nicht von Göschen vernommen? Er macht sich Gedanken darüber, dass die treffliche Frau von Kalb, die so manches Verdienst um unseren lieben Dichter hat, der jungen Gattin gewisse Winke geben möchte, die der Liebe auf die Sprünge helfen.
Charlotte:	Oh! Impertitent!!
Schiller:	Eine Frau im Wert von zwölftausend Talern ist es nun nicht geworden, aber immerhin kommst du vom Speicher bis zum Keller eingerichtet zu mir, und alles, was zur Haushaltung erforderlich ist, steuert die Schwiegermutter bei.
Caroline:	Was wird mit mir?
Schiller:	Mein Plan, auch dich in die Schrammei zu holen, geht nicht leider auf. Das Zimmer, dass ich dafür vorgesehen habe, wird nicht frei.
Caroline:	Dann werd' ich vorerst weiter bei Fräulein von Seegner logieren, geich um die Ecke.

LXXXVIII

Innen. Abend. Schillers »Schrammei« in Jena.

Chronistin:	Die Chère mère denkt nicht daran, gleich nach der Hochzeit abzureisen. Sie bleibt noch bis zum ersten März. Am Tag nach der Hochzeit machen die Damen von Stein und von Imhoff sowie die Knebels ihre Aufwartung bei dem Ehepaar Schiller. Am zweiundzwanzigsten März

reist Caroline nach Erfurt, um den Koadjutor Dalberg zu treffen.

Die beiden Eheleute reden nebeneinander her.

Charlotte: Sie flirtet mit ihm. Soll sie! Sie tut es aus Trotz, ich weiß es genau. Mit einem Priester! Mein Mann kriegt das große Schielen, dass ihm das Augenweiß herausrollt, und ich fürchte, es ist die Eifersucht.

Schiller: Ich hab es ganz verlernt, Caroline fern von mir auch nur zu denken, und für eine neue Lage habe ich noch kein neues Gefühl. Das kommt mir seltsam vor. Ich wünschte zu wissen, wie ihr zumute ist, ob sie sich vorstellen kann, dass für sie ein Leben, ferne von uns, Sinn machen könnte. Mir fällt ein, dass sie mir nicht gesagt hat, wie lange sie wegbleiben wird. Beinahe könnte mich das beunruhigen. Hab ich etwas getan, das sie vor mir nicht so frei und unbefangen sein lässt wie vor ihr selbst? Das könnte ich mir nie vergeben, auch in der kleinsten Sache möchte ich ihr nicht als ein Hindernis erscheinen.

Charlotte: Den ganzen Tag liegt Schiller auf dem Sofa, lang, hehr, bleich, mit seinen unfrisierten gelben Haaren, und durchschneidet mich mit Blicken wie mit Feuerspießen, als ob ich etwas dafür könnte. Ich sollte wieder zu Lips gehen oder Unterricht nehmen, Gesang und Klavier, vielleicht Italienisch lernen, damit ich mal wieder von seinen Betten und Blicken fortkomme.

Schiller: Alle meine Wünsche von häuslicher Freude sind in Erfüllung gegangen. Meine Frau und ich führen miteinander das fröhlichste Leben, das man sich vorstellen kann, und ich erkenne mich in meiner früheren Lage nicht wieder. Die Existenz eines holden, lieben Wesens um mich her, dessen ganze Glückseligkeit sich in die meinige verliert, breitet ein sanftes Licht über mein Dasein. Selig der Mann, der ein solches Kleinod zu schätzen weiß und die Freundin seines Herzens bei häuslichen Beschäftigungen sucht, um sich an ihren Talenten von seinem mühevollen Streben zu erheitern. Ich bin noch ganz in einem Taumel, und mir ist herzlich wohl dabei. Die Veränderung ist so ruhig und unmerklich vor sich gegangen, dass ich selbst darüber staune. Ich fühle mich glücklich, und alles überzeugt mich, dass meine Frau es auch ist, durch mich, und es bleiben wird. Mein Dasein ist in eine harmonische Gleichheit gerückt. Nicht leidenschaftlich gespannt, aber ruhig und hell gehen mir diese Tage dahin. Von jetzt kann ich eigentlich erst mein Leben datieren.

LXXXIX

Innen. Tag. Anwesen der Lengefelds. Charlotte wäscht Essgeschirr ab.

Chronistin: Am sechsundzwanzigsten Juli reist Charlotte nach Rudolstadt. Offiziell zur Geburtstagsfeier der Mutter. In Wirklichkeit hat Caroline sie zu sich nach Hause geholt. Sie will mit Beulwitz nicht unnötig lange alleine sein.

Charlotte: In manchen Momenten, ich sage es ehrlich, ist mir das Verhältnis unerträglich.

Caroline: Beulwitz benimmt sich abscheulich. Er säuft. Bis zur Bewusstlosigkeit. Und ist zufrieden in diesem Zustand.

Charlotte: Ich bin es durchaus nicht. Ihr lebt getrennt. Meine frühere Stube im Hinterhaus ist zu deinem Schlafzimmer umfunktioniert. Beulwitz hält sich durchweg im Vorderhaus auf, in seinen eigenen Räumlichkeiten.

Caroline: Sein Leben könnte glattweg eine Satire auf Minerva abgeben.

Charlotte: Mein Mann hat dem Wolzogen versprochen, er könne bei uns leben, mit uns, also du weißt schon.

Caroline: Das ist nicht dein Ernst!

Charlotte: Er scheint sich einen Sport daraus zu machen.

Caroline: Das Angebot wird Wilhelm doch nicht etwa annehmen?!

Charlotte: Ich fürchte, doch. Der arme Kerl soll sich in seinem Pariser Zimmer eingeschlossen und geweint haben, als er von meiner Hochzeit erfuhr.

Caroline: Das verstehe, wer will. Ich dachte immer . . .

Charlotte: Ich auch. Vielleicht glaubte er, als er das letzte Mal in Rudolstadt war, du mit Schiller, ihr wärt ein Paar.

Caroline: Gab es dafür einen Anlass?

Charlotte: Warum sonst soll er sich in Gedanken auf mich geworfen haben?

Caroline: Ja, warum . . .

Charlotte: Er fragt, was er jetzt mit den drei Herren anfangen soll, die er in Paris für mich ausgesucht hat. Seinem Freund Schiller zuliebe wolle er die Porträts besser nicht schicken. Er befürchtet, ich könnte bereuen, mich endgültig gebunden zu haben. Er hält meinen Mann nämlich für hässlicher als alle anderen, sich selbst einbezogen. Außerdem: Als Professorengattin und Hausmütterchen sieht er mich nicht, gleich gar nicht als Bürgerliche.

Caroline: Wohl eher als Freifrau und Architektengattin.

Charlotte: Das lässt sich denken.

Caroline: Zu spät. Schiller hat sie ja nun. Gönnen wir sie ihm.

Charlotte: Wen?

Caroline: Nicht wen, was! Die GLÜCKSELIGKEIT. Das Dumme ist nur: Sie macht ihn leidenschaftslos. Schon in der Hochzeitsnacht hat er sich an dich gewöhnt gehabt wie an einen ausgelatschten Pantoffel. Eigentlich viel eher. Im Grunde, seit klar war, dass er dich heiraten wird. Seitdem ist er kalt wie ein Fisch. Merkst du das nicht?

Charlotte: Er hat extra für mich eine Zofe angestellt.

Caroline: Das ist nicht eben ein Beispiel für Herzenswärme.

Charlotte: Er schläft bei mir.

Caroline:	Hat er noch immer die Angewohnheit, dabei mit den Füßen zu strampfen und eine Prise Tabak nach der anderen zu schnupfen?
Charlotte:	(*entsetzt*) Caroline! (*Schweigen.*)
Caroline:	Also nicht. Klare Diagnose: leidenschaftslos. Und das nicht nur daheim. In Gesellschaft ist dein Mann ein Nichts. Kein bisschen unterhaltend, geschweige denn witzig. Meistens stumm. Niemals entlockt man ihm einen guten Einfall, niemals kommt ein Bonmot über seine Lippen. Niemals sagt er dir — oder meinetwegen einem Freund — etwas Liebes. Sein Umgangston mit dir ist trocken, hart, gleichgültig. Genau so, wie er's Goethe vorwirft. Ich erkenne nicht, dass er sich bemüßigt fühlt, für seine Familie auch mit Brotarbeiten Geld zu verdienen, um sich und dich zu versorgen. Stattdessen schraubt er seine Ideale immer höher, bis sie vom Boden aus nicht mehr erreichbar sind, und verrennt sich in weltfremde Pläne, die er in diesem Leben nicht vollenden kann.
Charlotte:	Früher warst du nicht so streng gegen ihn. Du kennst ihn nicht mehr. Nicht ein bisschen. Gestern erst hat er mit mir Schach gespielt und Blindekuh.
Caroline:	Wer war die Kuh?

XC

Ein halbes Jahr später. Die letzten Takte der Sinfonie Nr. 45 fis-Moll (sogenannte Abschiedssymphonie) von Joseph Haydn. Darüber erst Geräusche von Sälen mit starkem Publikumsverkehr (Theater, Akademie), dann Blende zu engem Innenraum (»Bettengruft«).

| Chronistin: | Zu Anfang des neuen Jahres, am zweiten Januar siebzehnhunderteinundneunzig, hält sich Schiller erneut in Erfurt auf. Gemeinsam mit seiner Frau, deren Schwester, Li von Dacheröden und Karl von Dalberg besucht er im |

Theater die Liebhaberaufführung einer Tragödie von Zschokke. »Graf Monaldeschi oder Männerbund und Weibertreue«. Am Nachmittag darauf ist er mit Dalberg in den Statthaltereisaal zu einer festlichen Sitzung der »Kurfürstlichen Akademie nützlicher Wissenschaften« eingeladen, in die er als Mitglied aufgenommen werden soll. Zwei Stunden später zu einem Konzert im Redoutensaal.

Schiller: Mir ist gar nicht lieb, dass Dalberg um uns herumschleicht, aber da ich ihn brauche, kann ich ihn schlecht wegschicken.

Charlotte: Warum hast du ihn und nicht mich um Rat gefragt, ob du deine akademische Laufbahn fortsetzen oder dich ganz der Dichtkunst widmen sollst? Mit elcher Antwort hat er dich bedacht?

Caroline: Mit der, die dein Mann längst selbst für sich gefunden hat. Die ihm im übrigen auch von mir zuteil geworden wäre.

Schiller: (*zu Charlotte*) Caroline hat nur Augen für Dalberg.

Charlotte: (*zu Schiller*) Beulwitz ist schon wieder verschwunden.

Schiller: (*wie oben*) Zum Glück hält sich der Koadjutor reserviert. Was Li Dacheröden dabei für eine Rolle spielt, ist mir schleierhaft. Wahrscheinlich ist sie genau so eine Kupplerin wie der Griesbachsche Lorbeerkranz.

Caroline: (*zu Charlotte*) Wie befindet sich dein Mann?

Charlotte: Schon beim Konzert hat er am ganzen Leib geschlottert. Er trofft von kaltem Schweiß.

Schiller: Mir brennen die Augen.

Charlotte: Das ist das Fieber.

XCI
Innen. Nacht. Gästezimmer in der Wohnug der Li von Dacheröden.

Chronistin: Die Frauen und Dalberg lassen Schiller in einer Sänfte nach Hause tragen.

Charlotte: Seine übliche hitzige Brustkrankheit.

Schiller wird von einem Erstickungsanfall niedergeworfen. Geräusch eines auf den Boden aufprallenden und sich krampfartig wälzenden Körpers. Die Frauen stürzen herbei. Schritte. Kleiderrascheln.

Charlotte: Er fühlt sich ganz eisig an.
Caroline: Sein Puls schwindet.
Charlotte: Ich glaube, er wird ohnmächtig!
Caroline: Halt ihn so fest du kannst!!
Charlotte: Was hast du vor?
Caroline: Sein Blut steht. Wir müssen ihn massieren.
Charlotte: O Gott, er stirbt!!

Die beiden schleppen den röchelnden Schiller zum Bett, hieven ihn hoch und massieren seinen zuckenden Körper.

Charlotte: *(keuchend vor Anstrengung)* Wie lange noch?
Caroline: So lange, wie ich sage.
Charlotte: Wir sollten nach Doktor Stark schicken.
Caroline: Der sagt doch bloß wieder, was er immer sagt. Schiller wird nicht dran sterben und der Krampf hat seine Ursache nicht in einem Fehler der Lunge.
Charlotte: Stimmt's etwa nicht?
Caroline: Nützt es uns was?

Schiller kommt zu sich. Er will sprechen. Bemerkt, dass er seine Stimme verloren hat. Gibt allem Anschein nach Zeichen.

Caroline: Ein Blatt Papier! Du sollst Papier holen.

Charlotte läuft los.

Caroline: *(ruft ihr hinterher)* Und eine Feder!

Charlotte kommt zurück. Schiller kritzelt einen Text aufs Papier.

Caroline: Er nimmt Abschied.

Charlotte: Nein! So lies doch!

Caroline: Er verlangt, die Freunde der Familie herbeizurufen, damit
sie lernen, wie man in aller Ruhe stirbt. Ein paar Zeilen
an Körner sind auch dabei. Willst du sie hören? (*Charlotte
schluchzt auf.*) Dann schreibt er noch etwas.

Charlotte: Zeig her!

Sie entreißt ihrer Schwester das Blatt.

(*zitiert*) »Sorgt für Eure Gesundheit. Anders kann man nicht
gut sein.« — Was?

Caroline: Wie betonst du das? »Anders kann man nicht *sein*«, oder
»anders kann man nicht *gut* sein?«

Charlotte: Bist du von allen guten Geistern verlassen?

Caroline: Das ist doch wichtig zu wissen. So oder so ergibt das einen
ganz anderen Sinn.

Charlotte: Wie kannst du nur so kaltschnäuzig sein?!

Caroline: Moment mal, was machst du da?

Charlotte: Was schon, ich stecke den Zettel ein.

Caroline: Gib mir den!

Charlotte: Warum?

Caroline: Weil ich ihn zuerst hatte, aus seiner Hand.

Charlotte: Na und?

Caroline: Ich will ihn behalten.

Charlotte: Das darfst du nicht!

Caroline: O doch!

Charlotte: Er gehört mir. Ich bin seine Frau.

Caroline: Das zählt nicht in solch einem Fall.

Die beiden kämpfen miteinander um das Blatt Papier.

XCII

Später. Derselbe Raum. Alle Kämpfe scheinen vorüber.

Charlotte: Einen Tag lang bleibt Schiller im Bett, mehrere Tage danach geht er nicht aus dem Haus. Zwar scheint er das Übel zu überwinden, weswegen wir eine knappe Woche nach dem Anfall abreisen (er fühlt sich so wohl, dass er mir erlaubt, in Weimar zu bleiben, um die Frau von Stein zu treffen, und am Zwölften nimmt er in Jena sogar die Vorlesungen wieder auf), aber am Dreizehnten erhöht sich das Fieber, am Vierzehnten leidet er unter Beklemmungen und spuckt Blut, sagt aber, dass der Schmerz auf der Seite und der Husten, gemessen an der Heftigkeit des Fiebers, mäßig seien. Der blutige Auswurf färbt sich und hat guten Eiter. Nur die üble Einmischung des Unterleibs macht das Fieber kompliziert. Am Fünfzehnten ist er sechs Tage ohne Essen. Sobald sie ihn aus dem Bett heben und zum Nachtstuhl tragen, fällt er vor lauter Schwäche von einer Ohnmacht in die nächste. Er beordert mich aus Weimar zurück. Mich länger zu vermissen, täte ihm weh. Sein Brief wirkt sehr beunruhigend, ich flattere an allen Gliedern vor Angst. An seinem Bett finde ich Behaghel von Adlerskron, den Livländer, und den Freiherrn Friedrich von Hardenberg vor, die sämtlich Nachtwache halten. Hardenberg, der ebenfalls ein Dichter ist, lässt ein halbes Dutzend Flaschen Madeira kommen. Nur mit größter Anstrengung vermag Schiller zu atmen. Sein Puls verschwindet unter meinen fühlenden Fingern. In heißem Wasser werden ihm die Hände kalt. An seinem Bett sitzt Caroline und liest ihm Stellen aus Kant's Kritik der Urteilskraft vor, insbesondere solche, die auf die Unsterblichkeit abzielen. Am neunten und elften Tag folgen Krisen, die ihm Hoffnung machen. Die Paroxysmen, wie er sie nennt, was wohl die Anfälle sind, seien von starkem Phantasieren begleitet. Er klagt über Seitenstiche, die sich bald als Symptome für eine Rippenfellentzündung entpuppen. Diese wiederum bewirkt, was wir aber erst später erfahren, dass durch das Zwerchfell Eiter in die Bauchhöhle eindringt, die Verdauungsorgane gelähmt werden und eine chronische Bauchfellentzündung entsteht. Erst acht Tage nach Ende des Fiebers vermag Schiller ein paar Stunden außerhalb seines Bettes zuzubringen, und dann dauert es immer noch eine Weile, bis er sich am Stock fortbewegt. Während ich nicht weiß, wo mir der Kopf steht, sagt er mir, das Wichtigste sei, dass *sein* Kopf verschont bleibe. Seit er die Freiheit des Geistes zu schätzen wisse, sei er dazu verurteilt, sie zu entbehren. Da kriege ich außerdem noch die Wut der Doktoren Stark und Conradi ab, weil sich mein Mann jedes Rezept vorrechnen lässt, aufs Gran genau. An manchen Tagen traut er sich nicht bis vor die Haustür, aus Angst vor dem nächsten Krampfanfall, an dem er ersticken könnte. Hat einen fortdauernden Schmerz auf der rechten Seite der Brust, sogar beim Gähnen. Stark gibt ihm Opium und Kampfer mit Moschus. Oder sollte ich sagen: Schiller nimmt es? Er verträgt das Essen der Schramms nicht mehr. Beinahe jeden Bissen bringt er wieder heraus, auf dem ersten und dem zweiten Wege. Hat so häufig Verdauungsstörungen, dass er ernsthaft darüber nachdenkt, in der Jenergasse auszuziehen und uns eine Bleibe zu suchen, in der wir uns selbst verpflegen, also ich ihn. Ich flehe Caroline an, ausnahmsweise mal mir zu Hilfe zu eilen.

Caroline: Was würde sie nur anfangen ohne mich, die kleine Maus.

Charlotte: Sag', ist das die GLÜCKSELIGKEIT, die vielgepriesene?

Caroline: *(während sie Reisekoffer packt)* Aber ja! Weil er sich an dich gewöhnt hat. An dich mit deinem ewigen Es-schickt-sich-nicht. Und nun auch an seine Krankheit. Weil du die Nächte hindurch mit ihm Karten spielst oder Schach, in der Gesellschaft wildfremder Menschen, er im Schlafrock, und ihm hilfst, die Natur auf den Kopf zu stellen. Ihm Weinschokolade panschst oder eine Flasche Rheinwein servierst oder Champagner für seine Nachtarbeit, mehr als er verträgt, damit er, wenn er mal nicht seine erstaunliche Leidenschaft ans L'Hombre verschwendet, beim Verseschmieden durchhält bis früh um fünf, und vor zwölf oder eins am Tag brauchst du gar nicht mit ihm zu rechnen, das Mittagessen nicht vor drei auf den Tisch zu bringen, ist es nicht so? Weil zu den Schulden, die ihr sowieso schon habt, nun noch seine Spielschulden kommen von den Einsätzen, die er mit dem Geld seiner Gönner macht. (*Wütend, den Tränen nahe*) Und überall seine Manuskripte, auf dem ganzen Fußboden das unnütze Papierzeugs, dass man hindurchwaten muss wie durch einen Sumpf. (*Im Weggehen*) Wie durch einen Sumpf! (*Von ferne*) Die schönen Geister trocknen einem das Leben aus!

Sie geht mit dem Gepäck fort und wirft die Tür ins Schloss.

Charlotte: (*ihrer Schwester hinterherrufend*) Schiller ist GLÜCKSELIG, trotz allem, er betont es immer wieder, und mich hat er dazu nötig, mich, sein Weib, wo er sich selbst doch die Genügsamkeit der weiblichen Seele nicht geben kann, und seine GLÜCKSELIGKEIT koste mich kein Opfer und trotzdem könne ich dazu beitragen, sagt er, und es komme gar nicht auf die Erfüllung meines privaten Anspruchs auf Freiheit an, wenn es nur ihm hilft. (*Sie weint.*)

Die Haydn-Sinfonie verklingt.

ENDE DES STUECKS

Teilweise zitierte Quellen:

Amelung, Heinz (Hrg.), Briefwechsel zwischen Schiller und Goethe. 3 Bd., Berlin, Deutsche Bibliothek 1934

Döring, D. Heinrich, Friedrich von Schillers Leben. Weimar, in der Hofbuchhandlung der Gebrüder Hoffmann. 1824.

Fielitz, Wilhelm (Hrg.), Briefwechsel zwischen Schiller und Lotte 1788 — 1805. 2., den ganzen Briefwechsel umfassende Ausgabe. Stuttgart, J. G. Cotta'sche Buchhandlung, 1879

Frank, Paul, Friedrich Schiller. Sein Leben und Wirken. Einfach dargestellt und den Verehrern des großen Dichters gewidmet. Mit Abbildungen. Leipzig, Verlag von Carl Merseburger, 1862.

Goedeke, Karl (Hrg.), Schillers Briefwechsel mit Körner von 1784 bis zum Tode Schillers. Leipzig, Verlag von Veit & Comp. 1874.

Hoffmeister, Karl , Schillers Leben für den weitern Kreis seiner Leser. Ergänzt und herausgegeben von Heinrich Viehoff. Stuttgart, Ad. Becher's Verlag. 1846.

Schwab, Gustav, Schillers Leben in drei Büchern. Stuttgart. Verlag von S. G. Liesching. 1840

Wolzogen, Caroline von, Schillers Leben. Verfasst aus Erinnerungen der Familie, seinen eigenen Briefen und den Nachrichten seines Freundes Körner. J. G. Cotta'schen Buchhandlung, 1830

Sonstige Quellen:

Aufenanger, Jörg, Schiller und die zwei Schwestern. München 2005, Deutscher Taschenbuch Verlag GmbH & Co. KG

Baur, Eva Gesine, »Mein Geschöpf musst du sein«. Das Leben der Charlotte Schiller. Hamburg 2004, Hoffmann und Campe

Crone, Heini, Die Lauchstädter Heilquelle. In: Merseburger Land Nr. 5/6, Merseburg 1966, S. 205 ff.

Jüngling, Kirsten u. Rossbeck, Brigitte, Schillers Doppelliebe. Die Lengefeld-Schwestern Caroline und Charlotte. 2005, Propyläen

Ködel, Dr. Hugo, Die Lage der Bauern nach der Französischen Revolution von 1789 bis um die Mitte des neunzehnten Jahrhunderts. In: Merseburger Land Nr. 2, Merseburg 1966, S. 48 ff.

Kretschmar, Eberhard, Schiller. Sein Leben in Selbstzeugnissen, Briefen und Berichten. Berlin 1938

Kühnlenz, Fritz, Schiller in Thüringen. Stätten seines Lebens und Wirkens, Rudolstadt 1984

Lahann, Birgit, Friedrich Schiller. Popstar aus Arkadien. In: stern, Heft 28/2005

Middell, Eike, Friedrich Schiller. Leben und Werk, Leipzig 1980

Reuschert, A. O., Schiller in Lauchstädt. Ein Gedenkblatt an des Dichters glücklichste Zeit. In: Merseburger Kreiskalender 1938, S. 66 ff.

Wertheim, Ursula, Friedrich Schiller, Leipzig 1981

Wilpert, Gero von, Schiller-Chronik. Stuttgart, Philipp Reclam jun., Universal-Bbliothek 18060

Wilson, W. Daniel (Hg.): Goethes Weimar und die Französische Revolution. Dokumente der Krisenjahre. Köln u. a.: Böhlau 2004.

Abbildungsnachweis:

Das Motiv auf der ersten Umschlagseite nach einer kolorierten Bleistiftzeichnung von Johann Christian Reinhart aus der ehemaligen Sammlung Friedrich August II.: Schiller, auf einem Esel reitend (1787). SLUB Dresden, Abt. Deutsche Fotothek, Originalaufnahme: Möbius, 1934.

Das Motiv auf der vierten Umschlagseite nach einer kolorierten Bleistiftzeichnung (Feder in Grau, Pinsel in Braun über Graphit auf Büttenpapier) von Johann Christian Reinhart: Friedrich Schiller und Wilhelm von Wolzogen auf Eseln (Ausschnitt), Klassik Stiftung Weimar.

Ebenfalls von Doris Claudia Mandel erschien bei BoD 2017 der Essay »Laura unter den Wipfeln und der Prinzipal Tod. Goethes und Schillers Weltsicht in Gedichten aus den Jahren 1780 und 1782«. Darin vereint sind zwei Essays, die sich beide damit befassen, inwieweit sich in ausgewählten Gedichten die jeweilige Weltsicht ihrer Autoren widerspiegelt. Im ersten wird Johann Wolfgang Goethes Gedicht »Wanderers Nachtlied« (»Ein Gleiches«) von 1780 sowohl in seiner Entstehungs-, als in seiner Wirkungsgeschichte gründlich unter die Lupe genommen, wobei auch phonologische Untersuchungen nicht ausgespart bleiben, im zweiten gilt die Aufmerksamkeit den Laura-Gedichten aus der »Anthologie auf das Jahr 1782« von Friedrich Schiller und ihrer Verzahnung mit dem philosophischen Prinzip der »Mittelkraft«. Aus dem unterschiedlichen denkerischen Ansatz der beiden Dichter, aus ihren voneinander verschiedenen Lebenserfahrungen, aber auch aus der zeitlichen Nähe der behandelten Texte zueinander bezieht die Zusammenstellung der Essays ihren Reiz, nicht zuletzt, weil der »Prinzipal Tod« — das eine Mal als ein eher von außen in den Text hinein getragenes Deutungselement, das andere Mal als Bestandteil der Widmung — in beiden Fällen eine konstruktive Rolle zu spielen scheint.

1951 in Merseburg geboren, lebt in Halle (Saale). Chemiefacharbeite-
rin, Diplomlehrerin für Deutsch und Musik, Forschungsstudentin. Seit
1979 freiberufliche Schriftstellerin, Journalistin, Chorleiterin und Ver-
legerin, zwischenzeitlich Zeitungsverkäuferin. Gründete und leitete
eine Wochenzeitschrift und drei Buchverlage. War Leiterin für Öffent-
lichkeitsarbeit am Künstlerhaus in Halle (Saale), in derselben Funktion
beim Verein zur Förderung der Frauen Sachsen-Anhalt, Vorstandsmit-
glied des Sängerbundes Giebichenstein und Gründungsmitglied des
Kulturwerks deutscher Schriftsteller Sachsen-Anhalt. Ist Mitglied des
Verbandes deutscher Schriftsteller in der Gewerkschaft ver.di. Schreibt
in allen literarischen Gattungen und Genres. Erhielt 1978 den Preis
des Ministeriums für Kultur der DDR für Chormusik. Gehörte 1997
zu den Endrundenteilnehmerinnen beim Literaturwettbewerb des
Mitteldeutschen Rundfunks (mdr). War 2002/2003 Stadtschreiberin
von Halle (Saale) und 2008 zweite Preisträgerin beim Landespreis für
Volkstheaterstücke Baden-Württemberg.